青年学者文库 **16**

文学批评系列

批评档案

——文学症候的多重阐释

吴子林 著

中国言实出版社

图书在版编目（CIP）数据

批评档案：文学症候的多重阐释 / 吴子林著.
—北京：中国言实出版社，2016.7
ISBN 978-7-5171-1946-3

Ⅰ.①批… Ⅱ.①吴… Ⅲ.①中国文学—当代文学—
文学研究—文集 Ⅳ.① I206.7-53

中国版本图书馆 CIP 数据核字（2016）第 165276 号

出　版　人：王昕朋
责任编辑：史会美
文字编辑：崔文婷
封面设计：王立霞

出版发行　中国言实出版社
　　　地　　址：北京市朝阳区北苑路 180 号加利大厦 5 号楼 105 室
　　　邮　　编：100101
　　　编辑部：北京市海淀区北太平庄路甲 1 号
　　　邮　　编：100088
　　　电　　话：64924853（总编室）　64924716（发行部）
　　　网　　址：www.zgyscbs.cn
　　　E-mail：zgyscbs@263.net
经　　销　新华书店
印　　刷　三河市祥达印刷包装有限公司
版　　次　2016 年 7 月第 1 版　　2016 年 7 月第 1 次印刷
规　　格　889 毫米 ×1194 毫米　1/32　6.75 印张
字　　数　170 千字
定　　价　34.00 元　　ISBN 978-7-5171-1946-3

自序

这些年"驰骋"学界，总有不少朋友问我本科毕业于何所大学，此番情形与今日毕业生就业用人单位必先询问其出身颇为相似。我坦言告之"福建漳州师范学院"（现改名为"闽南师范大学"），朋友们往往诧异不已。因为我的母校并非重点大学，我的出身何其"卑微"也！于是，有人惊呼"奇迹"，有人深表"敬佩"。可是，这一切在我看来，根本就没有什么可惊可叹，因为自己是一步步走过来的，其中甘苦自知，自然之至。若说有什么"奇迹"，那就是大一开学不久发生的一次"刻骨铭心"之"神秘体验"。

我是1989年9月入学的，是母校中文系第二届本科生。起初我的愿望是做一名律师，内在的冲动自然是当时看了不少港台电视剧，看见那些律师在法庭上雄辩如滔滔江水，下面听众则掌声雷动，真是佩服得五体投地，艳羡不已。于是，高考报志愿时就填报了"西南政法大学"的"法律学"专业。谁也没有想到，高考成绩一揭晓，自己都傻了，当年数学只得了八十几分（满分一百二），较之自己平时的水准降了二十余分。虽说总分上了本二线，但心里便已明白"西南政法大学"是上不成了，只有等候"发落"的份，因为填报志愿时自己写了愿意接受调配。那段日子简直是煎熬，我大哥其时已在中国科学院上海生物化学研究所攻读硕士，暑期回来得知我的成绩，失望得不说一句话。这也难怪，我在县一中文科班里一直是名列前茅的，最高纪录是整个年级第四名，在班上一般是第二名。高考前后的落差也实在忒大了！我此次高考之败落，用我大哥的话说，犹如发生了一场"地震"！

世事难料，紧接着发生了第二场"地震"。我终于收到录取通知书了，拆开一看傻了眼：自己居然被"漳州师范学院"给录取了，而专业居然是"中文系"。这学校，这专业，对于当时的我确是闻所未闻的。年迈的老父亲过来询问了，我有气无力地告诉他，他误听成"漳州司法学院"，非常高兴地说："好啊，这学校还可以。"我纠正了他的误解，老父亲也傻了眼，不过还是安慰我："没办法了，你就先去念吧。反正毕业了有份工作，也不错。"现在年轻一代肯定不知道 20 世纪 80 年代的情形。尽管被称为"太阳底下最光辉的事业"，当时教师的职业其实是最不受欢迎的：一者教师的社会地位不高，属被歧视之列；二者教师待遇极差，开白条拖欠教师工资是常有的事。以是之故，每年高考，填报师范类的考生都不多。为了完成招生指标，只好"抓壮丁"了，即凡是填写"愿意接受调配"的，一律收入囊中。我当时对此一无所知，无意中就成了"壮丁"之一了——真是阴差阳错！当大哥听到我被录取的消息时，往床上一躺，颓然地说："你的高考不亚于一场地震啊！"过了一会儿，大哥直起了身，对我说："算了，就这样吧，一切从零开始，进大学后认真学习，准备四年后考研究生！"大哥一直就是我崇拜的偶像，1982 年他以全县高考第二名的成绩考取了厦门大学，1987年又以第一名的成绩考入了中国科学院上海生物化学研究所——1965 年 9 月 17 日，该研究所首次人工合成胰岛素，轰动了世界——攻读硕士学位。因此，不瞒大家说，还没有进大学的校门，我就下定了"考研"的决心。

在酷暑中，我终于踏入漳州师范学院的校门了。在同班同学的记忆里，我又黑又瘦，穿了双薄得剩层皮的拖鞋，披了条浸透汗水的毛巾去报到。在我自己的记忆里，刚下接待新生的校车，就看到了当时逼仄的小校门，还有一栋与中学无异的教学楼，心里顿时就凉了：这就是大学呀？前几年自己到过厦门大学，就暗暗发誓以后上个比它更好的大学，可如今……唉！在慌乱中办完了入学手续，便是学前教育了。老实说，我仅知道自己的中学语文老师都是从师范类大学出来的，便顾名思义地以为"中文系"就是"培养中学语文教师"的专业。当辅导员告知"中国汉语言文学"简称"中文"时，自己终于豁然开朗了，于是开始痛恨自己的"无知"，觉得应以如饥似渴的端正态度好好学习。

学前教育后，紧接着是一个月的军训。在焦虑和等待中，终于开始上课了。一个个老师轮番上了讲台，说实话，除了林继中教授（我国恢复学位制度之后的第一批十八位博士之一，山东大学唐诗研究"泰斗"级专家萧涤非先生的关门弟子，我国著名的杜诗研究专家）和西方文论专家刘庆璋教授的课程外，一些课程现在想来基本已没有什么印象了。非要说有的话，那只有四个字，即"照本宣科"（后来，自己也当过大学教师，知道这是教学与科研未能统一起来的结果）。那教学"效果"真是可想而知：同学们坐得东倒西歪，或窃窃私语，或铺了象棋"厮杀"，或趴课桌入睡，乃至"黄河泛滥"……那时，最让人期待的似乎就是下课后冲到食堂！以是之故，我们私底下称自己学校为"吃饭"学院。有时，有的同学干脆连上课也不去了，就在宿舍酣睡，上午睡到九点，下午睡到三点。这样，学校又有了个雅称——"九三学社"。在这种氛围下，自己真是困窘不已：四年后得考研呢，怎么办？是"随波逐流"，还是"我行我素"，闯条出路？可是，路又在何方呢？……显然，想从"照本宣科"的老师那里得到帮助是不可能的。

这时，我想起了"图书馆"。那是由若干塑钢搭起来的一个简易房，分为开架书库和闭架书库两部分，当时藏书量约为三十万。记得林继中教授给我们上课时说过，你们不要嫌它小，大学四年里能读个 5% 或 10%，就不得了啦。怀着这份念想，我终于步入了图书馆。

起初，我基本是借一本随即还一本，一个礼拜往返"图书馆"两三次，因为大一的我实在是看不懂。如，王元化先生的名著《文心雕龙创作论》，自己才翻了两三页就看不下去了——回想起来，当时的知识储备太少了，现在看起来津津有味。看不懂就还，还了再借。"图书馆"的管理人员也渐渐跟我熟了，不时也会热心推荐些畅销书。就在这来来回回中，我借到了马莹伯先生的《别、车、杜文艺思想论稿》（文化艺术出版社 1986 年版）。别林斯基、车尔尼雪夫斯基、杜勃罗留波夫，是俄国 19 世纪著名的文学批评家、美学家，他们的文学评论与美学思想在俄国文学史上起过巨大的作用，推动了俄国现实主义文学的进一步发展。马莹伯先生在论及每一批评家时，首先都扼要地介绍他们的生平和思想，然后抓住其文学理论和批评方面的若干要害问题展开论述，使读者对他们在文论与批评领域的成就、贡献和特色，能获得较为明晰的认识。其中，谈到别林斯基敏锐地发掘了普希金、克雷洛夫、格里鲍耶多夫、果戈理、赫尔岑、冈察洛夫、屠格涅夫、涅克拉索夫和陀思妥耶夫斯基等一批作家，并对他们的作品予以热情的评论，及时地总结其经验和成就，对俄国文学的发展起着至关重要的指导性作用。当读到这里时，我感觉眼前一亮，原来文学的事业可以如此辉煌呀！一瞬间，沉寂已久的满腔血液沸腾起来了，仿佛一条未来的路在眼前次第铺开了。一代文豪歌德曾这样谈到自己读到莎士比亚作品时的感受：

当我读完他的第一个剧本时，我好像一个生来盲目的人，由于神手一指而突然就是天光。我认识到，我极其强烈地感到我的生存得到了无限度的扩展。

我读到马莹伯先生的《别、车、杜文艺思想论稿》时，所产生的也是同样的体验。于是，便如饥似渴地"啃"读起来，一边读一边做读书卡片。这本书读完了，我就到"图书馆"找来了别、车、杜的著作，书读完了，也就明白了作为一名中文系的学生，日后可以做什么了，自己应该做些什么了。

当时，自己真的"掐指一算"，知道我是属于21世纪的，我的理想是成为"21世纪中国的文学理论家、批评家"，做"中国的别林斯基"。这就是我当时的"远大目标"。我不敢说，自己一定能实现这个理想，但可以说现在正朝着这个理想靠近。只要不断地靠近目标，应该说就是成功了。因为理想完全实现了就不是理想了，而是现实。理想的实现不是简单的事，是多种因素综合作用下的必然结果。现在自己早已过不惑之年，如果说有什么聊以自慰，首先应归功于马莹伯先生著作的"启蒙"。这次"启蒙"彻底改变了我，让我感到冥冥之中有一种力量在牵引自己，让我感觉到自己所从属的"世界"，我的生活由此充实起来、丰盈起来……

于是，在大学四年里，我成了班上为数不多的"另类"：一心埋头"啃"那些一般人不愿读、不想读的理论著作——哲学、心理学、社会学、美学和中西文论，疯狂地做读书笔记（1993年毕业时统计了一下，四年里借阅了百来本理论著作，做了三四十万字的读书卡片、笔记）；为了一个学术观点，可以在课堂上与老师争得面红耳赤；当别人为当上班干部、学生会干部，为每年度的优秀奖学金"鏖战"时，自己奉行"六十分万岁，六十一分浪费"的信条，淡然处之。现在回想起来，自己就是那童话里的"丑小鸭"，特立独行的"丑小鸭"。不仅自己没有想到，许多老师和同学也没有想到，若干年后，这只"丑小鸭"竟"飞"到了北京。2002年，北师大博士毕业，就职于中国社会科学院文学研究所，在文艺学研究的领域耕耘着，奋斗着，为了当初年少轻狂的"远大目标"。这么说完全没有自我陶醉的意思，我想表明的是：每个人的一生都是充满了未知的可能，在人生的旅程中，一件小事，一本书，一个人，都有可能彻底改变自己的命运；而二十多年前的个人阅读史中，与别林斯基的"神秘"相遇就彻底改变了我。大学毕业离校前，图书馆的周敏瑾老师对我说："子林啊，以后你成了文学博士，可别忘了母校的图书馆，是它滋养了你！"我记得当时自己使劲地点了点头！

20世纪德国思想家史怀泽说过："人应尽可能地发展自己的所有能力，并应用尽可能广泛的物质和精神自由，为真诚地对待自己，同情及帮助周围所有的生命而努力。人应严肃地对待自己，应始终牢记自己所负的一切责任。"

为此，我们应当经常倾听一下自己的生命在说什么，它真正的需要是什么，怎样的状态才是它感到最舒服的状态。每个人都应该对自己的人生有严肃的责任心，对自己该做什么、不该做什么有严肃的考虑。这是对自己的生命负责，对自己的人生负责，是对自己生命的最大尊重。

收入本书的十五篇文章是我行走在文学批评之路上的一个纪录，故名之曰"批评档案"。

是为序。

CONTENTS
目录

诗人：人间的"安泰"

——杨骚诗论蠡测

诗论，是诗人创作路途中停息驻足之所。它是一种事后的反省，更是一种自我的表白。杨骚，是一个有名的诗人。当他将目光沉静莹澈地栖息在造化万物时，就开始了异乎直觉的理性思索，伴着挥洒汗水和纷至沓来的阵痛之后的惶惑……

一、"做人"与"作文"

有诗以来，人们对"诗人"作了许多精彩纷呈的解说。但至今似也无一人能将其一言道尽。因为人们往往将诗人视为超俗之神，而忘了他首先是活生生的人，然后才是"诗人"。

美国当代颇盛名的文学批评家诺曼·N.霍兰德在《文学反应动力学》一书中有这么一段有趣的论述：

> 文学之独特而又奇妙的力量在于：它以一种强烈而又高度浓缩的形式，为我们完成了随着我们自己的成熟必须要做的事情——它把我们原始的、幼稚的幻想转化成成年的、文明的

意义。

这位精神分析大师似乎告诉我们：作为审美意识形态的文学，是不自由态的自由补偿或升华。倘若联系马克思关于人类自由个性发展的三个历史阶段的论述，我们不难宏观地把握其真正的原义：文学显现了人类实现自己精神与审美的自由、发展和解放——即如何"做人"的漫长历程。

我们无法于杨骚遗著中，寻出"文学是人学"的论说，但我们从其言论、诗作中，却可以发现对此诗人有着最为清醒的认识。这不仅表现在他十分明确地说过：做人不一定要作文章，作文章却须先要做人；而且，从其文学生涯看，他从未曾放弃过这种思想。

真正的思想家和诗人从来就是庸俗现实的反抗者和超越者。杨骚年少时，似就满骨子里嫉恶如仇、桀骜不驯。这一秉性促成了其刚强的性格和正直的心胸。你听，淅淅沥沥的淫雨中，感受到"变形的暴威压迫"时诗人的心声——

> 哦！Piju，你今何在？
> 你说踏过碧绿的汪洋，
> ……
> 将向炼狱投下了你的形骸……
> 我且问你，Piju，哦！我且问你，
> 从血肉横陈的修罗场，
> 你看到了一些光焰来？
>
> ——《怀 Piju》

哀怨乎？悲愤乎？……诗人情愫是如此激烈，以至满眼尽是凄凉之景：

浮漾，浮漾，月儿浮漾！

漫漫地，漫漫地，弥漫，

暗淡，暗淡淡，弥漫，

白茫茫，白茫茫，白茫茫……

——《中夜雾》

"一切景语皆情语"（王国维《人间词话》），在沦于虚室的迷惘中，诗人的心在流血、在慨叹：

名誉么？真理？

啊！这个欺人自欺的军令旗！

艺术么？美人？

啊！这个陈旧腐烂的古神秘！

——《流浪儿》

诗人几度的漂泊、彷徨、厌倦了："生叛逆了我，不是我叛逆了生。"终于，"在一个蒙着迷雾的清晨／我看中了一株桃树／将衣带解下，挂上桃枝！"一阵晕乱战栗中，"脑后的雄鸡大胆地高啼／衣带子吓断了，我坠地……"成了"自杀未遂犯"。对此，我们不必过于坐实。他们提供给我们的是一幅灵魂剧痛"图"——悲愤、茫然、绝望进而抗争！在它的背后，隐着的是对时代深重灾难的严峻关注，以及对祖国、人民的挚爱。诗人这种近乎颓唐的感伤，倘若我们联系到同时期的郁达夫（《沉沦》）和鲁迅（《彷徨》），便不难理解了。

在其他一些文章中，杨骚也描述自己的心灵历程。据诗人自述，1918 年夏，自己是带着"想当个救国英雄"的宏愿东渡日本的。但身居异国却屡屡受挫：进海军学校无望，开矿救国计划又流产。

"我什么都失败了，失败！但我希望成功么？世间到处有这样的丑恶、卑鄙、无情，自己的心中又装满着这样的荒废，疲劳，我还希望什么成功么？"（《十日糊记》）这种忧郁是如此浓烈，以至1923年9月东京大地震，竟"使自己觉得自然的威力非常伟大可怕，人类非常渺小丑恶"（《自传》）。这里的"渺小"感，实际上正是失败之后回天无力的心态显现。但倔强的诗人血管里流动的，仍是热的："人是生的，生须活动，活动要热。我活动罢，怀着自家的伤心苦情活动罢、热罢；非然，我将如何？……什么什么都好，只要有热，只要有热呵！"尽管，"在这儿看得见的只是一些好斗的野牛和狡劣的狐狸精，或是蠢贱的肥猪"，自己"虽不会探求，自己却无时不在探求，探求美在何处"。几番寻觅后，诗人作出了选择："我还是向文艺战线这方向走罢。既不会太过白白送死，又较近自己的性质。"（《十日糊记》）

诗人严厉地自我解剖，不正证实了精神分析大师霍兰德所言非谬？没有了对美的执着之爱，没有了对精神的自由、发展和解放的不懈努力，也就无所谓的"爱"与"恨"，更没有了求真、求善和求美的文学。简言之，"做人"是"作文"的必要前提。杨骚是深明其理的。因为它已由诗人走上文学之旅所证实。1927年秋末诗人回国。这次的阔别归乡，予诗人创作极大影响。就其"诗论"论，则是展开了毕生为之努力的工作。

二、建设新兴文艺

别林斯基说过："在构成真正诗人的许多必要条件中，当代性应居其一。诗人比任何人都更应该是自己时代的产儿。"

如果说20世纪20年代（归国前）诗人创作表现出的是现实的、带浪漫气息的感伤主义倾向，那么，诗人20世纪30年代之作，随着对时代社会更多的耳濡目染，而表现为沉郁的、感伤的现实主义了。

诚如诗人所言："时代已经不是浪漫好玩的时代，人心当然要受着影响，我相信这不是我的衰老，而是我更进一步地知解人生和创造人生的开始。"（《昨夜》杨骚之部第 77 封信）因此，诗人在批评自己以前"那些呀呀哟哟，恋爱故事和痰迷或发小牢骚"之作的同时，还一针见血地指出："在次殖民地的中国，一切都浴在急风狂雨里，许许多多的诗歌的材料，正赖我们去摄取，去表现。但是，中国的诗坛还是这么的沉寂：一般人在闹着洋化，一般人又还只是沉醉在风花雪月里。"（《缘起》）于如此氛围之下，诗人何为？早在 1930 年诗人便已明确："我要在群众之中找点热气，取点暖昧"（《昨夜》杨骚之部第 63 封信）来"御寒"了。此刻，则更为清醒地认识到了所肩负的重责了：

> 我们不凭吊历史的残骸，
> 因为那已成为过去。
> 我们要捉住现实，
> 歌唱新世纪的意识。
> ……
> 压迫，剥削，帝国主义的屠杀，
> 反帝，抗日，那一切民众的高涨情绪，
> 我们要歌唱这种矛盾和它的意义，
> 从这个矛盾中去创造伟大的世纪。

与那些"洋化"派和"风月"派判然有别，诗人选取一条当时几乎无人问津的路——

我们要用俗言俚语，

把这种矛盾写成民谣小调鼓词儿歌。

我们要使我们的诗歌成为大众歌词，

我们自己也成为大众中的一个。

在这个《新诗歌·发刊词》中，杨骚与同仁们表明了彼此相同的心愿：它成为诗人们此后的创作宗旨。在相当一段时间里，杨骚诸诗人进行了不懈的尝试，希望"借着普遍的歌、谣、时调诸类的形态，接受它们普及、通俗、朗读、讽诵的长处，引渡到未来的诗歌"（《我们的话》，载《新诗歌》第 2 卷第 1 期）。

何谓"未来的诗歌"？这得从诗人走上革命道路谈起。1932 年杨骚再次回到漳州。穷困逼迫中，诗人自觉："一无胆量做土匪抢钱，二无婢颜奴膝的本能做官，三无狡猾的本能做商人，当然是要穷的，再无祖宗遗下什么大财产，最后留给我们的一条路，便是实际革命去。"（《昨夜》杨骚之部第 86 封信）故当诗人将那最真诚、最犀利的目光，毅然投向生活的现实之中时，便敏锐地握住了那频频起伏的时代之脉搏："是阶级斗争最尖锐化的生活，是'新兴'阶级勃起、苦斗、肉搏，必然地要代替老衰阶级而获得支配权，使世界成为××社会的，正在过程中的一个伟大的革命生活。"文学，是生活的审美反映，它自然地须描述出这一伟大的过程，勾勒出其中生活的底蕴。这样，建设新兴阶级（无产阶级）的文艺，便提上了日程。1932 年 9 月中国诗歌会在上海成立，它所倡导的诗歌大众化，无疑的，是建设新兴文艺的重要组成部分。至此，我们洞察了"未来的诗歌"的真义。诗歌大众化运动，如果置于所处的"沉寂"之境，毫无疑问，当是一场筚路蓝缕、呕心沥血、力挽狂澜式的"革命"。但关键的是：这种革命如何进行的？取得了哪些成就？我们不妨将聚光点移于杨骚之上。他是这场运动的发起人之一，在这一过程中，诗人以不懈的笃诚、真率的诗笔，驰骋于历史的风风雨雨，进行着艰辛的艺术探索。

三、诗艺的普及

杨骚是典型的"亭子间"作家。这本身就意味着竖于读者与作品间的"墙"荡然无存。而直接将诗人引向"大众化"的，则是"雪中送炭"的卓识。

由于诗人警觉到了新兴阶级的力量，同时也充分意识到了它的弱点：不识字，或文化水准不高。因此，高擎建设新兴阶级文艺大旗的诗人，痛感掀起一个普遍的启蒙运动的迫切。而这便是诗艺普及的原由。

1933 年 2 月，中国诗歌会在上海创办《新诗歌》的旬刊。在创刊号上杨骚首先就发表了短小清新、颇具民谣风味的《小歌金陵》，表现出了接受歌谣、时调等"普及、通俗、朗读、讽诵的长处"。紧接着又发表了《小麻雀的怀疑》《福建三唱》和《乡曲》等相当出色，迥异于前期的诗作，在艺术上表现出以下特征：

（一）以漫画式笔法，勾勒出人之魂魄

杨骚是一个非常严肃的诗人。尤其是归国后目睹生活的艰险，心情早已失去了先前的飘逸。但是，在许多诗作中，却也有诙谐幽默的作品在。

《小麻雀的怀疑》就很有特色。它捕捉的是一个日常生活事件，某日本水兵被打死，市民惊慌失措逃命，但诗人不拘于事件的绘声绘色的描述，或是慷慨激昂的评价，而是将笔触指向所谓"上流人"的心态。用笔是朴素、简练、粗线条的，但勾勒出了诸众生相的嘴脸：巡捕队长的污蔑（"捣乱分子"）、银行家的市侩（"上海的

毁灭")、唯美派诗人的庸俗（"伟大的刺激"）、幽默家的超然（"好幽默的喜剧"），以及报馆主笔的"聪明"（"杞人忧天"）……

全诗就是借"小麻雀"的"巡视"，通过各色人等对事件的反应和举止，活脱脱地凸现了他们丑恶的灵魂，表明了部分中国人丧失自尊、缺乏自信力的历史事实。而"小麻雀"的"怀疑"则是诗人内心忧虑与愤慨的表现。诗的构思是精巧的，尽管笔墨不多，但于幽默讽刺之中，却寓含了深沉的意蕴。

倘若因诗人所择取的不过是生活的一个片断，而影响了"诗"的思想深度的话，那么，另一些叙事之作，由于历史含量的递增，恰好弥补了前者的不足，显得气势恢宏，深邃旷达，在艺术性上表现出了新的特征。

（二）追求"史诗"性

1936 年 4 月，长篇叙事诗《乡曲》修改完毕（原名《旱魃》），初稿于 1933 年底刊于《新诗歌》，同年 6 月在《文学界》创刊号发表。这是诗人最为重要的代表作之一，笔者以为它丝毫不逊色于蒲风的《六月流火》。全诗约六百行，却充分体现了诗人的才华和新诗风的开拓。

这首诗通过一次抢米风潮，真实生动地反映了第二次国内革命战争时期，地主和农民之间尖锐的矛盾，以及人民群众的日益觉醒。诗中以写信人叙述的语气写的，但汇集了戏剧的与诗歌的、叙事的与抒情的才能，集中地塑造出了典型环境中的典型人物——"老三"。他勤劳、善良、豪爽。但正视炎炎烈日下，乡亲们饥饿不堪、米商哄抬米价、地主仍巧取豪夺时，他痛感到了社会的不公平，"一颗心儿好象满满地藏了'恨'"。邻居林伯伯被迫自尽的惨象，终于点燃了压抑已久的反抗："起来啊，兄弟，跟镇上的人去算账！"振臂一呼，世界沸腾了：

满山满谷如今是充满愤怒的风雨声，
屋前屋后如今是听不到呻吟和悲叹。
……
这是饿鬼们第一次吐出的恶气，
是奴隶们第一次勇敢地叛逆，
哦，是饿鬼们奴隶们第一次的胜利！

地主的保安队来了，"老三"带领乡亲用锄头与敌人展开了肉搏……夜深了，老三和许多乡亲倒在枪林弹雨中，但鲜血却擦亮了劳苦大众那历尽沧桑的眼：

这乌黑的天地不是我们的，
我晓得了，这乌黑天地！
我们得打碎这乌黑的天地。

再没有比这种"觉醒"更激动人心的了，因为它暗示了历史发展的方向！这是对粗糙的孤立事实的否定，并使全诗所截取的、描述的"一个本身完整的动作以及发出动作的人物"，不再是历史链条上脱落的一环，因为它们昭示了未来。用黑格尔的话说，诗所叙述的"是一件与一个民族和一个时代本身完整的世界密切相关的意义深远的事迹"①。

这就是诗人"史诗"性的追求，尽管可能比那些长篇巨制"渺小"，但仍"尺幅千里"地浓缩了一个时代。这不能不说是诗人的

---

① ［德］黑格尔：《美学》第3卷下册，朱光潜译，商务印书馆1979年版，第107页。

贡献！

诗的内容"须把具体意蕴体现于具有个性的形象"（黑格尔语）。诗人的功绩之二还在于比较成功地塑造出了走向觉醒的农民形象"老三"，是他使诗人"尺幅千里"式的史诗性得以形成。而且，这在当时是少有的，尽管由于体裁的限制，节奏过快而使形象可能有欠丰满。1937 年 6 月，《乡曲》编入国防诗歌丛书，由上海乐华图书公司出版。20 世纪 30 年代，诗人除创作外，译著甚丰，对革命文艺建设，做出了巨大贡献。

对此，任钧先生有很好的论述："除非你不谈起三十年代革命文艺运动则已，不然的话，正如你不能不想到许许多多曾经为它的发生和发展贡献过自己一份力量的尚存或已故的作者们一样，你也不能不记起他，谈到他。"（《忆诗人杨骚》）

"一切历史都是当代史。"（克罗齐语）

1957 年，诗人离开了我们。在滑指而过的岁月里，诗人理想中的"新兴阶级的文艺"，不仅创立了，而且还建设得朝气蓬勃。缅怀诗人之际，纠正近年审美思维重心片面转向表现模式，忽略文学的普及，忽略诗人与时代、与人民的联系等诸多偏颇，重建积淀于生活的灵肉之上的诗美。这或许便是"翻阅"历史时强烈的现代意识吧。

别林斯基指出："如果是一个诗人决心从事创作活动，这就是说，有一股大的力量，一种不可克服的热情推动他、驱策他去这样写作。这力量、这热情，就是激情。"[1] 这"激情"只能源于大地：诗人本人的生存之所。诗人正如同古希腊神话中力大无比的巨人"安泰"，一旦远离了大地，便永远丧失了力量。

---

[1]〔俄〕别林斯基：《别林斯基选集》第 4 卷，满涛、辛未艾译，上海译文出版社 1991 年版，第 334-335 页。

"可以宝贵的文字，是用生命的一部分或全部换来的东西，非身经战斗的战士，不能写出。"[1]

诗人，是人间的"安泰"。

（收入杨西北编：《杨骚的文学创作道路》，厦门大学出版社1994年版）

---

[1] 鲁迅：《鲁迅全集》第7卷，人民文学出版社1981年版，第458页。

对话：金圣叹评点与英美新批评

金圣叹评点在走向本文、文本的"细读"等方面，与英美"新批评"有异曲同工之妙。金圣叹评点对"读者精神"的呼唤，表现出了对"新批评"的超越性。金圣叹评点是可资现代诗学借鉴的重要本土资源之一。

走向本文

清末学者邱炜萱云："天地间有那一种文字，便有那一种评赞。"（《客云庐小说话》）的确，自明代中叶以降，中国文学文体发生重大变革：小说戏曲取代诗歌成了实际的主流，先后涌现以"四大奇书"为代表的长篇小说，以"三言二拍"为代表的白话短篇小说，以及大量戏曲作品。"物外生情，非空非色，众妙之门，小说之当有批者一。部居充栋，杂然目眩，提要钩玄，取便来者，小说之当有批者二。读之津津，其甘如肉，此称彼赞，清言亦留，小说之当有批者三。顶礼龙经，迦音赞叹，好色恶臭，人之恒情，小说之当有批者四。"（《客云庐小说话》）小说戏曲的兴盛呼唤着批评家的出现。

胡应麟（1551—1602）曾把文学作品分成"体格声调"和"兴象风神"两个层次。"体格声调"指文学作品的表层形式因素，是客观存在的艺术事实，可作客观分析，故"有则可循"；"兴象风神"指文学作品的深层意蕴，是作品各构成因素的综合效应而成之"合力"和系统质，须凭读者意识参与和领悟，具有不确定性，而"无方可执"（《诗薮·内编》）。包括"诗话"在内的传统批评多关注于"兴象风神"层面，对作品的深层意义、韵味作反复涵咏和直觉感悟，以及将此幽微心理体验作诗意的传达，而极少对作品的"体格声调"层面作具体入微的批评，"忽视造艺之本原"（钱钟书语）。因此，"只可意会，不可言传"便成了传统批评的流行观念。兹举几例："美人细意熨帖平，裁缝灭尽针线迹"（杜甫《白丝行》）；"鸳鸯绣出从君看，不把金针度与君"（元好问《论诗绝句》之三）；"杜少陵诗，止可读，不可解。……杨诚斋云：'可以意解，而不可以辞解'"（薛雪：《一瓢诗话》）。在"经注""史注"和"文学评点"基础上形成的诗文评点"各标其命意布局之处，示学者以门径"（《四库全书总目·集部提要》），已开始关注文学作品的"体格声调"，而赢得了读者和批评者的广泛注目。如刘辰翁在明代影响很大，其评点备受重视，"士林服其赏鉴之精"（《升庵诗话》卷12）。他因为评点过《世说新语》，被视为小说评点的开山之祖。

然而，"小说和戏曲，中国向来是看作邪宗的"。（鲁迅：《徐懋庸〈打杂集〉序》）这种批评的障碍是由李贽（1527—1602）来扫除的。李贽笃信阳明心学，他本"童心"论"文"，称《水浒》《西厢》为"天下之至文"并加以批点，破除了一切"文"领域的种种"道理闻见"，给批评史带来革命性变化，文体尊卑界限消除了。此后，"明末山人名士"，"竞为批评小说之举"（邱炜园：《客云庐小说话》）。但是，李贽以一个思想家的身份惠顾小说，他的评点是一种高屋建瓴式的赏析；他的美文意识不足，对于至文之所以为至文的本文依据，语焉不详。而且，他的评点有很大的自娱性、随意性。《与焦弱侯》云："《水浒传》评点得甚是快活人，《西厢》《琵琶》涂抹改窜得更妙。"（《续焚书》卷一）英国艺术哲学家克莱夫·贝尔在谈到什么是艺术时说："艺术品中必定存在着某种特性：离开它，艺术品就不能作为艺术品而存在；有了它，任何作品至少不会一点价值也没有。这是一种什么性质呢？""看来，可做解释的回答只要一个，那就是'有意味的形式'。"（《艺术》）就现存资料而言，承接了李贽的话头，解决了作品本文依据的问题，自觉到文学的形式特征，在批评层次上转向作品"体格声调"的批评家则是金圣叹（1608—1661）。

金圣叹首先批判了"只可意会，不可言传"的观念："仆幼年最恨'鸳鸯绣出从君看，不把金针度与君'之二句，谓此必是贫汉自称王夷甫，口不道'阿堵物'计耳。若果知得金针，何妨与我略度？今日见《西厢记》，鸳鸯既绣出，金针亦尽度，益信作彼语者，真乃脱空谩语汉。"（《读第六才子书法》）金圣叹提出，高明的读者必须"观鸳鸯而知金针，读古今书而识其经营"（《水浒传》第13回回评）。他不仅要把绣出的鸳鸯给读者，还要将针线穿引的过程一一呈现。他认为，通过文本读者可洞察创作的真谛，关键"全要在笔尖上追出当时神理来"（《杜诗解》）。因此，金圣叹提倡一种分解式批评，他说："不可分解，却如何可认？""分解而后知唐人律体之严，直是一字不可添，一字不可减也"（《与顾掌龙》）；"鄙意既在分解，便不及将心别注"（《与嵇匡侯永仁》）。综观金圣叹的批评实践，确如他自己所言，六部才子书"圣叹只用一副手眼读得"（《读第六才子书法》）。他把批评建立在对文本实际存在状态的把握，一反传统批评根据直觉感悟品评的作风。

金圣叹的"一副手眼"缘何而来呢？这涉及文学本体论问题。在评点《水浒传》的《序一》里，金圣叹指出："古人之作书也以才"，"才之为言，材也。凌云蔽日之姿，其初本于破核分荚；于破核分荚之时，具有凌云蔽日之势；于凌云蔽日之时，不出破核分荚之势，此所谓'材'之说也。又才之为言，裁也。有全锦在手，无全锦在目；无全衣在目，有全衣在心。见其领，知其袖；见其襟，知其帔也。夫领则非袖，而襟则非帔，然左右相就，前后相合，离然各异，而宛然共成者，此所谓'裁'之说也。"金圣叹取种子和剪裁作譬喻，旨在说明文中存在一种普遍的、形而上的东西，它先验地存在着，并决定文的始终，构成文的本源依据（如物种的基因）。这"文"中共通的本性是什么呢？金圣叹认为是"精严"的"文法"，类似今之谓"文学性"。他说："盖天下之书诚欲藏之名山，传之后人，既无有不精严者"；"何谓之精严？字有字法，句有句法，章有章法，部有部法是也。"（《序三》）金圣叹设定了这么一个超越的美学前提，并以此统贯于他对具体美学原则和艺术的探索。

金圣叹的评点颇类似于20世纪的英美"新批评"。在"新批评"看来，诗有着自己的本体论地位，它像其他物体一样有自身存在的理由；诗的语言和形式是诗歌意义的基础。它的"意图谬见"说和"感受谬见"说就像两把剪刀，剪断了作品与作者、作品与读者的联系。"反讽"说、"含混"说和"张力"说等也旨在支持"本体论批评"，主张文学批评的任务只限于对作品本体作语言分析。如，布鲁克斯提出："文学批评是对批评对象的描述和评价。"（《形式主义批评家》）[1] 韦勒克也认为："文学研究的合情合理的出发点是解释和分析作品本身。"[2] 金圣叹鲜明的文本意识，使他的评点走向了本文，而与传统的批评分庭抗礼，其批评的实践和成效与"新批

---

① 赵毅衡编：《"新批评"文集》，中国社会科学出版社1988年版，第488页。
② ［美］韦勒克、沃伦：《文学理论》，刘象愚等译，生活·读书·新知三联书店1984年版，第145页。

评"最为接近。

语言的魔力

金圣叹是一个文本意识强烈的人，他不满于当时大众读解的平面化，而时刻不忘提醒读者应以"文"的眼光去读书看文。他提出："文中写情写景处，都要细细详察。"（《水浒传》第9回回评）；"《西厢记》必须展半月一月之功，精切读之。精切读之者，细寻其肤寸也。"（《读第六才子书法》）又说："一部书，有如许俪俪洋洋无数文字，便须看其如许俪俪洋洋是何文字，从何处来，到何处去，如何直行，如何打曲，如何放开，如何捏聚，何处公行，何处偷过，何处慢摇，何处飞渡。"（《读第六才子书法》）唯有通过"细读"，方知"其一篇一节一句一字，实杳非儒生心之所构，目之所遇，手之所抢，笔之所触矣，是真所谓云质龙章，日姿月采，分外之绝笔矣"（《水浒传》第25回回评）。李渔称金圣叹的评点具有"晰毛辨发，穷幽晰微"（《闲情偶寄》）的特点，这不能不归功于他的细读功夫。金圣叹之倡导"细读"，跟他"好论极微"有关。"极微"论是公元前5世纪印度佛教胜论派提出，它专论宇宙之本根。"曼殊室利菩萨好论极微，昔者圣叹闻之而甚乐焉。夫娑婆世界，大至无量由延，而其故乃起于极微。以至娑婆世界中间之一切所有，其故无不一一起于极微。此其事甚大，非今所得论。今者止只借菩萨极微之一言，以观行文之人之心。"（《西厢记·酬韵》总批）在金圣叹看来，"一字一句一节，都从一黍米中剥出来"（《西厢记·酬韵》总批）；而"文章之妙，都在无字句处"（《水浒传》第59回夹批），能不"细细详察""精切读之"么？

"新批评"是作为一种分析文学作品的技巧确立其地位的，它是一种修辞形式的批评；它的最大优点在于承认诗的语言和形式是诗歌意义的基础，由此确立了对所有用非文学来解释文学的"背景"批评的抵制立场。因此，它强调对作品的"细读"，即对作品进行耐心仔细的分析推敲，不放过任何一个细节，从语言和结构中寻猎意义的痕迹与线索。韦勒克认为，"细读法"对文学批评必不可少，"因为任何知识分支能够和已经取得进展全靠认真细心地考察其对象，把它们置于显微镜下仔细观察"[1]。"细读"的具体步骤一般包括分析语义、语气、语法、意象、比喻、象征、音步、格律、态度和情绪等因素，以辨认出"复义""张力""悖论"和"反讽"等特性，从而揭示作品的内在有机结构和全部含义。它所凭借的利器是语义学，这是"一门新兴的修辞学，或者说一门研究词语理解正误的学科，必须承担探索意义的任务"（《论述的目的和语境的种类》）[2]。语义学的应用，使"新批评"成了微观批评。金圣叹评点小说戏曲时，没有语义学的那一套术语；而且，中国修辞学传统将修辞与其环境（说话人、听话人、场合、话题等）视为一体，与西方修辞学传统视修辞为某种独立于人和环境的研究对象绝然不同。但是，金圣叹的评点与"新批评"，在对文本的细读过程中，对字面意义与字外义、文句的象征意与喻意的把握，即对语言的魔力之洞察上，它们异曲同工。

金圣叹是"文字之三昧"的真正解人。他十一岁就激赏《水浒》，读《西厢》时被勾魂摄魄（见《西厢记·酬韵》一折第12节批语）。他发现，"文文相生，莫测其理"（《西厢记·赖简》第15节批）。这个思想与作为"新批评"语言研究基础的瑞恰兹的"语境"理论有暗合之处。瑞恰兹认为，语境对于理解词汇的内在含义

---

① ［美］韦勒克：《批评的概念》，张金言译，中国美术学院出版社1999年版，第8页。

② 赵毅衡编：《"新批评"文集》，中国社会科学出版社1988年版，第188页。

十分重要。他说，词汇意义的功能"就是充当一种替代物，使我们能看到词汇的内在含义。它们的这种功能和其他符号的功能一样，只是采取了更复杂的方式，是通过它们所在的语境来体现的"(《论述的目的和语境的种类》)[①]。金圣叹与"新批评"对"文文相生"或"语境"的奥妙表现出了同样的兴趣。兹举要例释如下。

譬如，《西厢记》卷三《前候》一折，张生写了一封简书，拜托红娘捎给莺莺。红娘听张生念后唱道："[后庭花]我只道拂花笺打稿儿，原来是走霜毫不构思。先写上几句寒温序，后题着五言八句诗。不移时，翻来覆去，叠做个同心方胜儿。你忒聪明，忒煞思，忒风流，忒浪子。虽是些假意儿，小可的难到此。[青哥儿]又颠倒写鸳鸯二字，方信道'在心为志'。"金圣叹批道："写张生拂笺走笔，叠胜署封，色色是张生照入红娘眼中，色色是红娘印入莺莺心里。一幅文字便作三幅看也。一幅是张生，一幅是红娘眼中张生，一幅是红娘心中莺莺之张生。真是异样妙文。"为什么明明是一幅文字却可作三幅看呢？就唱词字面意义来说，它直接描绘的是张生拂笺打稿的形象，此其一也。但这形象是通过红娘的视点所见并由其口中描绘出来，它被红娘美化、戏剧化，并与红娘的动作、形象联系在一起，此其二也。同时，红娘受莺莺之托，带了莺莺的情意来看望张生，故她眼中的张生形象又蒙上了莺莺无限爱怜的感情色彩，此其三也。张生的形象、红娘的形象和动作、莺莺的情意交织在一起，叠印在一起，生发出了异常丰富的审美意象与审美感情。唱词、宾白本身表达的意义与它们隐含、指示的意义同时构成审美欣赏的对象，这就是新批评理论家燕卜逊所揭示的文学语言的一个基本特征：多义性或"含混"。

金圣叹还发现，文学语言所表达的意义跟字与字、词与词、句

---

① 赵毅衡编：《"新批评"文集》，中国社会科学出版社1988年版，第294-295页。

与句、段与段等的排列组合有很大的关系；巧妙运用这一手段，可以产生意想不到的效果。

譬如，《西厢记》卷一《酬韵》一折，张生等待莺莺前来幽会的唱词："夜深先香蔼横金界，潇洒书斋，闷杀读书客。"金圣叹批道："夜深矣，而书斋犹潇洒。盖潇洒之为言，寂无人来也，此真读书之客之所甚乐也。客既不读书，而犹自名其屋曰书斋，甚矣，天下之无人无书斋也。连用两书字，最有讽刺，潇洒书斋，作闷用，真奇事也。"他在这里指出了，"潇洒""书斋""闷杀""读书客"等词如此排列构成的句子有一种奇特的效果：书斋潇洒，清静无人来，本是读书客求之不得的好事；而"排"出的却是"闷杀读书客"，表面上荒谬而实际上却又是真实的陈述，它恰是张生无心读书的明证；无心读书，书斋便成摆设，何谓"潇洒"？岂不可笑？于是，富于讽刺意味的喜剧性油然而生。金圣叹所言，正是布鲁克斯所谓"悖论"语言产生的效果。

又如《拷艳》一折，老夫人被迫认可了张生与莺莺的关系，却又命张生立即上朝取应，活活拆散一对恋人。红娘对张生有几句唱词："[收尾]直要到归来时，画堂萧鼓鸣春昼，方是一对儿鸾交凤友。如今还不受你说媒红，吃你谢亲酒。"金圣叹批道："字字是快字，句句是闷字，妙，妙。"我们看到，所选用的词与词组，诸如"归来时""画堂""萧鼓""鸣春昼""一对儿""鸾交凤友"，等等，就单个看，都是具有喜庆、吉祥、美好含义的，甚至连红娘的语气也是风趣、调侃的，然而，一旦它们合成句子时，却"句句是闷字"，产生了令人感到沉重、苦闷和恐慌的效果，诚如金圣叹所言，"不必读至后篇，而遍身麻木矣"。这是语词受到语境压力造成意义扭转，而形成所言与所指之间对立的语言现象，则是布鲁克斯所谓"反讽"语言的效果。

金圣叹与"新批评"一样，也对文学的意象十分重视。他行文夹批特别注意作品中意象的反复出现。如《水浒传》"景阳冈武松打虎"中出现十九次的"哨棒",还有"王婆贪贿说风情"里一再叙及的潘家门前的"帘子"。在他看来,这些"意象"不但有自身的道具性作用,而且还能使故事"段"更显完整:"骤看之,有如无物;及至细寻,其中便有一条线索,拽之通体俱动。"(《读第五才子书法》)他称此为"草蛇灰线法"。又正如印度诗人泰戈尔说的:"采摘花瓣的人,得不到花的美丽。"(《飞鸟集》)金圣叹的评点与"新批评"一样,在品味艺术作品的各个细部的同时,还对作品的整体艺术予以极度重视。"新批评"指出,作品的全部价值并不等于它各个部分内在价值的总和。布鲁克斯认为,需要把部分美与整体美区别开来,文学的价值存在于它的整体之中;他把结构定义为"意义、评价和解释的构架",其统一性在于"平衡与协调涵义、态度和意义"(《形式主义批评家》)[1]。兰色姆则认为,一首诗是由头、心与脚组成的一个"活动的有机体";"头"相当于逻辑陈述,"心"喻指感情,"脚"指格律、韵脚与节奏,它们各司其职,相互制约与协调。作品是由一个各部分互相作用的关系网所构成的、充满生命的整体。因此,"新批评"才提出"语境"的概念。金圣叹受传统批评重整体直观的影响,也强调对文本作整体把握而提出"文文相生"。他说,作者"有全书在胸而始下笔著书","凡人读一部书,须要眼光放得长。如《水浒传》七十回,只用一目俱下,便知其二千余纸,只是一篇文字。中间许多事体,便是文字起承转合之法。若是拖长看去,却都不见"(《读第五才子书法》)。又说:"《西厢记》必须尽一日一夜之力,一气读之。一气读之者,总揽其起尽也。"(《读第六才子书法》)他借用禅宗里著名的"无"字公案,以强调作品近乎化境的艺术整体性:《西厢记》"不是一章"、

---

① 赵毅衡编:《"新批评"文集》,中国社会科学出版社 1988 年版,第 486 页。

"不是一句"，"只是一个字"，一个"无"字（《读第六才子书法》）。可见，金圣叹的评点与"新批评"都认识到：美丽的鲜花固然由片片花瓣所组成，但它的美却只能呈现于由花瓣组成的花朵的整体风姿之中！

"读者精神"

金圣叹的评点在走向本文、文本的"细读"上，与"新批评"有某些惊人的相通之处，而凸显出现代的价值。然而，它们毕竟生成于不同的文化语境，如上面提到的，中国的修辞观与西方判然有别，同是"细读"，二者的方法却迥然不同；具言之，"新批评"的"细读"凭借语义学方法，而金圣叹评点采用的是"心理解释方法"，其核心是对"读者精神"的张扬。下详述之。

文学研究的理论阐述作为一项反思活动，需要借助一部真正的作品才能完成。金圣叹对作品的细读从文字本身入手，他说："文章之妙，无过曲折。诚得百曲千曲万曲、百折千折万折之文，我纵心寻其起尽，以自容与其间，斯真天下之至乐也。"（《西厢记·赖简》总批）为了"追出"作品的"神理"，金圣叹提出，既要"依其本""本其实""控心扶髓"，深入到文本之中；又要"不随文发放""不为作者所瞒"。在他看来，"读者精神不生，将作者之意思尽没"（《读第五才子书法》），"读者之胸中有针有线，始信作者之腕下有经有纬"（《读第五才子书法》）；阐释是文本与读者的聚合点，只有读者的积极参与，才能使得文本展现出内在的活力。因此，他说："吾最恨人家子弟，凡遇读书，都不理会文字，只记得若干事迹，便算读过一部书了"（《读第五才子书法》）；"轻将古人妙文，成片诵过。此皆上犯天条，下遭鬼僇之事，必宜有则改之，无则加勉者也"（《西厢记·拷艳》第七节批）。不难看出，金圣叹设想出了两类读者，借用丹尼尔·威尔森提出的读者类型，我们称之为"特性化的读者"和"意念中的读者"。前者反映的是作者（包括批评文本的作者）对其所处时代的一般读者的认识，是预期的读者反应的消极衬托，如金圣叹所言的爱读书，却不求甚解者：他们只注意虚构的故事，无法领会文本中蕴藏的作者的良苦用心。后者是作者写作的对象，是一个积极的意指模式；对金圣叹而言，就是金圣叹教育他的真正读者的模式。这类读者体现了他所谓的"读者精神"。我们通过他指导《水浒传》的读者在读书时应做什么和怎么做，便可体会一二。

首先，金圣叹要求其模范读者要积极地参与、体验文本。对文本的参与就是要经常打断故事的展开，在停顿处考虑发生了什么，推测将会发生什么。金圣叹常在情节紧要关头插句夹评："看官少住，试猜他殆欲如何。"他还要求读者进行移情式想象，设身处地地和小说中人物一起体验所发生的事件，即"虚心平气，仰观俯察，待之以敬，行之以忠"（《与顾掌丸》）。他说："吾尝言读书之乐，第一莫过于替人担忧"。如《水浒传》第41回"还道村受三卷天书，宋公明遇九天玄女"，回评曰："前半篇两赵来捉，宋江躲过，俗笔只一句可了。今看他写得一起一落，又一起一落，再一起一落，遂令宋江自在橱中，读者本在书外，却不知何故，一时若打并一片，心魂共受若干惊吓者。"当文本制造出紧张的悬念时，读者因紧紧追随文本而体验到极大的快乐。即使文本提供的只是极少的叙事内容的信息，读者也能通过想象得到审美的满足。如《水浒传》第五十回有段说书的场景："那白秀英道：'今日秀英招牌上明写着这场话本，是一段风流蕴籍的格范。唤作《豫章城双渐赶苏卿》。'说了开话又唱，唱了又说，合棚价众人喝彩不绝。"金圣叹批道："《豫章城双渐赶苏卿》，妙绝处正在只标题目。便使人读之如水中花影，帘里美人，意中早已分明，眼底正自分明不出。若使当时真尽说出，亦复何味耶？"

其次，金圣叹要求他的模范读者反复、认真和积极地诠释文本，力图发现隐藏在文本之下的作者意图或作者赋予文本的意义。在他看来，"才子书"由才子所写，只有"锦心绣口"之人才能真正欣赏它。读者应该是作者的知音，是"闻弦赏音，便知雅曲者"，如伯牙子期高山流水遇知音。简言之，这种沟通要求读者对文本的诠释要与作者意图相符。为此，金圣叹强调要知人论世，了解作者："大凡读书，先要晓得作书之人是何心胸。"（《读第五才子书法》）"读书尚论古人，须将自己眼光直射千百年上，与当日古人提笔一刹那倾精神融成水乳，方能有得。"（《杜诗解》）但是，作者的意图不易把握，因为词语和意义之间存在差异："乃今读其〔宋江〕传，迹其言行，抑何寸寸而求之，莫不宛然忠信笃敬君子也？篇则无累于篇耳，节则无累于节耳，句则无累于句耳，字则无累于字耳。虽然，诚如是者，岂将以宋江真遂为仁人孝子之徒哉？《史》不然乎？记汉武初未尝有一字累汉武也，然而后之读者莫不洞然明汉武之非，是则是褒贬固在笔墨之外也。"（《水浒传》第 35 回回评）如果意义抗拒词语，表层意义与深层含义无法一一对应，怎么办呢？金圣叹以自己的体会为证，提倡反复阅读："一部书中写一百七人最易，写宋江最难。故读此一部书者，亦读一百七人传最易，读宋江传最难也。盖此书写一百七人处，皆直笔也，好即真好，劣即真劣。若写宋江则不然，骤读之而全好，再读之而好劣相半，又再读之而好不胜劣，又读之而全劣无好矣。"（《水浒传》第 35 回回评）这里暗示作者意图会影响读者的读解，而强调了反复阅读的重要性，要求读者注意作者的"皮里阳秋之笔"或"深文曲笔"。

金圣叹对《水浒传》的范读重视读者对文本的审美反应和对阅读的积极参与，是一个具有积极意义的模式，我们称之为"心理解释方法"。这种阅读模式远绍孟子，近承朱熹。孟子继承孔子"兴

于诗"的解释观，提出"以意逆志"的心理解释观，它是针对"以
文害辞""以辞害志"的解释弊端而来的；"斯言殆欲使后人深求其
意以解其文，不但施於说《诗》也"（赵岐：《孟子题辞》）。魏晋玄
学家王弼接受并改进了这种方法，认为只要解释者面对历史文本
"感发推演""触类而思"，在一定条件下，必可得到文本积极的回
应，形成"思"与"应"相互交流、融和的态势，而真正地"得其
义焉"（《老子指略》），它潜在而深远地启示了朱熹。朱熹说："'以
意逆志'，此句最好"；"此是教人读书之法"。并进而提出："读书，
须要切己体验，不可只作文字看"；"读书，须是以自家之心体验圣
人"。（《朱子语类》）所谓"体验"是"体之于心而识之"，"以书观
书，以物观物"，即"以他说看他说"，"如当面说话相似"，"将自
家身己入那道理中去"（《朱子语类》）。这样，反复体验，"渐渐相亲，
久之与己为一"，形成新的意义世界。评点是古代典籍评注形式在
文学批评中的运用，因此，金圣叹所谓的"读者精神"，正是这一
古典解释学方法的延续。它已接近于当代解释大师伽达默尔的"视
界融合"论、"效应历史"论以及赫施的"含义、意义"论。"读者
精神"的理论实质是强调文学批评的"主体性"，旨在说明文学批
评具有自身独立的精神文化价值和地位，而不是文学创作的附庸。
如金圣叹不无自豪地说："圣叹批《西厢记》是圣叹文字，不是《西
厢记》文字。"（《读第六才子书法》）事实表明，这种批评"主体性"
使金圣叹的文学批评取得了巨大的成功："一时学者爱读圣叹书，几
于家置一编。"（王东溆：《柳南随笔》）

　　有趣的是，"新批评"凭借语义学对文本进行细致的分析，其
旨也在争取文学批评的自主性，使批评"获得自己的权力证书并独
立行事"（兰色姆：《批评公司》）。巴赫金指出，文学是一种社会审
美文化现象，"不能把诗学同社会历史分析割裂开来，但又不可将

诗学熔化在这样的分析之中"[①]。文学批评自主性的争取未可厚非，但"新批评"对作者意图和读者感受的拒斥，却导致其研究视角的狭隘性，最终走向衰落。比较之下，金圣叹的评点以文本为中心的同时，张扬"读者精神"，作者、文本、读者和诠释者之间构成了一种关系：（作者——文本——读者）——诠释者；它的视域宽广得多，并不囿于"形式"，而在某种程度上超越了"新批评"。它具有独特的长处和科学性，所以当代批评中，仍不乏采用这种体制的批评家。我们在建构现代诗学的过程中，对这一本土资源应予以足够重视。

（《浙江社会科学》2001 年第 2 期）

---

① ［俄］巴赫金：《陀斯妥耶夫斯基的诗学问题》，白春仁、顾亚铃译，生活·读书·新知三联书店 1988 年版，第 70 页。

"症候阅读"

——金圣叹"独恶宋江"与"腰斩"《水浒》新论

　　金圣叹小说评点的意识形态生产表明，其政治思想呈现为一个复杂的矛盾体。在小说评点的具体过程中，对于水浒英雄的起义，金圣叹往往是肯定与否定两种态度并存：他最为赞美的是那些造反意识最浓烈的人物（如李逵、鲁达、武松等），最深恶的却是极力想招安的宋江。金圣叹一贯推崇"精严"的文法，那么，他是如何解决其意识形态见解内部的矛盾冲突，以求得小说评点思想的一致性呢？我们拟对金圣叹的"症候阅读"（Symptomatic reading）予以剖析，以得出些认识。

1. "独恶宋江"

　　我们知道，金圣叹曾经指出，作品的整个形式结构是"作者胸中预定之成竹"。他说：

　　　　先有成竹藏之胸中，夫而后随笔迅扫，极妍尽致，只觉干同是干，节同是节，叶同是叶，枝同是枝，而其间偃仰斜正，各自入妙，风痕露迹，变化无穷也。①

也就是说，作家在创作时其心中总有一个完美的理想境界，即他对自己的创作应达到的境界的期待，此之谓"先有成竹藏之胸中"。这是创作的最初或最根本的动机，我们细读文本，就是要揭示出这种隐含在作品里的作者的真正动机，从而将作品的艺术内涵充分地显现出来。金圣叹说：

> 读书尚论古人，须将自己眼光直射千百年上，与当日古人提笔一刹那倾精神，融成水乳，方能有得，不然，真如嚼蜡矣！②

正是这种"直射千古"的阅读原则，体现了读者的极大创造性，使得读者洞见了作家诸多微妙复杂的心理，而能发他人所未发。金圣叹又说：

> 读书随书读，定非读书人。③

他发现，作者的褒贬往往是在"笔墨之外"的，本文的意义有时抗拒着词语，表层意义与深层意义之间未能一一对应。那么，在这种情况下，读者又该如何读解文本呢？金圣叹指出：

---

① 金圣叹：《水浒传》第 19 回回评，《金圣叹评点才子全集》第 3 卷，光明日报出版社 1997 年版，第 353 页。
② 金圣叹：《杜诗解·早起》，《金圣叹评点才子全集》第 1 卷，光明日报出版社 1997 年版，第 694 页。
③ 金圣叹：《水浒传》第 16 回回评，《金圣叹评点才子全集》第 3 卷，光明日报出版社 1997 年版，第 300 页。

　　我既得以想见其人，因更回读其文，为之徐读之，疾读之，翱翔读之，歇续读之，为楚声读之，为豺声读之。呜呼！是其一篇一节一句一字，实杳非儒生心之所构，目之所遇，手之所抢，笔之所触矣。是真所谓云质龙章，日姿月彩，分外之绝笔矣。[①]

精美文本十之七八的部分是深潜于海底的，要欣赏出其语言内在的张力，读者必须仔细阅读、反复阅读。英国现代哲学家维特根斯坦说：

　　想象一种语言就叫做想象一种生活形式。[②]

不同的读法是在进入不同的存在方式。一般人只懂得一种欣赏角度与方法，金圣叹则不然，他有"徐读""疾读""歇续""楚声""豺声"种种读法，而打开了文本的不同世界。他说：

　　一部书中写一百七人最易，写宋江最难。故读此一部书者，亦读一百七人传最易，读宋江传最难也。盖此书写一百七人处，皆直笔也，好即真好，劣即真劣。若写宋江则不然，骤读之而全好，再读之而好劣相半，又再读之而好不胜劣，又读之而全劣无好矣。夫读宋江一传，而至于再，而至于又再，而

①　金圣叹：《水浒传》第25回回评，《金圣叹评点才子全集》第3卷，光明日报出版社1997年版，第472页。
②　［英］维特根斯坦：《哲学研究》，陈嘉映译，上海人民出版社2001年版，第13页。

至于又卒，而诚有以知其全劣无好，可不谓之善读书人哉？[①]

金圣叹就是在"骤读""再读""又再读""又读"的过程中，读出了宋江"全劣无好"的结论，而充分展现了"读者精神"的魅力。

宋江是《水浒传》中最重要的人物，他有不少诨号，如"呼保义""及时雨"和"孝义黑三郎"等。"呼保义"之"保义"是宋代武官名"保义郎"之简称，"呼"乃称呼之义；"呼"作"保义"即呼作"保义郎"，而"保义"作为宋人喜欢的称呼，又与此官衔常用以笼络义军首领及作为疏财出力者的虚衔有关[②]。更重要的则在于"保"的是"义"，主要是江湖"义气"。在宋江"成名"的要素中最重要的就是"仗义疏财"，且主要以"江湖好汉"为对象，"及时雨"可谓"呼保义"之通俗的解释。宋江"于家大孝"，又称"孝义黑三郎"。中国传统的家庭观念与血缘观念，使人们对"孝义"的认同与执持跟"仗义"的行径并行不悖；"孝义"和"仗义"的结合，正是宋江成为"呼保义"和"及时雨"的基础，也是江湖社会的主要规范与原则。这些诨号表明，在宋江身上，汇聚了君子的一切优点——孝顺、仁义、慷慨、正直——而近乎完美无瑕，备受众人爱戴。因此，明人褒赞《水浒传》必首赞宋江，其中以李贽的赞词最有代表性：

> ……则谓水浒之众，皆大力大贤有忠有义之人可也。然未有忠义如宋公明者也。……独宋公明者，身居水浒之中，心在朝廷之上，一意招安，专图报国，卒至于犯大难，成大功，服毒自缢，同死而不辞，则忠义之烈也，真足以服一百单八人

---

① 金圣叹：《水浒传》第35回回评，《金圣叹评点才子全集》第4卷，光明日报出版社1997年版，第644页。

② 何心：《水浒研究》，上海古籍出版社1985年版，第131-135页。

者之心，故能结义梁山，为一百单八人之主耳。①

李贽的观点在明后期有广泛的影响，人们多从其说。独金圣叹以为不然。他的理由是，宋江的第一次出场是经过作者精心安排的：

> 一百八人中，独于宋江用此大书者，盖一百七人皆依列传例，于宋江特依世家例，亦所以成一书之纲纪也。②

而且，小说写一百七人用的是"直笔"，写宋江用的则是"深文曲笔"。为此，金圣叹一步步地剥除宋江的"画皮"，揭穿其实为不忠、不义、不孝之徒。

先说宋江之"忠"。金圣叹特别反感将"忠"归于宋江，第十七回回评云：

> 宋江，盗魁也。盗魁，则其罪浮于群盗一等。……宋江而放晁盖，是必不能忠义者也。此入本传之始，而初无一事可书，为首便书私放晁盖。然则宋江通天之罪，作者真不能为之讳也。

金圣叹的读解不无依据，他看到了小说里的"深文曲笔"：

> 如曰：府尹叫进堂，则机密之至也；叫了店主做眼，则机密之至也；三更奔到白家，则机密之至也；包了白胜头脸，

① 李贽：《读〈忠义水浒全传〉序》，《水浒传会评本》，北京大学出版社1981年版，第28-29页。
② 金圣叹：《水浒传》第17回夹批，《金圣叹评点才子全集》第3卷，光明日报出版社1997年版，第322页。

则机密之至也；老婆监收女牢，则机密之至也；何涛亲领公
文，则机密之至也；就带虞候做眼，则机密之至也；众人都藏
店里，则机密之至也；何涛不肯轻说，则机密之至也；凡费若
干文字，写出无数机密，而皆所以深著宋江私放晁盖之罪。①

宋江无视这些"机密"，显然是"坏国家之法"，犯了"通天之罪"，
有何"忠"可言？金圣叹还从文本读出了宋江诸多言行的矛盾之处，
如第 35 回宋江发配路遇花荣，花荣要为他除去刑枷，宋江一本正
经地拒绝："贤弟，是甚么话！此是国家法度，如何敢擅动！"金圣
叹于此夹批道：

宋江假！于知己兄弟面前，偏说此话；于李家店、穆家
店，偏又不然。写尽宋江丑态。②

此外，宋江还在浔阳楼上题吟反诗，萌生"恰似猛虎卧荒丘""敢
笑黄巢不丈夫""血染浔阳江口"的念头等；此前，他则以"法度"
为准绳，斥晁盖等人为"杀人放火"之徒。为此，金圣叹列举许宋
江以"忠义"的十大不可：

夫宋江，淮南之强盗也。人欲图报朝廷，而无进身之策，
至不得已而姑出于强盗。此一大不可也。曰：有逼之者也。夫
有逼之，则私放晁盖亦谁逼之？身为押司，徇法纵贼。此二大
不可也。为农则农，为吏则吏；农言不出于畔，吏言不出于

---

① 金圣叹：《水浒传》第 17 回回评，《金圣叹评点才子全集》第 3 卷，光明日报
出版社 1997 年版，第 318 页。

② 金圣叹：《水浒传》第 35 回夹批，《金圣叹评点才子全集》第 4 卷，光明日报
出版社 1997 年版，第 649 页。

庭，分也。身在郓城，而名满天下，远近相煽，包纳荒秽。此三大不可也。私连大贼以受金，明杀平人以灭口，幸从小惩，便当大戒，乃浔阳题诗，反思报仇，不知谁是其仇？至欲血染江水。此四大不可也。语云："求忠臣必于孝子之门。"江以一朝小忿，贻大傀于老父。夫不有于父，何有于他？诚所谓"是可忍孰不可忍"！此五大不可也。燕顺、郑天寿、王英则罗而致之梁山，吕方、郭盛则罗而致之梁山，此犹可恕也；甚乃至于花荣亦罗致之梁山，黄信、秦明亦罗而致之梁山，是胡可恕也！落草之事虽未遂，营窟之心实已久，此六大不可也。白龙之劫，犹出群力；无为之烧，岂非独断？白龙之劫，犹曰"救死"；无为之烧，岂非肆毒？此七大不可也。打州掠县，只如戏事；劫狱开库，乃为固然。杀官长则无不坐以污滥之名；买百姓则便借其府藏之物，此八大不可也。官兵则拒杀官兵，王师则拒杀王师，横行河朔，其锋莫犯，遂使上无宁食天子，下无生还将军，此九大不可也。初以水泊避罪，后忽"忠义"名堂，设印信赏罚之专司，制龙虎熊罴之旗号，甚乃至黄钺、白旄、朱旛、皂盖违禁之物，无一不有，此十大不可也。[1]

以此观之，金圣叹说："世人读《水浒》而不能通，而遽便以忠义目之，真不知马之几足者也。"[2]

再看宋江的"义"。小说第17回是这样介绍宋江的：

他刀笔精通，吏道纯熟；更兼爱习枪棒，学得武艺多般。

---

① 金圣叹：《水浒传》第57回回评，《金圣叹评点才子全集》第4卷，光明日报出版社1997年版，第1037-1038页。

② 金圣叹：《水浒传》第17回回评，《金圣叹评点才子全集》第3卷，光明日报出版社1997年版，第319页。

> 平生只好结识江湖上好汉，但有人来投奔他的，若高若低，文艺有不纳，便留在庄上馆谷。终日追陪，并无厌倦；若要起身，尽力资助。端的是挥金如土。人问他求钱物，亦不推脱；且好做方便，每每排难解纷，只是周全人性命。时常散失棺材药饵，济人贫苦，周人之急，扶人之困。以此，山东河北闻名，都称他做及时雨，却把他比作天上下的及时雨一般，能救万物。

宋江讲义气可谓声名远扬，小说反复写到一提及他的名字，他每每获救，还结交了不少朋友。对于宋江的疏财，金圣叹有自己的看法："其结识天下好汉也……惟一银子而已矣"；"宋江以区区滑吏，而徒以银子一物买遍天下，而遂欲自称于世为孝义黑三，以阴图他日晁盖之一席"；"处处写其单以银子结人，盖是诛心之笔也"[1]。宋江甚至还有"弑兄"的罪名，对于结拜兄弟晁盖之死有不可推卸的责任。表现在：

> 写宋江上梁山后，毅然更张旧法，别出自己新裁，暗压众人，明欺晁盖，甚是咄咄逼人。[2]

如在梁山泊连续四次的军事行动中，宋江成功地阻止了晁盖指挥战斗，其中不无阴谋篡权之心：

> 夫宋江之必不许晁盖下山者，不欲令晁盖能有山寨也，

---

① 金圣叹：《水浒传》第36回回评，《金圣叹评点才子全集》第4卷，光明日报出版社1997年版，第659页。
② 金圣叹：《水浒传》第40回回评，《金圣叹评点才子全集》第4卷，光明日报出版社1997年版，第734页。

又不欲令众人尚有晁盖也。夫不欲令晁盖能有山寨，则是山寨诚得一日而无晁盖，是宋江之大快也。又不欲令众人尚有晁盖，则夫晁盖虽未死于史文恭之箭，而已死于厅上厅下众人之心非一日也。如是而晁盖今日之死于史文恭，是特晁盖之余矣。若夫晁盖之死，固已甚久甚久也。……通篇皆用深文曲笔，以深明宋江之弑晁盖。如风吹旗折，吴用独谏，一也；戴宗私探，匿其回报，二也；五将死救，余各自顾，三也；主军星殒，众人不还，四也；守定啼哭，不商疗治，五也；晁盖遗誓，先云"莫怪"，六也；骤摄大位，布令详明，七也；拘牵丧制，不即报仇，八也；大怨未休，逢僧闲话，九也；置死天王，急生麒麟，十也。[①]

在金圣叹看来，宋江屡次不让晁盖下山无异于"闷杀英雄"，晁盖在山寨的地位早已名存实亡。难怪在第五次军事行动时，晁盖坚决要亲自率领队伍。按常理宋江本应像前面四次一样阻止晁盖，但是，此次宋江却一言未发，甚至在一阵大风吹折队旗，明明预兆不祥时，他仍没有说一个字来阻止晁盖。可见，宋江不过是"权诈"之徒耳。金圣叹坚信宋江应对晁盖之死负责，而推翻了堆砌在他身上的讲义气的赞誉之词。

再论宋江之"孝"。小说告诉读者宋江对父亲如何念念不忘，如何言听计从，宋江不时地落泪更是其孝顺的标志。金圣叹根据上下文的内容，得出的结论却是：宋江根本不配"孝子"的称号。如第21回里宋江自言："只有这个先父记挂。"然而，这个"孝子"却又预先安排好与父亲脱离关系，在逃亡时吩咐庄客们"早晚殷勤伏

---

① 金圣叹：《水浒传》第59回回评，《金圣叹评点才子全集》第4卷，光明日报出版社1997年版，第1068-1069页。

侍太公，休教饮食有缺"。金圣叹夹批道：

> 人亦有言：养儿防老。写宋江吩咐庄客伏侍太公，亦皮里阳秋之笔也。[①]

又第三十五回里宋江对父亲说，他自己并不愿意与江湖朋友见面，惟恐有碍于"孝道"；实际上，他却是言行不一的：

> 于清风山收罗花荣、秦明、黄信、吕方、郭盛及燕顺等三人纷纷入水泊者，复是何人？方得死父赚转，便将生死热瞒。作者正深写宋江权诈，乃至忍于欺其至亲。[②]

尤其是第43回李逵向众兄弟哭诉自己母亲被虎吃了，宋江竟然大笑。金圣叹夹批云：

> 大书"宋江大笑"者，可知众人不笑也。夫娘何人也？虎吃何事也？娘被虎吃，其子流泪，何情也？闻斯言也，不必贤者而后哀之，行道之人莫不哀之矣。江独何心，不惟不能哀之，且复笑之；不惟笑之而已，且大笑之耶？天下之人莫非子也，天下莫非人子，则莫不各有其娘也。江而独非人子则已，江而犹为人子，则岂有闻人之娘已被虎吃，而为人之子乃复大笑？江谁欺，欺太公乎？作者特于前幅大书宋江不许取娘，于后幅大书宋江闻虎吃娘大笑，所以深明谈忠谈孝之人，其胸中

---

① 金圣叹：《水浒传》第21回夹批，《金圣叹评点才子全集》第3卷，光明日报出版社1997年版，第399页。
② 金圣叹：《水浒传》第35回夹批，《金圣叹评点才子全集》第4卷，光明日报出版社1997年版，第645页。

全无心肝，为稗史之《梼杌》也。①

金圣叹列举了诸多类似的情节，而一笔抹倒了宋江之"孝"；他说：

> 笑宋江传中，越说得真切，越哭得悲痛，越显其忤逆不
> 肖；越要尊朝廷，守父教，矜名节，爱身体，越见其以做强盗
> 为性命也。②

金圣叹目光如炬，剥除了宋江的诸多"伪装"。

总之，金圣叹认为，宋江是一个不忠、不义、不孝的"权诈"之徒，而与李贽所谓的"忠义"说划清了界线。金圣叹的读解是独到的，它融入了金圣叹独特的生命感觉方式和经验材料，是具有独立精神品格与文化价值的创造，是真正的"圣叹文字"。那么，金圣叹这种读解的根据何在？有什么深刻用意呢？

2.文本的"改造"

金圣叹对于宋江的上述读解，并非"信口开河"，全无道理，因为它们建立在一定的文本基础之上的，只不过作为凭据的"文本"不是所谓的"俗本"《忠义水浒传》，而是经过金圣叹自己删改过的七十回本《水浒传》。

为了更好地说明这点，我们将容与堂刻本《水浒传》与金圣叹批本《水浒传》中的三段文字作些比较：

---

① 金圣叹：《水浒传》第 43 回夹批，《金圣叹评点才子全集》第 4 卷，光明日报出版社 1997 年版，第 799 页。

② 金圣叹：《水浒传》第 50 回回评，《金圣叹评点才子全集》第 4 卷，光明日报出版社 1997 年版，第 913 页。

容与堂刻本《水浒传》	金圣叹批本《水浒传》
第 22 回： 〔宋江、宋清〕……都出草厅前，拜辞了父亲宋太公，三人洒泪不住，又分付道，你两个前程万里，休得烦恼。	第 21 回： 〔宋江、宋清〕……都出草厅前，拜辞了父亲，只见宋太公洒泪不住，又分付道，你两个前程万里，休得烦恼。
第 44 回： （李逵）诉说取娘至沂岭，被老虎吃了，因此杀了四虎；又说假李逵剪径被杀一事，众人大笑；晁宋二人笑道："被你杀了四个猛虎，今日山寨里又添得两个活虎，正宜作庆。"众多好汉大喜，便教杀羊宰马，做筵席庆贺两个新到头领。	第 43 回： （李逵）诉说假李逵剪径一事，众人大笑。又说杀虎一事，为取娘至沂岭，被虎吃了，说罢，流下泪来。宋江大笑，道："被你杀了四个猛虎，今日山寨里却添得两个活虎，正宜作庆。"众多好汉大喜，便教杀羊宰马，做筵席庆贺两个新到头领。
第 60 回： ……晁盖听罢，心中大怒道："这畜生怎敢如此无礼！我须亲自走一遭，不捉得此辈，誓不回山！"宋江道："哥哥是山寨之主，不可轻动，小弟愿征。"晁盖道："不是我要夺你的功劳，你下山多遍了，厮杀劳困，我今替你走一遭，下次有事，却是弟弟去。"宋江苦谏不听。晁盖忿怒，便点起五千人马，请启二十个首领相助下山；其余都和宋公明保守山寨。…… ……饮酒之间，忽起一阵狂风，正把晁盖新制的认军旗半腰吹折。众人见了，尽皆失色。吴学究谏道："此乃不祥之兆，兄长改日出军。"宋江劝道："哥哥方才出军，风吹折认旗，于军不利。不若停待几时，却去和那厮理会未为晚矣。"晁盖道……	第 59 回： ……晁盖听罢，心中大怒道："这畜生怎敢如此无礼！我须亲自走一遭，不捉得此辈，誓不回山！我只点起五千人马，请启二十个首领相助下山；其余和宋公明保守山寨。"…… ……饮酒之间，忽起一阵风，正把晁盖新制的认军旗半腰吹折。众人见了，尽皆失色。吴学究谏道："哥哥方才出军，风吹折认旗，于军不利。不若停待几时，却去和那厮理会。"晁盖道……

仔细比较，我们不难发现，实际上，金本《水浒》针对宋江作了大量的"改写"工作，或是"订正"了几个字，或是置换了人物，或是大量地删除文字，其目的显然是要有意识地跟容与堂刻本《水浒传》区分开来。这些"改写"再配之以金氏"言之凿凿"的批语，便把容与堂刻本《水浒传》中的宋江，从忠孝两全、重义轻财的好汉英雄，"修整"成了一个权诈、虚伪的强盗和阴谋家。金圣叹的这种做法在今人眼里无疑是在"作伪"，甚至侵犯了"知识产权"；可是，"作伪"之风在古代并不罕见。清代学者考出的历代伪书，多得令人吃惊，我们只需去翻翻《古今伪书考》便知。"作伪"之风，逮及有明一代，尤为炽盛。因此，在这问题上，我们无须过于苛责古人。更何况，金圣叹削补修改小说，与《水浒传》集体创作、世代累积的特点并不相违背。我们更感兴趣的是，金圣叹此举的动机和效果。

根据学者们的研究，《水浒传》的成书过程是十分复杂的，单是其中的宋江形象便至少包含了三种来源不同的成分：一是来自《大宋宣和遗事》等史实的"山大王"身份；二是来自《史记·游侠列传》中郭解的义侠精神；三是儒家人格理想中的"忠孝"思想。[1]这些异质性的存在，使宋江这个人物不可避免地存在着先天的"裂痕"。金圣叹指出：

> 若夫耐庵所云"水浒"也者，王土之滨则有水，又在水外则曰浒，远之也。远之也者，天下之凶物，天下之所共击也；天下之恶物，天下之所共弃也。若使忠义而在水浒，忠义为天下凶物、恶物乎哉！且水浒有忠义，国家无忠义耶？[2]

---

[1] 陈洪：《金圣叹传论》，天津人民出版社1996年版，第72页。
[2] 金圣叹：《水浒传·序二》，《金圣叹评点才子全集》第3卷，光明日报出版社1997年版，第8页。

　　这里，金圣叹的诘问不无道理。"水浒"实际上就是一个边缘的世界，是一个游离于社会秩序，并与社会相对立的一个社会群落。"江湖"之"义"与"朝廷"之"忠"，分别体现了两种不同的社会规范，它们之间的鸿沟根本就不可能真正填平。如当宋江得知"智取生辰纲"事发，他吃了一惊："晁盖是我心腹弟兄，他如今犯了弥天大罪，我不救他时，捕获将去，性命便休了。"于是偷跑去送信，私放了晁盖，这是徇私枉法，是"义"而非"忠"的行为。当得知晁盖等人反上了梁山，并杀退进剿官军，在宋江看来，"如此之罪，是灭九族的勾当……于法度上却饶不得"。同时又为他们担心："倘有疏失，如之奈何。"他似乎还有些羡慕："那晁盖倒去落了草，直如此大弄！"显然，"忠"与"义"是矛盾对立的，在紧要关头更是难以两全。这最终使得宋江也反上了梁山，并向晁盖等发誓："今日同哥哥上山去，这回死心塌地与哥哥同死共生。"但是，宋江的思想性格并没有沿着这一进程自然发展，而是发生了巨大转折。这就是第41回宋江回家取父，见了九天玄女，接了一道"法旨"："汝可替天行道：为主全忠仗义，为臣辅国安民；去邪归正，勿忘勿泄。"从此，宋江便以"忠"统帅"义"，把对晁盖发的重誓抛之脑后，成了执行"法旨"的"星主"。于是，宋江的思想人格发生了严重分裂：一方面领导武装斗争，取得一个又一个胜利；另一方面又只图招安，反复念起了"投降经"。晁盖一死，他就改"聚义厅"为"忠义堂"，试图使"义"从属于"忠"，纳入"忠"的轨道；在英雄大聚义时，则宣称："愿天王降诏早招安，心方足。"前后两个宋江明显存在着矛盾，有着明显的"拼合"痕迹。在金圣叹看来，这是作者有意以春秋笔法表现奸雄。

　　对于"玄女授天书"这一灵异情节，有台湾学者以为，这"只是沿袭了《宣和遗事》留下来的模子，套用了这一个传统习见的常典而已"①。而大陆学者则指出：

> （作品）只是以九天玄女的"法旨"使其（宋江）产生这
> 种根本性变化，这就不是在典型环境中刻画人物，而是从观念
> 出发去描写，违背了现实主义原则，失去了真实性基础，造成
> 了宋江形象的分裂。②

我们认为，这些看法都滞留于表面，不够深入妥切。其实，早在
三百多年前，金圣叹就已指出："《水浒传》不说鬼神怪异之事，是
他气力过人处。"③小说第51回写宋江与高廉交兵，欲借助"天书"
破敌，结果反遭败绩；金圣叹回评云：

> 玄女而真有天书者，宜无不可破之神师也；玄女之天书
> 而不能破神师者，耐庵亦可不及天书者也。今偏要向此等处提
> 出天书，而天书又曾不足以奈何高廉，然则宋江之所谓玄女可
> 知，而天书可知矣。前曰："终日看习天书。"此又曰："用心记
> 了咒语。"岂有终日看习而今始记咒语者？明乎前之看习是诈，
> 而今之记咒又诈也。前曰："可与天机星同观。"此忽曰："军师
> 放心，我自有法。"岂有终日两人看习，而今吴用尽忘者？明
> 乎前之未尝同观，而今之并非独记也。著宋江之恶至于如此，

① 胡万川：《玄女、白猿、天书》，转引自《论中国古典小说的艺术——台湾香港
论著选辑》，南开大学出版社1984年版，第45页。
② 欧阳代发：《论〈水浒传〉中宋江形象的塑造》，转引自《水浒争鸣》第六辑，
光明日报出版社2001年版，第88页。
③ 金圣叹：《读第五才子书法》，《金圣叹评点才子全集》第3卷，光明日报出版
社1997年版，第19页。

真出篝火狐鸣下倍蓰矣。[①]

金圣叹从"天书"功能的丧失，而游离了本文这一叙述的"漏洞"，"觑破"了奸雄的"欺世"手法："宋江遇玄女，是奸雄捣鬼"；"宋江天书，定是自家带去"[②]。金圣叹在九天玄女的"法旨"后又夹批道：

> 只因此等语，遂为后人续貂之地。殊不知此等悉是宋江权术，不是一部提纲也。[③]

在金圣叹看来，宋江梦玄女授天书与陈胜的"大楚兴，陈胜王"的伎俩并无二致，这恰恰是"现实主义"的写法。在论及文人多用黄石公、玄女、白猿一类典故时，钱锺书先生指出：

> 此等熟典，已成公器，同用互犯者愈多，益见其为无心契合而非厚颜蹈袭。[④]

这里，"无心契合"四字最值得推敲，它暗示着某种集体无意识的存在。在中国古代小说中，借用传统习见的神话典故，赋予英雄人物以神格，往往反映了传统上世间大事皆由"天命"的一种观念。如玄女的"法旨"，便给梁山大业定下了纲领性口号："替天行

---

① 金圣叹：《水浒传》第 51 回回评，《金圣叹评点才子全集》第 4 卷，光明日报出版社 1997 年版，第 933 页。

② 金圣叹：《水浒传》第 42 回回评，《金圣叹评点才子全集》第 4 卷，光明日报出版社 1997 年版，第 774 页。

③ 金圣叹：《水浒传》第 41 回夹批，《金圣叹评点才子全集》第 4 卷，光明日报出版社 1997 年版，第 763 页。

④ 钱锺书：《管锥编》第 4 册，中华书局 1986 年版，第 1530 页。

道，辅国安民。"在封建社会里，"天"是神圣化的朝廷的表征，"辅国"则是辅助皇帝和朝廷治理天下。《忠义水浒传》的作者袭用玄女、天书的"熟典"，其本意是欲将宋江塑造成"忠义不负朝廷"的"星主"，而"合理化"地统合存在诸多异见的文本；与之配合，后五十回则续写宋江等受朝廷招安，建功立业，大显其忠烈。孰料这种意识形态"元语言"的渗透与控制，反而加剧了宋江本人思想人格的严重分裂。金圣叹从小就对《水浒传》烂熟于心，自然读出了"俗本"的这些"捏撮"之处，揭示了前人未见的盲点。

有意思的是，通过对"俗本"的截读、节读、整顿回目、辨正事实，乃至文字的润色和订正，以及列举宋江的诸多罪状，揭示所谓"天命"的欺骗性等，金圣叹不是抹去而是强化与凸显了文本的"裂缝"或"罅隙"，使得文本内部自相矛盾、自我颠覆，以彰显宋江之罪不可恕，突出其"独恶宋江"的思想倾向：

> 由耐庵之《水浒》言之，则如史氏之有《梼杌》是也，备书其外之权诈，备书其内之凶恶，所以诛前人既死之心者，所以防后人未然之心也。[①]

在金圣叹看来，作者笔下的宋江是真正的坏人，是心甘情愿抢劫杀人的强盗；其他英雄则不过是"迫入水泊者也"，"皆大有不得已之心"，他们"殆莫不胜于宋江"；[②] 小说"句句深著宋江之罪"，"盖此书宁恕群盗而不恕宋江"，"只是把宋江深恶痛绝"，"独恶宋江，

---

① 金圣叹：《水浒传·序二》，《金圣叹评点才子全集》第3卷，光明日报出版社1997年版，第9页。
② 金圣叹：《水浒传》第25回回评，《金圣叹评点才子全集》第3卷，光明日报出版社1997年版，第472页。

亦是奸厥渠魁之意，其余便饶恕了"[①]。我们知道，金圣叹的小说评点同时充当着意识形态的"共谋者"与"反抗者"两种角色，而金圣叹素以"精严"为美之极致，因此，我们认为，"独恶宋江"实际上是金圣叹美学思想与其意识形态之对抗性矛盾的解决方式，而其实质则是一种释放文学内部能量的"症候阅读"。

3. "症候阅读"

"症候阅读"是由法国当代哲学家阿尔都塞提出的，它主要指一种寻找社会文化形态与叙述意指之间的差距的阅读——批评过程，它以承认作品的内容与形式之结合方式必然有缺陷，作品的意义并不稳定存在为先决条件。

在 1888 年《路德维希·费尔巴哈和德国古典哲学的终结》一书中，恩格斯就指出，艺术并非纯粹的意识形态，与政治、经济理论相比，它具有更高的"不透明度"。到了 20 世纪，阿尔都塞更是反对用本质论的观点去研究意识形态，他的兴趣是研究某些意识形态国家机器（如宗教、伦理、法、政治等）的物质性实践，以及主体是通过哪些程序被建筑在意识形态之中的。他发现，人的主体实际上是一个受到各种限制的、早已由一系列对世界的代表系统所决定了的"屈从体"，"意识形态是个人同他的存在的现实环境的想象性关系的表现"，这就是意识形态的性质。人生活在意识形态之中，是如何将自我投向社会的呢？阿尔都塞认为，"意识形态是物质性的存在"，而不是"纯粹"的思想，它永远存在于宗教、伦理、政治等意识形态国家机器和它们的实践之中。在他看来，"没有具体

---

① 金圣叹：《读第五才子书法》，《金圣叹评点才子全集》第 3 卷，光明日报出版社 1997 年版，第 18 页。

的主体也就没有意识形态可言"①，意识形态通过诱使个人与它认同而从个人中"招募"主体，把个人变成主体。因此，"我"这个主体的形成是"屈从"的结果，而且，"我"所屈从的并不是一种完全外在于"我"的力量，这种力量中有"我"自己的一份力量，因此"我"才能成为"主体"。阿尔都塞的结论是，意识形态中的被压迫者永远是参与压迫者对他的压迫的。这与布尔迪厄的"知识分子其实是统治阶级中被统治的一部分"，有着异曲同工之妙。阿尔都塞进一步指出，艺术既产生于某种意识形态，沉浸在它之中，又同它保持一段距离，从而指向它；艺术不是像科学那样对意识形态提供严格意义上的知识，而是让我们"看见""察觉"和"感受"到意识形态而已。"意识形态就是一个人的存在本身的'生活'经验"②。因此，一个人所处的意识形态并不完全等于他所处的那个社会中占统治地位的信仰体系，除了政治信仰之外，文化、伦理、教育、法、家庭等意识形态同样深刻地制约着一个主体的存在。这样，作品同意识形态的关系，与其说因为它说了什么，还不如说是因为它没有说什么；在文本意味深长的"沉默"中，在它的空隙和省略中，我们最能够清楚地看到意识形态的存在。这里的"空隙"和"省略"不是出自修辞的需要，而是受制于意识形态局限性的结果，即由于意识形态的局限而不能说或想不到说。所以，批评家的任务不是对文本所说过的部分加以释义，而是使那些"沉默"的部分说话，并因此而获得关于意识形态的知识；批评家必须从文字表面不完全的和充满省略的文本表层结构深入下去，通过对"症候"——空白、图式、沉默——的细读，找出隐藏在理论和意识形

---

① 转引自徐贲：《走向后现代与后殖民》，中国社会科学出版社 1996 年版，第102 页。

② 转引自徐贲：《走向后现代与后殖民》，中国社会科学出版社 1996 年版，第107 页。

态下面的无意识结构和理论框架。这就是阿尔都塞所谓的"症候阅读"。

阿尔都塞的理论对于我们理解金圣叹的小说评点很有启发意义。以往，我们一直以为文学作品总是一个"有机体"，可阿尔都塞却告诉我们，由于意识形态的复杂性，"我"这个主体的形成是"屈从"甚至是参与其间的结果，因此，文学文本不可能构筑出一个连贯一致、完美无缺的有机整体，而必然在不同程度上呈现为各种意义之间的矛盾与脱节。金圣叹是主张文学作品的"有机论"的，但这是立足于经他删削后的七十回本的基础之上的。众所周知，中国传统小说的文本，尤其在明末前，往往经历了专业说唱，不同时期的创作、订正、扩充、修改，甚至把几种毫无联系的传统原本拼合在一起的发展过程。在这"拼合"的过程，就渗透着意识形态的控制，小说前后难免出现行动不一致的地方，文本甚至充满裂缝、自相矛盾和悖论，而呈现为一种"开放性"结构，留下了许多可以自由读解或续写的意义"空白"。这就是金圣叹"独恶宋江"的文本依据。更重要的是，经过不同文人不断的改写，作者主体意识平均化了，在限定"释义"的诸多语境条件下，"意图语境"的重要性降低，而"情境语境"的重要性增加，作者的意图更多地让位给特定时代读者的意图，为"读者精神"的介入提供了契机。阿尔都塞所谓的"症候阅读"，表面上意味着将潜在的东西揭示出来，实际上是对某种意义上已经存在的东西进行改造，是读者之意与作者之意互渗而创生出的一种新的意义。因此，它实质便是"读者精神"对于文本的积极参与和创造。我们认为，金圣叹"腰斩"《水浒》与其"独恶宋江"应当如是观。

金圣叹"腰斩"《水浒》是一个十分敏感的学术问题，其分歧最多、争论最为激烈。金圣叹删削《水浒》为七十回的问题，在20世纪20年代末期已成定论，后来虽有学者提出异议，终因证据不足而未被学术界接受。20 世纪 80 年代罗尔纲先生认为罗贯中原本为七十回，后经人伪续才成为百回本。此说遭很多人质疑，未能得到学界认可。①90 年代，这个问题又出现争论。如周岭在《金圣叹腰斩〈水浒传〉说质疑》中认为，"腰斩问题成为'定说'的根据，全属悬拟之词"，该文对于传统观点的三个证据一一提出质疑，其结论是：（1）金圣叹没有腰斩过《水浒传》，他所评点的七十回本《水浒》确有所本；（2）金批七十回本《水浒》的底本并不是所谓"古本"，而是嘉靖时人腰斩郭勋百回繁本改写而成的本子。②此文很快引起了商榷，王齐洲在《金圣叹腰斩〈水浒传〉无可怀疑——与周岭同志商榷》中，从"腰斩"说是如何定论的、周文所列"证据"之检讨、"腰斩"说论据释疑三个部分进行辨析，指出周文对这些材料的理解存在问题，而且这些材料的可信度也较低，不能推翻金圣叹腰斩《水浒》的定论，金圣叹腰斩《水浒》的案不能翻。③事实也是如此，迄今为止，没有直证材料可以证明金批本《水浒传》是"古本"。

　　对于金圣叹的"腰斩"《水浒》，学界大致有三种基本态度：其一，对其动机和效果都持否定态度，这方面的立论多从鲁迅先生的有关论述而来，认为金圣叹腰斩小说的动机是仇视农民起义，反对招安政策，梦想将起义英雄斩尽杀绝，其效果是使小说成了"断尾巴蜻蜓"，破坏了小说情节结构的完整性，用鲁迅的话说，此举实在"昏庸得可以"④。其二，对其动机和效果都持肯定态度，认为金

---

① 罗尔纲：《金圣叹〈贯华堂水浒传〉的问题》，《水浒传原本和著者研究》，江苏古籍出版社 1992 年版，第 111-141 页。

② 周岭：《金圣叹腰斩〈水浒传〉说质疑》，《文学评论》1998 年第 1 期。

③ 王齐洲：《金圣叹腰斩〈水浒传〉无可怀疑——与周岭同志商榷》，《江汉论坛》1998 年第 8 期。

④ 鲁迅：《谈金圣叹》，《鲁迅全集》第 5 卷，人民文学出版社 1981 年版，第 121 页。

圣叹此举"把鼓吹投降主义的《忠义水浒传》改造成为宣传把武装斗争进行到底的"的"革命课本"[①]。其三,动机上予以否定,效果上则予以肯定,即认为金圣叹"是从封建立场删的,但同时也把从反封建立场看来更该删的删了。虽说删掉之后,还假造了卢俊义一梦,影射宋江等不会有好结果,但比受招安之类,还是好得多。这是金圣叹所万想不到的"[②]。这些意见之间存在着原则的分歧,但是,它们都是非此即彼,各取所需,而没有客观地分析评判。

在《水浒传》第5回的回评里,金圣叹说:

> 以大雄氏之书。而与凡夫读之,则谓香风荚花之句,可入诗料。以北《西厢》之语而与圣人读之,则谓"临去秋波"之曲可悟重玄。夫人之贤与不肖,其用意之相去既有如此之别,然则如耐庵之书,亦顾其读之之人何如矣。夫耐庵则又安辩其是稗官,安辩其是菩萨现稗官耶?
> 一部《水浒传》,悉依此批读。[③]

这里,金圣叹说得非常清楚,读者持什么态度,关注着什么问题,直接关系着作品的阅读效果,作品的价值与意义也因人而异。因此,要准确理解金圣叹"腰斩"《水浒》的意义,我们必须回到具体的历史语境中去。金圣叹自称:

> 吾既喜读《水浒》,十二岁便得贯华堂所藏古本,吾日夜

---

① 张国光:《金圣叹的志与才》,南京出版社1998年版,第52页。
② 聂绀弩:《〈水浒〉五论》,《中国古典小说论集》,上海古籍出版社1981年版,第112页。
③ 金圣叹:《水浒传》第5回回评,《金圣叹评点才子全集》第3卷,光明日报出版社1997年版,第133页。

手抄，谬自评释，历四五六七八月，而其事方竣，即今此本是
已。①

许多学者认为，所谓的"古本"以及十二岁便完成小说评点，不过
是金圣叹典型的"英雄欺人"之语，其目的是"炫才"以兜售其书。
不过，以金圣叹之早慧，他从十二岁即万历四十七年（1619年）开
始评点也不无可能。这样，到崇祯十四年（1641年）金批《水浒
传》付梓，前后花了二十年左右的时间。这正值明王朝礼崩乐坏、
内外交困的最黑暗时期。万历四十七年，"萨尔浒之战"明军溃败，
导致边防从此一蹶不振，后金政权时刻威胁着明朝边陲。到了天启
年间，魏忠贤及其党羽残酷迫害东林党人，"冤狱遍于国中"；土
地兼并更加严重，农民不堪刻剥，纷纷揭竿而起。天启二年（1622
年），山东巨野人徐鸿儒利用白莲教发动起义，成了明末农民起义
的前奏。崇祯元年（1628年），王嘉胤、高迎祥、王大梁、王左挂
等人在陕北发动起义，陕西饥民也纷纷参加起义；次年，明廷裁驿
站，数十万驿马夫加入了农民起义的洪流之中，李自成便是其中最
杰出的代表。崇祯三年（1630年）六月，王嘉胤兵克府谷，张献之
聚众响应。在镇压农民起义的过程中，明朝廷中主抚派一败涂地，
导致农民起义军此伏彼起。如崇祯四年（1631年），总督陕西三边
军务侍郎杨鹤招安农民军于宁州，农民军降后不久便反正。崇祯七
年（1634年）夏，总督侍郎陈奇瑜率官军围高迎祥、李自成诸部于
兴安之车厢峡，农民军伪降，陈奇瑜受之；农民军得出车厢峡，"既
出险，杀监视官五十人"，洛阳农民军数万来会，农民军气势炽盛
一时。崇祯八年（1635年），李自成对洪承畴"计穷乞抚"，得粮后，

---

① 金圣叹：《水浒传·序三》，《金圣叹评点才子全集》第3卷，光明日报出版社
1997年版，第11-12页。

"走汉中"。崇祯十一年（1638 年）四月，张献之在谷城降明，兵部尚书熊文灿受之；同年，罗汝才亦降于熊文灿。次年五月，张献之、罗汝才于谷城重举义旗，全国震动……杨鹤、陈奇瑜、熊文灿都因此获罪，此后，明王朝抛弃了招抚政策。江南地区是所谓的清议中心，人们纷纷攻击当事者"玩寇""纵寇"。这便是构成金圣叹评点小说之"情境意图"的时代背景。作为封建社会中正直而又不得志的知识分子，金圣叹所幻想的是一个既没有昏君、贪官污吏，又没有"流贼"的升平社会。金圣叹在《水浒传》第 34 回回评道：

> 读水泊一节，要看他设置雄丽，要看他号令精严，要看他谨守定规，要看他深谋远虑，要看他盘诘详审，要看他开诚布忠，要看他不昵所亲之言，要看他不敢慢于远方之人，皆作者极意之笔。①

在本回夹批里他又说：

> 已上一篇单表水泊雄丽精严，是全部书作身分处。②

原来，水泊梁山是他心目中的理想国的蓝本，他仍然没有越出"普天之下，莫非王土；率土之滨，莫非王臣"的视域。在金圣叹所列的"才子书"中，屈原的离骚之作、杜甫的稷契之思，正是这种理想追求的反映。金圣叹对"俗本"《忠义水浒传》极其不满，主要是反对其中的招安政策，认为它"无恶不归朝廷，无美不归绿林，

---

① 金圣叹：《水浒传》第 34 回回评，《金圣叹评点才子全集》第 4 卷，光明日报出版社 1997 年版，第 626 页。

② 金圣叹：《水浒传》第 34 回夹批，《金圣叹评点才子全集》第 4 卷，光明日报出版社 1997 年版，第 640 页。

已为盗者读之而自豪，未为盗者读之而为盗也"。金圣叹说：

> 夫招安，强盗之变计也。其初父兄失教，喜学拳勇；其
> 既恃其拳勇，不事生产；其既生产乏绝，不免困剧；其既困剧
> 不甘，试为劫夺；其既劫夺既便，遂成啸聚；其既啸聚渐伙，
> 必受讨捕；其既至于必受讨捕，而强盗因而自思：进有自赎之
> 荣，退有免死之乐，则诚莫如招安之策为至便也。①

在金圣叹看来，招安既"失朝廷之尊"，又"坏国家之法"，还会使
人们起而效尤，"从此无治天下之术"②。

因此，金圣叹"腰斩"《水浒》，主要是反对招安政策，其基本
立场则是以不"殊累盛德"为原则。金圣叹"腰斩"了心目中的"恶
札"，再加上"惊恶梦"；这样，始自"从空中放出许多罡煞"，终
于"从梦里收拾一场怪诞"，这宛如一把双刃"剑"，既痛快淋漓地
宣泄了自己对于昏君、贪官的愤恨，又彻底"收拾"了义军，不许
"流贼"存在，一举两得。而通过读者的阅读，小说便能够在他们
内心深处遏止住集体政治行动的破坏倾向，收到既"诛前人既死之
心者"，又"防后人未然之心"的效果。用金圣叹的话说，这叫作
"削忠义而仍《水浒》"。换言之，在金圣叹看来，自己"削忠义"
之举不过是作者意图的还原。

金圣叹这种对于小说作品情味的体会，究其本实源于八股文
的"代古人语气为之"。我们知道，有明一代，是八股文盛行的时
代。清儒焦循曾将能代表各朝文学的诗文作品撰为一集，楚取骚，

---

① 金圣叹：《水浒传》第57回回评，《金圣叹评点才子全集》第4卷，光明日报
出版社1997年版，第1038页。
② 金圣叹：《水浒传·宋史目》，《金圣叹评点才子全集》第3卷，光明日报出版
社1997年版，第17页。

汉取赋，魏晋六朝至隋取五言诗，唐专录格律诗，宋专录词，元专录曲，而于明则专取八股文①。在此之前，李贽也将"举子业"（八股文）与古诗、散文、近体诗、传奇、院本和杂剧等，同样视为"古今至文"。显然，他们都把八股文视为明代文学的代表，此之谓一代有一代的文学。实际上，八股文的确不失为中国文学演化的一种形式，其内容虽系乎经义，形式却是文学的，它非常注重艺术表现，故古人称之"制艺"。根据八股文的要求，揣摩"经义"的关键，在于体会古人语气，进入角色，自己做圣人，摹其声口。明华盖殿大学士张位，曾讲作八股文之法云：

作文是替圣贤说话，必知圣贤之心，然后能发圣贤之言。有一毫不与圣人语意相肖者，非文也。②

在野史中流传的金圣叹游戏科场之种种行为，虽不无夸张之处，却也表明他曾经研习过八股文，自然掌握了这一副手眼。无论他多么的超凡脱俗，也难以摆脱八股文对他的影响。他就反复提出，读者必须眼照古人，力图与古人息息相通。在金圣叹看来，《水浒传》是一部性情之作，即所谓的"发愤作书"，读者阅读自然更当体会作者当时的处境与心情、感受与体验，以把握其内在的精神、意义，进入作者的心灵世界。但是，正如现代解释学所揭示的，所谓作者"原意"的寻求，实际只是一种幻想和信念，人不可能超越历史的存在，以一个完全剔除历史偏见的清明之体存在；任何一种理解，都源自每个人、每代人生活经验形成的独特视野，而由每个人

① 见《易余籥录》卷15。
② 武之望《举业卮言》卷二，明万历己亥刊本。《举业卮言》卷一《内篇》有"神""情""气""骨""质""品""才""识""理""意""词""格""机""势""调""法""趣""致""景""采"等二十目，它们都完全从文学的角度论八股文的写作——笔者注。

自我理解的欲求所驱使，即以读者"情境语境"置换作者"意图语境"的结果。更何况，关于中国古代小说家本身的生平材料就非常稀少。因此，金圣叹"腰斩"《水浒》和"独恶宋江"，实际上是在当时社会环境影响下，金氏"读者精神"积极参与的产物。

这正如德国接受美学家沃尔夫冈·伊瑟尔所指出的，文本和读者之间的相互作用是一个"格式塔"的建构过程：

> 这样的"格式塔"不可避免地染上读者本人的、特殊的选择过程之色彩。这是因为"格式塔"不是由文本形成的，而是诞生于文本和读者心灵的相互作用；而读者的心理又受其自身的经历、意识、世界观的制约。这一"格式塔"不是文本的真正意义，至多只是建构的意义……"理解是具有个人色彩的把握全体的行动，仅此而已。"对于文学作品，这样的理解和读者的期待是密不可分的；一旦怀有期待，我们就掌握了作者武库中最有效的武器——幻想。①

的确，任何阐释都是读者与文本的聚合。金圣叹"腰斩"《水浒》与"独恶宋江"一样，都并非作者意图的简单还原，也不仅仅是纯粹的美学手段②，而是一种"格式塔"的建构，是金圣叹美学思想和意识形态之间冲突的某种妥协或平衡。金圣叹"自我作古"式的"症候阅读"，激发出了文本的内在活力，并强化其政治意识形态功

---

① [德] 沃尔夫冈·伊瑟尔：《隐喻的读者：小说中的交流模式》，《文艺理论研究》1997 年第 3 期。

② 如清代学者刘廷玑《在园杂志》称，金圣叹"以梁山泊一梦结局，不添蛇足，深得剪裁之妙"，见朱一玄编：《水浒传资料汇编》，百花文艺出版社 1984 年版，第 360 页。

能。其中，交织着民间市井意识、绿林文化和封建文人文化的多重思考，对于我们深入理解小说评点的意识形态生产有重要意义。

（《中南大学学报》2006年第5期）

女性主义视野中的"身体写作"

伊格尔顿指出:"对于肉体重要性的重新发现已经成为新近的激进思想所取得的最宝贵的成就之一。"[1]深受理性压抑之苦的现代人呼唤感性,"身体"的突围成了一场"系统的冲动造反,是人身上一切晦暗的、欲求的本能反抗精神诸神的革命"[2]。肉身似乎成了人们活着的唯一证据,所有身体上的问题即生活的问题。一批女性作家更是接受了法国女权主义批评家埃莱娜·西苏"书写身体吧,女人"的号召,生动推演出了文学的"肉身化"叙事进程——无论是作为一种文学现象,还是作为一种文化现象,"身体写作"似乎成了我们这个时代最具冲击力的"革命"先锋。

德国的古典社会学家西美尔一个著名的"社会学的假设":

> 从前有一个地方,人与人之间"惊人地不平等",人人都有一片土地,足以供其所需,但有些人能种玫瑰,其他人则不

---

① [英]伊格尔顿:《审美意识形态》,王杰译,广西师范大学出版社 2001 年版,第 7-8 页。

② 刘小枫:《现代性社会理论绪论》,生活·读书·新知三联书店 1998 年版,第 23 页。

能。这似乎是自然之极的事，因此，起初这并没有引起什么纷争。终于有一天，有人发现这种自然差异不应天生如此，于是激烈地起来号召：每个人都有拥有玫瑰的权利，少数人有玫瑰是一种"盲目的偶然性"，必须予以彻底改变。在人民的呼声中，一个革命的政党形成了，原先拥有玫瑰的人则成立了保守党，以保护自己对于玫瑰的占有。革命不可避免，且平等主义党派必然地获胜了，重新分配土地的方案使每个人有了同等的种植玫瑰的条件。但是，自然份额不可能精确无误地均匀分配给每个人：有的人种植玫瑰时手气好一些，有的人得到的阳光稍微更充足些，有的人嫁接的嫩枝更为结实些。于是，革命又围绕着不平等的残余频繁地一再上演。不知多少时间过去了，玫瑰依然自在，"继续生活在自我欢娱的美丽中，以令人欢欣的漠然对抗所有的变迁"。

这一"社会学的假设"给人的启示是：追问"身体写作"的终极目标，至关重要。

在我看来，严格意义上的女性"身体写作"与女性主义理论密切相关。在当代各种理论的众声喧哗中，女性主义无疑是极为响亮和突出的。女性主义的提出有一个理论预设：女人与男人是完全不同的。按照西美尔的说法，女性"更倾向于献身日常要求，更关注纯粹个人的生活"，其献身总是指向生命的具体性，而不像男人那样，指向某种纯粹客观的东西或是抽象的观念。在身体感觉的性别差异上，男人身体的性别感是一种行为，需要女人才能实现；性别感在女人却是自己的身体本身，原则上不需要男人就可以实现自身，"在女人自身中就已经包含了性的生活"。在性感觉方面，女人需要的是具体的男人，女人的兴奋只为确定的某个男人勃发；男人需要的却是抽象的女人，男人可以因女人而普遍兴奋。舍勒也指出，"男人感到与自己的身体有一种距离，好像牵着一只小狗"；"女人是更契合大地、更为植物性的生物"；女人像娴静的大树，男人则像树上乱嚷嚷的麻雀①。既然女性品质更富有灵魂的财富，比男性品质要好，文化的领导权就应该交给女性。女性文化运动俨然成了一场"性别起义"：全面质疑、挑战已有理论和知识系统，从根本上改变女性的命运，成为女性主义的重要内容。

在这场"性别起义"中，男权统治下的女性没有自己的政党和军队，她们要推翻男性的统治，唯一可以采用的"武器"便是"身体"。女性主义者指出，男人用理性想问题，女人用身体想问题；女性不要依据男性教育出来的理智去认识生活，只有身体才是生活的原则和精神的指南，必须依据自己的身体、感觉、性感和梦想去生活，去重新发现自己，在女性身体的体态和性征的基础上，重建生活秩序、政治秩序和理念秩序。法国当代小说家、戏剧家和文学理论家埃莱娜·西苏指出："写作乃是一个生命与拯救的问题。写作像影子一样追随着生命，延伸着生命，倾听着生命，铭记着生命。写作是一个终人之一生一刻也不放弃对生命的观照的问题。"②"只有通过写作，通过出自妇女并且面向妇女的写作，通过接受一直由男性崇拜统治的言论的挑战，妇女才能确立自己的地位。"③然而，由于父权制文化一直占统治地位，妇女并没有属于自己的语言，除了自己的身体外无可依凭，因此，妇女的写作必然是"身体写作"。埃莱娜·西苏说："妇女的身体带着一千零一个通向激情的门槛，一旦她通过粉碎枷锁，摆脱监视而让它明确表达出四通八达贯穿全身

---

① 刘小枫：《刺猬的温顺》，上海文艺出版社 2002 年版，第 57-58 页。

② ［法］埃莱娜·西苏：《从潜意识场景到历史场景》，见张京媛主编：《当代女性主义文学批评》，北京大学出版社 1992 年版，第 219 页。

③ ［法］埃莱娜·西苏：《美杜莎的笑声》，见张京媛主编：《当代女性主义文学批评》，北京大学出版社 1992 年版，第 195 页。

的丰富含义时,就将让陈旧的、一成不变的母语以多种语言发出回响";"妇女必须通过她们的身体来写作,她们必须创造无法攻破的语言,这语言将摧毁隔阂、等级、花言巧语和清规戒律";"事实上,她通过身体将自己的想法物质化了;她用自己的肉体表达自己的思想"①。

实际上,人是二元性的生物,两性的划分使得女人、男人都成了"人类孤独最纯粹的形象",他们之间永远在相互寻找,相互补充,异性关系是生命中必然要发生的。因此,如果过分强调男权或是过分强调女权都很容易滑入性别歧视、压迫的泥潭,只有在双性都充分发展和彼此尊重的前提下,相互之间和谐互爱才能够营造出真正幸福的生活。西蒙娜·波伏娃在《第二性》的结尾就发出由衷的希望:"要在既定世界当中建立一个自由领域。要取得最大的胜利,男人和女人首先就必须依据并通过他们的自然差异,去毫不含糊地肯定他们的手足关系。"②朱丽亚·克里斯蒂娃在《妇女的时间》里,将西方女权主义发展划分为"女权""女性"和"女人"三个阶段,其中第三个阶段整合了"女权"和"女性",它消解等级,注重多元,反对男女二元对立或女性一元论,强调男女文化话语的互补。两性的和谐相处,理应成为女性主义者的终极目标。因此,女性文化运动的文化意义,绝非像有的女性主义者所主张的,要向男性看齐,去创造出女性化的工业、艺术、科学、贸易、国家和宗教,而是要认清自身的"女性品质"——曾被男性文化压制、排斥了的质素——为人类已有的文化增添女性质素,使文化的主体方面在品质上不同以往。作为女权主义的产物,"身体写作"的终极目

---

① [法]埃莱娜·西苏:《美杜莎的笑声》,见张京媛主编:《当代女性主义文学批评》,北京大学出版社1992年版,第201页、第195页。

② [法]西蒙娜·波伏娃:《第二性》,中国书籍出版社1981年版,第827页。

标也应如是观，即为已有的文学增添女性质素。

诞生于 20 世纪 60 年代末 70 年代初的西方女性主义文学批评，于 20 世纪 80 年代初传入中国，随即掀起了一股女性主义文学的高潮。进入 20 世纪 90 年代后，特别是 1995 年第四次世界妇女大会在北京的召开，使得女性主义文学创作迅速升温，性别意识大面积苏醒，出现了前所未有的"女性狂欢节"和"女性性高潮体验"的局面，崛起了林白、陈染、徐小斌、海男、徐坤等女作家，接着是 20 世纪 70 年代出生的新潮"美女作家""下半身写作""妓女文学"和木子美的"遗情书"，等等——"身体写作"俨然成了一道重要的文学景观。然而，在这些"身体写作"的作品中，却充斥着性别二元对立话语。在一次访谈里，徐坤就表达过这样的观念："实际上女性一直没有自己的话语，话语权一直在男性手中，正是在对男性话语霸权的颠覆和消解中，女性写作表现为争得一份属于她们自己的话语权力，并以此形成它的独立存在，显示出它的意义。……它注重的是在争得说话权力的过程中表现不同于男性的生命体验，表现女性的压抑、愤懑、焦灼和对于爱与善与美的呼唤与渴望……所有这些长久地深深地被淹没着，以至于必须以一种对抗的姿态出现才能凸现她们，确证她们的存在"。尽管这"并非要建成以女性话语霸权代替男性话语霸权的话语体系，以一种形式的压迫代替另一种形式的压迫"，[①] 但是，这毕竟构成了女性话语与男性话语的二元对立。在这些女性作家的作品里，女性往往自尊自爱、内涵丰富、优雅美丽，男性则被漫画化、丑陋化，他们要么阴险狠毒，要么先天不足，要么怯懦自私，在女性面前不堪一击；女性可以不依附男性生活，女性完全可以自给自足，甚至成了部分女性作家写作时的决绝姿态；而当木子美的"遗情书"将个人追求置于道德之上时，

① 林舟：《在颠覆与嬉戏之中——徐坤访谈录》，载《江南》1998 年第 3 期。

却有人宣称这"标志着在中国这样一个传统道德根深蒂固的社会中,人们的行为模式发生了剧烈的变迁,中国社会已经开始向第三阶段过渡了,即不仅男性享有性自由,女人也将享有"。在这些现象的背后实际上都是一种二元对立的建构,在我看来,这种对抗性文化立场显然误解了西方的"性"意义与"女权"精神。

此外,基于女性主义的理论预设,女性意识容易被简单理解为对于"自然性别差异"的意识,而忽略女性的社会主体意识,脱离了社会、淡化了历史。其实,德国女神学家伊丽莎白·温德尔是这样界说"身体"的:

> 身体不是功能器官,既非性域亦非博爱之域,而是每个人成人的位置。在这个位置上,身体的自我与自己相遇,这相遇有快感、爱,也有脾气。在这个位置上,人们互相被唤入生活。……身体不是一个永恒精神的易逝的、在死的躯壳,而是我们由之为起点去思考的空间。……一切认识都是以身体为中介的认识。一旦思想充满感性并由此富有感觉,就会变得具体并对被拔高的抽象有批判性。……我们需要一种新的思想系统,它既锚在生理的身体上,也锚在社会政治的整体上。……身体不是私人性的表达,而是一个政治器官,是宇宙的和社会的实在之镜像,反映着人的病相、毒害和救治过程。在身体这个位置上,人们可以审美地、社会地、政治地、生态地经验世界。[①]

可是,在当下女性"身体写作"的作品里,我们却发现,女性的性欲、生育、流产等生命经验,被许多女性作家们不厌其烦地描

---

① 转引自刘小枫:《个体信仰与文化理论》,四川人民出版社1997年版,第476页。

写，显然她们仅仅把"身体"当作了功能器官，一个生理的躯壳，
而沉浸于"一个人的战争"与"私人生活"的私人性表达，其结果
是陷入了题材与主题等方面的低水准重复。以"呼喊""喊叫"或
"尖叫"等为题名的小说作品，可谓触目惊心。起初有余华的《在
细雨中呼喊》和北村的《周渔的喊叫》，然后有虹影的《孔雀的叫
喊》、卫慧的《蝴蝶的尖叫》以及池莉的《有了快感你就喊》，等
等。似乎中国当代文学发展到了唯有"喊叫"或"尖叫"才可自证
其存在的程度。此外，仍然可发现大量存在的"复制"倾向：《上海
宝贝》之后有《北京娃娃》，《大浴女》之后有《小浴女》，《作女》
之后有《作男》，《一个人的战争》之后有《一个人的村庄》……这
类亦步亦趋的复制性作品，其内容、精神等方面都给人大同小异的
印象，如同人们在公共浴室熟睹的景观。女性作家的"身体写作"，
原本是对父权制文化统治下女性"无史""缺席"的抗争与反叛，
是对男性话语霸权的颠覆和对"宏大叙事"的消解。也就是说，"身
体写作"负载着自我拯救的历史使命，带有严肃文化色彩。可是，
女性作家似乎忘掉了这一点，其"身体写作"走向了反面，被男性
窥视者的视野所覆盖，使所表现的内容由"看"转至"被看"，失
陷于"女人是性"的男性话语陷阱，成为反抗男权初衷的极大反讽，
有违女性主义者提倡"身体写作"的理论初衷。

"通过为自己创造一种想象性经验或想象性活动以表现自己的
情感，这就是我们所说的艺术。"[①]然而，在 20 世纪 70 年代出生的
所谓"美女作家"（如卫慧、棉棉等）的小说里，根本无须想象。
酗酒、吸毒、纵欲、手淫、追求性高潮快感、泡酒吧、进舞厅……
成为小说叙事的主体部分——这些实际上就是她们主要的生活内

---

① ［美］科林伍德：《艺术原理》，王至元、陈华中译，中国社会科学出版社 1985
年版，第 156 页。

容，小说不过是她们生活的复制。在她们那里，文学与生活是重叠的。如棉棉崇尚"用身体检阅男人，用皮肤思考"，她的《糖》便像日记一样记录着"我"的酗酒吸毒、与众不同男人性交的经历。她坦言："在我看来我和酒的关系是柔和的，亲密的……酒的最大作用是可以令我放松让我温暖。我开始寄情于酒精"；"我曾经试过各种毒品，海洛因只是其中对我影响最大的。我的肺已千疮百孔，我的声带已被毒品和酒精破坏"；"我开始和不同的男人睡觉，我冷了很多，我懂得了性交和做爱的不同，仿佛性让我找到了另一个自己"。寻求生存的刺激不仅成为生存的全部内容，也是小说的全部表现内容。这种写作方式正如拉斯奇所批评的："对内心生活的记录成了漫不经心的对内心生活的滑稽模仿。这样一种貌似探索内心世界的文学体裁事实上恰恰表明内心生活是最不必认真对待的。……探索内心世界的历程最终发现的只是一片空白。作者再也看不到生活在自己意识中的反映。相反，他把世界，甚至世界的空虚，看做是自身的投影。在记录他的'内心'体验时，他并不力图对某一和具有代表性的现实场景做一客观记叙，而是诱使别人给他以注意、赞许及同情，并靠这些来支撑他摇摇欲坠的自我形象。"[1] 这样的写作完全依赖于她们有限的人生经历和经验，其中，感性不过是纯物质性的描写，意义则处于真空状态。于是，文学在失去昔日的精神和灵气的同时，获得了普通庸常的世俗性。加上题材和主题的敏感性，"身体写作"自然地应和着当下享乐主义的消费时尚。"在消费的普遍化过程中……再也没有存在之矛盾，也没有存在和表象的或然判断。只有符号的发送和接受"，"一切都被戏剧化了，也就是说，

---

① [美] 克里斯多夫·拉斯奇：《自恋主义文化》，陈红雯、吕明译，上海文化出版社 1988 年版，第 22 页。

被展现、挑动、被编排为形象、符号和可消费的范型"①；即使是日常事物或者平庸的现实，都可以归于艺术的记号之下，而成为审美的。在艺术和生活混淆的情形下，失去了精神维度的"身体写作"，在让本能充满人的躯壳，使人在迷醉中得到了下意识的满足的同时，又反过来刺激着人的欲望膨胀，而加入了物质化、欲望化的消费主义时代洪流。于是，在"美女作家""下半身写作""妓女文学"和木子美的"遗情书"里，"身体写作"渐渐迷失了女性主义运动的目标，而几乎完全成了藏污纳垢之所。

我们认为，"理性"不能简单地贴上男权化的标签，排斥"理性"的结果只会导致意义的严重混乱。"以身体为准绳"与"以理念为准绳"的美学原则同样成问题，新的美学原则应是二者的融构，以此超越循环。按照西方女性主义文学理论，女性作家应以"身体"为起点来审视生命，将性别创伤转化为创作能量，将历史的空白和生活的不完整转化为写作的动力，以女性的情感和智慧之光照亮世界和人生。因此，就女性"身体写作"而言，性别只是一个基本的起点，"身体"只是通向最终价值（两性的和谐、社会的进步与完善等）的"桥梁"，而人是无法永远栖居在"桥"上的，它们不应该成为最终的目标。为此，女性作家不能仅局囿和满足于自我的女性意识，而必须让自己的心灵不断强大起来，理想、历史感、社会责任感——这些人类共有的美好事物同样需要女性作家去珍视、挖掘和提炼。1996 年，在瑞典首都斯德哥尔摩举行的"沟通，面向世界的中国文学"研讨会上，林白坦言自己的写作"将包括被集体叙事视为禁忌的个人性经历从受到压抑的记忆中释放出来，我看到它们来回飞翔，它们的身影在民族、国家、政治的集体话语中显得边

---

① ［法］波德里亚:《消费社会》，刘成富、全志钢译，南京大学出版社 2000 年版，第 225 页。

缘而陌生，正是这种陌生确立了它的独特性。"①陈染在题为《另一扇开启的门》的对话录中，则说自己之所以"始终坚持在主流文学之外的边缘位置上一笔一画地写作"，是由于并不以为"个人"比较起"群体"来是一种小与大的关系，相反，"恰恰是最个人的才是最为人类的"②。其实，真正的"个人"不一定要与"社会"势不两立，更不一定要与外部世界决裂。弗吉尼亚·伍尔夫的提醒是振聋发聩的："各种各样意识——自我意识、种族意识、性别意识、文化意识——它们与艺术无关，却插到作家和作品之间，而其后果——至少在表面上看来——是不幸的。"③老诗人郑敏先生说得好："……只有当女性有世界、有宇宙时才真正有女性自我。"④女性"身体写作"如果不去关注更为博大的人类命运和人生意义，而是仅仅固守"一间自己的屋子"，自恋式地"抚摸"着小小的自我，放弃了对于社会的反思与批判，放弃了公共关怀，单凭其软绵绵的"闺语"，是撼动不了男权文化半点皮毛的。

而且，真正的文学应"始终坚持使人提高和上升"，真正的作家是那些用自己的精神去照亮文学并照亮读者心灵的人。他们拥有一种对于人类整体命运的终极关怀，而以其思想、激情和美学的魅力滋养和引领着人类昂首走向新纪元。就女性"身体写作"而言，有尊严地写作与有尊严地做女人同样重要。为此，女性作家不仅仅要坚持独有的性别自主意识，以及不妥协的文化批判立场，同时也应放眼世界，努力建构充分体现女性深切的文化关怀意识的文本，为人类的文学宝库提供可能传之久远的作品。此外，女性作家还要

---

① 林白：《林白作品自选集·守望空心岁月》，漓江出版社1999年版，第501页。

② 陈染：《陈染文集·女人没有岸》，江苏文艺出版社1996年版，第247页。

③ ［英］弗吉尼亚·伍尔夫：《论小说与小说家》，瞿世镜译，上海译文出版社1986年版，第143页。

④ 郑敏：《女性诗歌研讨会后想到的问题》，《诗探索》1995年第3期。

切实提高自己的艺术素质，更加精心地在艺术上锻造自己，而不能一味地陷入单一的自恋式独白之中，使自己的作品成为泛滥情感的"垃圾堆"。总之，只有站在人性、人道、艺术的高度，女性"身体写作"才能真正展现出女性美、性爱美和艺术美的极致。这正如弗吉尼亚·伍尔夫所言："文学对于妇女而言，和对于男子相同，将成为一种需要予以研究的艺术。妇女的天才将受到训练而被强化。小说不再是囤积个人情感的垃圾堆。与现在相比，它将更加成为一种艺术品，就像任何其他种类的艺术品一样。"①

值得一提的是 20 世纪 80 年代以降，"后女权主义"对于女性主义的重新认定、修正与思考。作为女性主义理论预设的社会性别理论遭到质疑，新一代女性主义者激烈批评了性别问题上的本质主义，指出每个男性和女性个体事实上都是千差万别的，彼此之间不是截然二元对立的性别群体。在《疯女人和她的语言：我为什么不搞女性主义文学理论》（1987）一文中，美国学者尼娜·贝姆则偏激地声称，女性之间的区别，"比男女之间的区别表现得更为深刻"②。罗伯特·布莱宣称女权主义的兴起造成了男性阳刚之气的缺失，而呼吁重振男性雄风。原芝加哥大学教授艾兰·布鲁姆则从女人的角度声称"女权主义是女人的大敌"，因为它使女人得不到美满的爱情，无法缔结幸福的婚姻，甚至唆使女人把个人的追求置于道德之上。执教于耶鲁大学的康正果在《女权主义与文学》一文中指出，"妇女研究没有改变世界，尽管它改变了对于文学艺术的研究——还可能改变了文学艺术的生产"。在我看来，作为女性主义文化运动派生物的"身体写作"，也同样没有改变世界。就当下中

①［英］弗吉尼亚·伍尔夫：《妇女与小说》，瞿世镜编选：《伍尔夫研究》，上海文艺出版社 1988 年版，第 592 页。

②［美］尼娜·贝姆：《疯女人和她的语言：我为什么不搞女性主义文学理论》，《外国文学评论》1989 年第 1 期。

国社会状况而言，女童失学、女工下岗、女大学生（包括研究生）就业受歧视等，这些在女性主义视野中理应得到关注的社会问题，在女性"身体写作"中并没有得到充分的展现，也至今没有得到很好的解决——为了避免陷于西美尔的"社会学的假设"之中，在中国当下的女性"身体写作"确实与"女性主义"一样需要重新加以考量。

（《西南师范大学学报》2004 年第 5 期）

"文学终结论"刍议

随着现代科学技术,如数码技术、多媒体技术和网络技术的迅猛发展,在现代社会中,科学技术与文化的交融、渗透日益广泛和趋于深入。一方面,日新月异的科技的介入使文化创造和文化产品的科技含量空前加大;另一方面,技术理性在现代社会统治地位的确立,则使曾高居"象牙塔"中的文学艺术面临着日益严峻的挑战。显然,视觉文化的兴起,是当今文化生活中一个极其重要的事件。这是一种在电子传媒推动下立足于视觉因素,以"形象"或是"影像"主导人们审美心理结构的崭新的文化形态,它似乎将文字的传统阐释功能和表现功能排斥到了"边缘化"的位置。与以高贵、优雅、严肃、庄重为内核的纯文学的沦落同步的,是以狂欢、平面、虚浮、感性至上为特征的大众审美趣味的高扬。图像、影像、视觉文化已然成为当今文化生活最为重要的关键词。

为此,不少理论家们惊呼"图像"已然战胜了"文字","文字"屈从于"图像"已是不争的事实;他们形象地称我们所处的为"读图时代",以区别于统治人类文化长达千年的"文字时代"。如,海德格尔认为，近现代社会是一个"技术时代""世界图像的时代"①。丹尼尔·贝尔指出，"目前居'统治'地位的是视觉观念。声音和景象，尤其是后者，组织了美学，统率了观众"；他深刻地分析了视觉文化消费的深层原因："其一，现代世界是一个城市世界。大城市生活和限定刺激与社交能力的方式，为人们看见和想看见（不是读到和听见）事物提供了大量优越的机会。其二，就是当代倾向的性质，它包括渴望行动（与观照相反）、追求新奇、贪图轰动。而最能满足这些迫切欲望的莫过于艺术中的视觉成分的了。"②丹尼尔·贝尔说："我相信，当代文化正在变成一种视觉文化，而不是一种印刷文化，这是千真万确的事实。"③在《图像的威力》一书中，法国思想家勒内·于格对这一文化景观有一个生动的描述："尽管当代舞台上占首要地位的是脑力劳动，但我们已不是思维健全的人，内心生活不再从文学作品中吸取源泉。感官的冲击带着我们的鼻子，支配着我们的行动。现代生活通过感觉、视觉和听觉向我们涌来。汽车司机高速行驶，路牌一闪而过无法辨认，他服从的是红灯，绿灯；空闲者坐在椅子里，想放松一下，于是扭动开关，然而无线电激烈的音响冲进沉静的内心，摇晃的电视图像在微暗中闪现……令人痒痒的听觉音响和视觉形象包围和淹没了我们这一代人。图像取代读书的角色，成为精神生活的食粮。它们非但没有为思维提供某种有益的思考，反而破坏了思维，不可抵挡地向思维冲击，涌入观众的脑海，如此凶猛，理性来不及筑成一道防线或仅仅制作一张过

---

① ［德］海德格尔：《世界图像的时代》，《林中路》，孙周兴译，上海译文出版社1997年版，第72、73页。

② ［美］丹尼尔·贝尔：《资本主义文化矛盾》，赵一凡、蒲隆、任晓晋译，生活·读书·新知三联书店1989年版，第154页。

③ ［美］丹尼尔·贝尔：《资本主义文化矛盾》，赵一凡、蒲隆、任晓晋译，生活·读书·新知三联书店1989年版，第156页。

滤网。"① 这道出了"读图时代"人们对于图像主动或被动的膜拜与迷恋。的确，与晦涩、深刻的"文字"相比较，"图像"具有直观、浅白、快捷、刺激等许多特点，其平面化、单向度的审美模式最能迎合现代文化大众的消费心理，在一定程度上充分满足了现代人快捷、直观的审美需求，而俘获了人们的眼球，成为当今社会最受欢迎、最具普适性的审美方式。观看而非阅读，猎奇而非体验，快感而非美感，行色匆匆的现代人告别了往日品茗读书的闲适与惬意，他们在纷至沓来的图像的观看中，轻易便获得了无须经由大脑思索、反应的快感与刺激。用丹尼尔·贝尔的话说，"印刷媒介在理解一场辩论或思考一个形象时允许自己调整速度，允许对话。印刷不仅强调认识性和象征性的东西，而且更重要的是强调了概念思维的必要方式。视觉媒介——我这里指的是电影和电视——则把它们的速度强加给观众。由于强调形象，而不是强调词语，引起的不是概念化，而是戏剧化"；因此，整个视觉文化比印刷文化更能迎合文化大众。②

面对信息技术的幽灵，文学似乎正经历着一场前所未有的"割礼术"。与图像巨无霸式扩张态势形成鲜明对比的，是文学这一传统纸媒艺术形式的衰落。于是，我们看到，四大文学名著相继被搬上银幕，先秦时期的经典著作被改编成漫画在中学生中争先传阅，名家散文则借助电视手段做成音像制品打包出售……图像逐渐攫取了文字在人们精神消费中的垄断地位，向来以超拔姿态独立于世的文学不得不面临文字被图像肢解、改造和稀释，文字语言文化渐渐向视听语言文化转变。作家下海，期刊停办，市场萎缩，纯文学读者群相对狭窄化、单一化，在电视、电影、网络等电子媒体的强大

① ［法］勒内·于格：《图像的威力》，钱凤根译，四川美术出版社1988年版，第21页。

② ［美］丹尼尔·贝尔：《资本主义文化矛盾》，赵一凡、蒲隆、任晓晋译，生活·读书·新知三联书店1989年版，第156-157页。

攻势下，曾被视为人类精神家园的文学已节节败退，失去社会生活和公众意识的支持，遁入日渐逼仄的"边缘化"境地。

技术对文学命运的影响，引发了人们的高度重视，"文学终结"论随之而起。法国后结构主义者雅克·德里达借《明信片》中主人公的惊人之口说出了下面这段话：

> ……所谓的文学的整整一个时代，即便不是全部的话，都不能活过电传的特定技术制度（在这方面政治制度是次要的）。哲学或精神分析学也不能。爱情信件也不能。……在这里重又看到了上星期六与我们一起喝咖啡的那个美国学生，那个寻找（比较文学）论文主题的学生。我建议她写 20 世纪（及其后）文学中的电话，如从普鲁斯特作品中的电话女士或美国的电话接线员这个人物开始，然后就最先进的电传对仍然残存的文学所发生的影响提出问题。我对她谈到微型处理器和电脑终端机，她似乎有点厌烦。她告诉我她仍然热爱文学（我回答说，我也是，mais si, mais si）。真想知道她对此作何理解。

他预言："在特定的电信王国中，整个的所谓文学的时代将不复存在。哲学、精神分析学都在劫难逃，甚至情书也不能幸免……"美国加州大学学者 J. 希利斯·米勒回顾了印刷术出现以来各种发明对艺术的影响，指出了现代电信、电影、电视特别是互联网给人的生存带来的巨大变化，他说："这些变化包括政治、国籍或者公民身份、文化、个人、身份认同和财产等各方面的转变……新的电子社会或者说网上社区的出现和发展，可能出现的将会是导致感知经验变异的全新的人类感受。"J. 希利斯·米勒列举电讯媒介、因特网对文学、对全球化、对民族国家权力、政治施为行为的影响与渗透，得出了一个令人忧虑的结论："文学研究的时代已经过去了"①，文学正走向终结。

其实，这种"文学终结"论最早可追溯到黑格尔的艺术"终结论"。黑格尔 1828 年在柏林的美学讲演中有两段引人注目的话：

> 就它的最高的职能来说，艺术对于我们现代人已是过去的事了。因此，它也已丧失了真正的真实和生命，已不复能维持它从前的在现实中的必需和崇高地位，毋宁说，它已转移到我们的观念世界里去了。②

> 我们尽管可以希望艺术还会蒸蒸日上，日趋于完善，但是艺术的形式已不复是心灵的最高需要了。我们尽管觉得希腊神像还很优美，天父、基督和玛利亚在艺术里也表现得很庄严完善，但是这都是徒然的，我们不再屈膝膜拜了。③

我们知道，在黑格尔的美学思想体系中，他精心编织了一个理念自我运动、转化而又回复自身的花环；他把世界艺术史看成是一部理念自我循环的历史，它沿着象征主义——古典主义——浪漫主义的轨迹运行，"到了喜剧的发展成熟阶段，我们现在也就达到了美学这门科学研究的终结。……到了这个顶峰，喜剧马上导致一般艺术的解体"④，艺术被哲学和宗教所取代了。这里，所谓艺术的"终结"意指本质可能性的耗尽，即艺术使命的完成，而无法再满足心灵的精神需要。用美国哲学家丹托的话说，"并不是说艺术已停止或死亡，而是说艺术通过转向它物——即哲学，而已经趋向终

---

① ［美］J. 希利斯·米勒：《全球化时代文学研究还会继续存在吗？》，《文学评论》2001 年第 1 期。

② ［德］黑格尔：《美学》第 1 卷，朱光潜译，商务印书馆 1979 年版，第 15 页。

③ ［德］黑格尔：《美学》第 1 卷，朱光潜译，商务印书馆 1979 年版，第 132 页。

④ ［德］黑格尔：《美学》第 3 卷，朱光潜译，商务印书馆 1981 年，第 334 页。

结"①。黑格尔还从文化社会的层面指出,"我们现时代的一般情况是不利于艺术的"②,因为主体在"偏重理智的世界和生活情境里",无法"把自己解脱出来","去获得另一种生活情境,一种可以弥补损失的孤独"③。这种"偏重理智的世界和生活情境",在马克思·韦伯那里被称为"工具理性",海德格尔则称之为"计算——表象思维"。在海德格尔看来,这种技术理性损害了艺术的形象与意义、感性与理性的统一,使艺术失去了生命。他说:"对于现代之本质具有决定性意义的两大进程——亦即世界成为图像和人成为主体——的相互交叉,同时也照亮了初看起来近乎荒谬的现代历史的基本进程"。④在《诗人何为》一文里,海德格尔又把这个普遍技术化的"世界图像的时代"称为"世界黑暗的贫困时代",因为在这样的时代里,"技术统治不仅把一切存在者设立为生产过程中可制造的东西,而且通过市场把生产的产品提供出来。人之人性和物之物性都有在贯彻意图的制造范围内分化为一个在市场上可计算出来的市场价值"。⑤"世界成为图像"的意思是人的表象活动把世界把握为图像,把存在者整体作为对象置于人的决定和支配领域之中。这种技术逻辑导致了人性的异化、物性的丧失、神性的隐匿和大地的遮蔽,以是之故,"作品不再是原先曾是的作品。……它们本身乃是曾在之物。作为曾在之物,作品在传承和保存的范围内面对我们。从此以后,

---

① Danto, A. C., *Encounters & Reflections Art in the Historical Present*, Farrar Straus Girous, 1990, p.342.

② [德] 黑格尔:《美学》第 1 卷,朱光潜译,商务印书馆 1979 年,第 14 页。

③ [德] 黑格尔:《美学》第 1 卷,朱光潜译,商务印书馆 1979 年,第 14-15 页。

④ [德] 海德格尔:《世界图像的时代》,《林中路》,孙周兴译,上海译文出版社 1997 年版,第 89 页。

⑤ [德] 海德格尔:《诗人何为》,《林中路》,孙周兴译,上海译文出版社 1997 年版,第 298 页。

作品就一味地只是对象"①。换言之，艺术作品在"文化工业"中丧失了它应有的价值了。

　　作为黑格尔艺术"终结"论的"现代版"，雅克·德里达、J. 希利斯·米勒的文学"终结"论，遭到了我国学者的基本否定。李衍柱先生指出："信息时代的到来，世界图像的出现，这是人类艺术地掌握世界，自觉按照美的规律进行建构的伟大创造……进入图像世界的文学依然是人的文学，文学仍然是语言的艺术，这既是写人的，又是为了人、写给人看的。"在他看来，科技腾飞不会导致文学的终结，只要语言存在，文学永远不会终结；科技腾飞"将使文学的女神插上高科技的翅膀更自由地飞翔在艺术的天空，呼唤一代又一代文学新人为之创造，再创造"②。童庆炳先生则从人类的心理、情感等方面予以反驳："文学变化的根据主要在于——人类的情感生活是随时代变化而变化的，而主要不决定于媒体的改变……"，随着电信媒体的发展，"文学不得不变尽方法来跟新媒体进行竞争，文学虽然有这样或那样的改变，但文学不会消失，因为文学的存在不取决于媒体的改变，而决定于人类的情感生活是否消失"。③ 对于这场论争，有人认为这"与其说是'争鸣'，倒毋宁说是在两条平行线上互不交锋的'共鸣'"④。在我看来，这种评说是十分不公正的。事实上，在《全球化时代的文学和文学批评会消失吗？》一文里，童庆炳先生就新的媒体（如电影、电视、因特网等）在何种程度上影响和改变人类的生活面貌，新的媒体与文学的发展之间的关

---

① ［德］海德格尔：《艺术作品的本原》，《林中路》，孙周兴译，上海译文出版社1997 年版，第 24 页。

② 李衍柱：《文学理论：面对信息时代的幽灵》，《文学评论》2002 年第 1 期。

③ 童庆炳：《全球化时代的文学和文学批评会消失吗？》，《社会科学辑刊》2002年第 1 期。

④ 金惠敏：《趋零距离与文学的当前危机》，《文学评论》2004 年第 2 期。

系，以及"媒介就是意识形态"和"新的电信统治的力量是无限的、是无法控制的"等一系列问题，面对面地展开了坦诚的对话，这怎么会不是一个层次上的问题呢？难道只有盲目地苟同西方学者的学术观点，才在同一个层次吗？

实际上，这场论争的聚焦点是如何看待科学技术的进步与文学发展之间的关系。德里达、J.希利斯·米勒由技术与文学的敌对关系得出文学终结的结论，没有看到二者之间内在的关系。早在他们之前，关于技术与文学之间的关系，马克思曾在艺术生产理论中作过精辟的论述："艺术的繁盛时期绝不是同社会的一般发展成比例的，因而也绝不是同仿佛是社会骨骼的物质一般发展成比例的。"①物质生产作为艺术生产发展的终极原因，必然给艺术发展带来全面而深刻的影响，但绝不会是简单的"终结"或"进步"。

J.希利斯·米勒注意到了技术手段之于艺术发展的关系，他说："印刷技术使文学、情书、哲学、精神分析，以及民族国家的概念成为可能。新的电信时代正在产生新的形式来取代这一切。这些新的媒体——电影、电视、因特网不只是原封不动地传播意识形态或者真实内容的被动的母体，它们都会以自己的方式打造被'发送'的对象，把其内容改造成该媒体特有的表达方式。"②但是，问题在于：事实上，印刷技术与电影、电视、因特网一样，都不只是原封不动地传播意识形态或者真实内容的被动的母体，它们都会以自己的方式打造被"发送"的对象，把其内容改造成该媒体特有的表达方式。那么，二者之间存在着哪些差异呢？金惠敏《趋零距离与文学的当前危机》一文的解释是：电信技术摧毁了时空间距，摧

---

① 马克思：《〈政治经济学批判〉导言》，《马克思恩格斯选集》第 1 卷，人民文学出版社 1972 年版，第 112 页。
② ［美］J.希利斯·米勒：《全球化时代文学研究还会继续存在吗？》，《文学评论》2001 年第 1 期。

毁了文学所赖以生存的物理前提；而对于文学这一传统纸媒艺术形式，距离的消逝是一种毁灭性的打击。当然，这里有一个理论的预设——文学即距离。在金惠敏看来，"显然德里达并非要宣布电信时代一切文学的死亡，他所意指的确实只是某一种文学：这种文学以'距离'为其存在前提，因而他的文学终结论技术以'距离'为生存条件，进而以'距离'为其本质特征的那一文学"；因此，J.希利斯·米勒"对于文学和文学研究在电子媒介时代之命运的忧虑，不是毫无来由的杞人忧天"①。这里，所谓"死亡"的"某一种文学"是含糊其词的：论者一方面说"文学即距离"，另一方面又说文学之中有一种是"以'距离'为其存在前提"的，难道有"不以'距离'为其存在前提"的文学吗？而且，人们不禁会问：文学仅仅是一种距离吗？文学的命运是由技术决定的吗？技术真的能够终结文学吗？在"图像"面前，"语言"真的就那么不堪一击吗？……在我看来，更为重要的是，金惠敏《趋零距离与文学的当前危机》一文，把西方的艺术"终结"论作了简单化的理解。实际上，隐藏在艺术"终结"论背后的，是西方现代人对于自己的处境与遭遇的生命追问。丹尼尔·贝尔就指出，对于从印刷文化到视觉文化的变革的根源，"与其说是作为大众传播媒介的电影和电视，不如说是人们在 19 世纪中叶开始经历的那种地理和社会的流动以及应运而生的一种新美学。乡村和住宅的封闭空间开始让位于旅游，让位于速度的刺激，让位于散步场所、海滨与广场的快乐，以及在雷诺阿、马奈、修拉和其它印象主义和后印象主义画家作品中出色地描绘过的日常生活类似经验"②。

---

① 金惠敏：《趋零距离与文学的当前危机》，《文学评论》2004 年第 2 期。
②［美］丹尼尔·贝尔：《资本主义文化矛盾》，赵一凡、蒲隆、任晓晋译，生活·读书·新知三联书店 1989 年版，第 156 页。

我们知道，19世纪中叶，西方的经济模式开始由商品的生产和销售为中心，渐渐转向了以信息的开发、储存、检索和发送为主导的知识经济。媒介是这场信息革命的主导力量。马歇尔·麦克卢汉指出，一切媒介都是人的感觉器官的延伸，它不仅是传统意义上的载体，更是符号、意义的生产者，它通过改变人的感知模式而改变世界："在机械时代，我们完成了身体在空间范围内的延伸。今天，经过了一个世纪的电力技术（electric technology）发展之后，我们的中枢神经系统又得到了延伸，以至于能拥抱全球"。[①] 显然，媒介文化可以分为两个时期：以摄影术和电影为代表的"机械复制"时代和电子媒介时代。本雅明是"机械复制"时代媒介文化研究的主要代表。他没有把生产力的发展简单看作是对艺术的异化，是艺术走到了绝境，而是认真研究了技术手段之于艺术发展的关系。

本雅明提出，科学技术的发展将人们引入了"机械复制"的时代，"在机械复制的时代，衰落的是贵族化的审美观念韵味，而不是艺术本身"[②]。当口头文化、书写文化向电子文化转变时，艺术作品的"韵味"消失了，传统的讲故事的艺术终结了；艺术由"膜拜价值"转向了"展示价值"，由独一无二的本真性转向了没有原本的现代复制，由审美体验转向了震惊效应。那么，什么是"韵味"呢？本雅明在1931年出版的《摄影简史》中，把"韵味"界定为"一种特殊的时空交织物，无论多么接近都会有的距离外观"，毛姆·布罗德森在《本雅明传》中把它翻译成："一种奇怪的时空波：

---

① ［加］马歇尔·麦克卢汉：《理解媒介：论人的延伸》，周宪、许钧编，商务印书馆2000年版，第20页。

② 转引自马驰：《"新马克思主义"文论》，山东教育出版社1989年版，第167页。

时空距离的独特表象。不管人与对象的距离有多远都存在着。"①其后几年，本雅明不断对"韵味"这一概念进行修正，从不同的角度展开他对艺术发展问题的思考。在《机械复制时代的艺术作品》中，本雅明把"韵味"界定为"在一定距离之外但感觉上如此之贴近之物的独一无二的显现"②。它具有神秘性、模糊性、独特性和不可接近性。其中它的不可接近性，使艺术作品与欣赏者保持一定的距离，从而产生一种"膜拜价值"，即作品由于距离而对接受者保有一种神秘性，从而使接受者产生一种崇奉和敬仰的感情。接受者要对之理解就要充分调动积极的无意识联想，这样就在不同时空的人们之间建立起了一种特殊的感情联系。沃尔夫·斯凯尔对于"韵味"的解释特别让人感兴趣，他把它叫做"生命的呼吸"，并补充说"它是每一种物质形态都发散出来的，它冲破自身而出，又将自身包围"③。作为作家独特生命经验有机体现，这种"韵味"自然与机械制作的产品无缘了。在《仿像和模拟》一书里，波德里亚也指出，进入现代之后将是一个依靠影像逻辑编织的冷酷的数码世界，将是一个夷平现实与虚构的超现实世界。那么，为什么"机械复制"时代的艺术会失去"韵味"呢？本雅明认为："韵味的衰竭来自于两种情形，它们都与大众日益增长的展开和紧张的强度有最密切的关联，即现代大众具有着要使物更易'接近'的强烈愿望，就像他们具有着通过对每件实物的复制品以克服其独一无二性的强烈倾向一样。这种通过占有一个对象的酷似物、摹本和占有它的复制品

---

① ［德］毛姆·布罗德森：《本雅明传》，国容等译，敦煌文艺出版社 2000 年版，第 267 页。

② ［德］本雅明：《机械复制时代的艺术作品》，王才勇译，浙江摄影出版社 1993 年版，第 10 页。

③ 转引自［德］毛姆·布罗德森：《本雅明传》，国容等译，敦煌文艺出版社 2000 年版，第 213 页。

来占有这个对象的愿望与日俱增。"①

不过，对于现代艺术的大规模复制，本雅明也持有接受欣赏的态度："复制技术把被复制的对象从传统的统治下解放出来……它使复制品得以在观众或听众自己的特殊的环境里被欣赏，使被复制的对象恢复了活力。"②他说，"传统的不能复制的艺术是远离人民大众的，这必然产生'仪式依赖'，即拜物教的意识。机械复制时代的艺术品，从根本上改变了艺术同人民群众的关系"③；此外，技术时代艺术接受由视觉转向触觉，让我们从自己绵延的经验流中"苏醒"，通过摄影机将我们视觉无意识编织的世界呈现在我们眼前，等等。换言之，"机械复制"使文学走上了一条不同于传统意义上的文学之路——大众的、消费的文学之路。正是在这意义上，本雅明认为，传统艺术应该消亡，被一种适应进步目的的技术艺术所取代，尽管社会并没有充分地成熟到使技术仅成为它的手段，而技术也没有充分地把握社会方面的自然力。显然，这种技术艺术必然是一种大众化、消费化的艺术。

波德里亚、德里达是电子媒介时代的阐释者。波德里亚在超文本的虚拟文化中分析了"艺术消亡的逻辑"。他认为，现代艺术进入了一个黑洞，"一方面是艺术花样翻新走到了尽头，另一方面又是艺术的各种花样被移植嫁接到其他非艺术领域，审美的东西向非审美转化，这导致了艺术不可避免的衰落和消亡。再次，乌托邦已无法实现，艺术的使命也就完结了"④。在依靠"影像逻辑"的模拟与仿像中，波德里亚发现虚构与现实、艺术与非艺术、潜意识与意识之间

① 本雅明：《机械复制时代的艺术作品》，王才勇译，浙江摄影出版社1993年版，第8页。

② 参见《文学理论译丛》第三辑，中国文联出版公司1985年版，第118页。

③ 转引自马驰：《"新马克思主义"文论》，山东教育出版社1989年版，第174页。

④ 转引自周宪：《20世纪西方美学》，南京大学出版社2000年版，第209页。

的界限被夷平了，艺术在日常生活中丧失了存在的根基。为此，波德里亚表现出了无限的惆怅："在当代秩序中不再存在使人可以遭遇自己或好或坏影像的镜子或镜面，存在的只是玻璃橱窗——消费的几何场所，在那里个体不再反思自己，而是沉浸到对不断增多的物品／符号的凝视中去，沉浸到社会地位能指秩序中去，等等。在那里他不再反思自己，他沉浸其中并在其中被取消。"[①]现代艺术蜕变成了一种物品／符号，在这种物品／符号的凝视之下，人们不再需要灵魂的震颤，只是自足于美的消费与放纵。德里达则在电子媒介的超现实文本中，发现了意义的"播散""延异"——电子媒介的运动使艺术成了无意义的能指符号，这才有了《明信片》中对于文学消亡的预言。

　　无论是"机械复制"时代，还是在电子媒介时代，我们都同样看到，技术逻辑使艺术作品降为文化用品，成为一种消费的符号；艺术的精神消弭于冷酷的消费逻辑中，"而从属于代替作品的格式"，即文化工业提供的同质化模式。在同一化模式下，不再有差异和冲突，不再有本真的存在体验。"人们内心深处的反应，对他们自己来说都感到已经完全物化了，他们感到自己特有的观念是极为抽象的，他们感到个人特有的，只不过是洁白发光的牙齿以及汗流浃背卖命劳动和呕心沥血强振精神的自由。"[②]现代人成了"那些能看见却听不见的人"（齐美尔语），他们相互盯视，却一言不发。由于经验的贫乏与贬值、人群的冷漠与麻木，我们变得贫乏了。当"电视新闻强调灾难和人类悲剧时，引起的不是净化和理解，而是滥情和怜悯，即很快就被耗尽的感情和一种假冒身临其境的虚假仪式。由于这种方式不可避免地是一种过头的戏剧化方式，观众反应很快不

---

①［法］波德里亚：《消费社会》，刘成富等译，南京大学出版社2001年版，第226页。

②［德］霍克海默、阿多诺：《启蒙辩证法》，重庆出版社1990年版，第117、157页。

是变得矫揉造作，就是厌倦透顶"①。

西方当代文化在大众媒介的挤压下转向了边缘，加上受到基督教神学"末世论"的影响，上述许多的西方理论家从自己的情境出发，提出了"历史的终结""意识形态的终结""艺术的终结""文学的终结""文学理论死了"等诸多命题。在西方情境中，这或有其"片面的深刻"。但是，西方的文化或文学现实并不能概括全球，西方的"今天"不一定就是其他地区的"未来"，对于西方思维的"死结"，我们不能不假思索地照搬照抄。更何况，正如海德格尔所指出的："我们太容易在消极意义上把某物的终结了解为单纯的中止，理解为没有继续发展，甚或理解为颓败和无能。"②事实上，危机往往还意味着一个发展的契机。在这样一个"糟糕的审美时代"（丹托语），在陷入黑夜的贫乏时代，作为生命意绪的传达和呈现，艺术何为？诗人何为？……根据艺术自律和他律的二重性，西方学者有两种不同的观点。第一种，以尼采、齐美尔、阿多诺、海德格尔等人为代表，他们强调艺术的独立自主性和本体性功能；第二种以马尔库塞、本雅明等人为代表，他们主要受马克思的"异化"理论、卢卡奇的"物化"思想和葛兰西的"文化霸权"观影响，强调艺术的政治化功能。无论是乌托邦式的赎救，还是文化上的感性革命，在对于现代文明和技术理性的批判上，批判精神是它们共同的倾向——这才是现代知识分子最为宝贵的品格，也是我们在面对"文学终结"论时所要汲取之物。

（《文艺评论》2005 年第 3 期）

---

① [美] 丹尼尔·贝尔：《资本主义文化矛盾》，赵一凡、蒲隆、任晓晋译，生活·读书·新知三联书店 1989 年版，第 157 页。

② [德] 海德格尔：《哲学的终结和思的任务》，《海德格尔选集》，孙周兴编，生活·读书·新知三联书店 1996 年版，第 1243 页。

对于"文学性扩张"的质疑

——兼论文艺学的边界问题

目前，国内文艺学界有一种流行的说法，即所谓的"文学性扩张"。持这种观点的学者认为，"后现代转折"从根本上改变了已有的"总体文学"状况，即文学的精神追求和艺术追求被文学的商业利润追求所挤占，狭义的"文学"处于边缘状态，其生存空间已然被影视、网络、电子游戏等新兴的文化形式所挤占；而广义的"文学性"则处于社会生活的中心，即在后现代场景中，今天的政治活动、经济活动、宗教活动、道德活动、学术活动、文化活动等都"文学化"了——离开了虚构、修辞、抒情、讲故事等文学性话语的运作，这些活动都无法进行。"一个成功的企业就是一个文学故事，一个成功的品牌就是一个文学神话，一种成功的营销就是一种文学活动，而一种后现代的消费就是一种文学接受"——以是之故，"文学性"的成分成了经济、商业、消费活动的"核心"，不再是狭义文学的专有属性。因此，我们可以把一篇社论、一条广告、一个企业的营销手册、一条新闻报道、一个理论甚至一个政治家、一个企业家、一个学术明星当作"文学作品"来研究。有的学者更由此提出，面对"文学的终结与文学性的统治"这一巨变，传统的文学研究如果不及时调整和重建自己的研究对象即"扩容"——转向传媒、消费行为、娱乐文化、城市景观、公众行为等领域的研究,必将茫然失措,坐以待毙[1]。

通观这些论述,人们不难注意到,这些提出"文学性扩张"或"日常生活审美化"的学者,从来就不对"文学性"或"审美化"的内涵作出一个最为基本的限定,而在论述过程中含糊其词。其中的原因,自然是喧嚣一时的反本质主义思潮所致。可是,问题在于,从学理上说,任何事物都是有自己相对稳定的特性、内涵和边界的——因为这是一个事物之所以存在的依据和理由,我们如果无限制地变更其特性、扩大其内涵、抹杀其边界,那就基本上取消了这一事物本身。的确,在消费主义时代,商业活动、审美体验、意识形态之间越来越难以分割,面对这一"新世界",现代性规划的学科分类模式日益暴露出局限和偏执,独立学科开始失去解释的有效性,失去为社会立法的能力和权力,在这种情况下,跨学科研究已然成为不可避免的趋势。但是,就文艺学学科而言,如果失去了文学本位,文艺学研究的意义何在呢?这是一个关键的问题。特里·伊格尔顿就尖锐地指出:"如果文学理论将自己的内涵展得太宽,那无异是证明自己不存在了。"[2]

马泰·卡林斯库在谈到"现代性"的时候说:"如尼采曾经说过的,历史性概念没有定义,只有历史。我可以补充说,这些历史往往交织着争论、冲突与悖论。"[3]同样,"文学"或"文学性"作为一个历史性概念,它没有一个无懈可击的形而上学定义,只有

---

① 相关文章载《中外文化与文论》第10辑,四川教育出版社2003年版。

② [英]特里·伊格尔顿:《文学原理引论》,刘峰等译,文化艺术出版社1987年版,第239-240页。

③ [美]马泰·卡林斯库:《现代性的五副面孔》,顾爱彬等译,商务印书馆2002年版,第2页。

历史——一部交织着争论、冲突与悖论并向未来敞开的历史。然而，作为一种意识，一种知识的建构，在我看来，"文学性"的内涵不论如何开放，仍然还是有它的基本限定的，否则它就与"音乐性""艺术性"等范畴根本没有什么差别了。在《文学性》一文中，乔纳森·卡勒认为"文学性"的问题就是"什么是文学"的问题，它解决的是"文学的一般性质""文学与其他活动的区别"两方面的问题，其目的在于将文学活动与非文学活动区分开来，并确定文学的独特性质，从而在众多社会话语光谱中划出文学的领地，以安顿作为一门学科的"文学研究"①。根据乔纳森·卡勒的概括，理论家们关于文学的本质即"文学性"的阐发的论述主要有五种：一、"文学是语言的'突出'"。如，俄国形式主义者认为，文学语言是通过强化、凝聚、扭曲、缩短、拉长、颠倒等手段，使日常语言"陌生化"，以唤起我们对事物、世界新鲜的感知。二、"文学是语言的综合"，"是把文本中各种要素和成分都组合在一种错综复杂的关系中的语言"。三、"文学是虚构"。四、"文学是美学对象"。五、"文学是文本交织的或者叫做自我折射的建构"②。

综观我国文艺学的发展历史，无论人们对于"文学"的理解是如何的千差万别，人们基本认同"审美意识形态论"是文艺学的第一原理，基本认同"文学是语言的艺术"。简言之，"文学是以审美为最高本质的语言艺术"这一基本的判断，是人们的基本共识。因此，如果这一判断仍然成立的话，"文学性"的基本内涵至少应该包括"审美"和"语言"两个维度。以此观之，所谓"文学性扩张"的言论是漏洞百出的，它并非文艺学扩容的有力论证。

① 转引自［法］马克·昂热诺等主编：《问题与观点》，史忠义译，百花文艺出版社 2000 年版，第 27 页。

② ［美］乔纳森·卡勒：《文学理论》，李平译，辽宁教育出版社 1998 年版，第 29—36 页。

　　首先，且不论中国是否存在"后现代转折"，单就"审美"的维度而言，在我看来，上述所谓的"文学性扩张"或"日常生活的审美化"，究其实质，在很大程度上不过是审美的世俗化，是一种"欲望的感性显现"。其中，"文学性"与其说是经济、商业、消费活动的"核心"，毋宁说是商业消费的对象和商业生产的动力，是四处飘散的"文明"的"碎片"。在商业活动中，消费并没有像人们所预想的由纯粹物质行为向精神行为转化，其中的"文学性"或"审美"与文艺学中的"文学性"或"审美化"，在各自话语中的位置和功能并不是一回事。就前者而言，"文学性"或"审美化"只是一种手段不是目的，是通过象征、暗示、虚构吸引购买力，是通过趣味的极力渲染，塑造、培养和开发市场。如在央视"杉杉西服"的著名广告词中，有"女人对男人的要求；就是男人对西服的要求"云云。"男人对西服的要求"何以被隐喻为"女人对男人的要求"呢？原来，联结二者的是一种性欲的强烈暗示，即"笔挺"与"必挺"的谐音对称。这种广告词配上美女婀娜的舞姿，以及男女相互拥抱的暧昧镜头，使得"杉杉西服"成了成功男人的标志，成了有效征服女人的"物"。在这种"欲望化"的"叙事"中，显然充斥了浓郁的物质主义气息，除了刺激人们的感官和购买欲外，并不能提升人们的审美境界。与这种实用主义的"文学性"不同，在文艺学研究的视野中，众所周知，"文学性"即作为一种情感评价的"审美"，则既是一种手段又是一种目的，在精神向度上是引人向"上"而不是向"下"的。不顾这种区别，提出所谓"日常生活的审美化"，进而以"文学性"或"审美化"的普遍存在质疑现代知识分类、现代学科体系的有效性和合理性，在我看来，只能是所谓理论家们不切合实际的一厢情愿，是西方时髦理论的简单移植，是一种"可爱而不可信"的理论"想象"。

　　其次，就"语言"的维度而言，我们说，"文学是语言的艺术", 这意味着文学的"文学性"就存在于"语言"之中。唯其如此, 我们才将那些在语言上富于艺术性的历史著作(如《史记》)、哲学著作(如《庄子》)等也当作文学作品来阅读。一般说来, 语言既有技术性的一面, 又有思想性的一面, 还有诗性的一面。而文学是将语言的"诗性"发挥得最为淋漓尽致的一种话语实践, 是语言呈现其自身结构和功能的典范。文学作为一种语言的艺术, 以语言作为媒介, 这是它与绘画、雕塑、音乐、舞蹈等艺术的根本区别所在。虽然我们可能进入了"读图时代", 但语言媒介仍然是区分文学与广播、电影、电视、网络文化、商品广告、电子游戏等流行文化的分水岭, 有着自己独特的文化功能。视觉、听觉或形体艺术是直接诉诸人的官能的。当我们面对图像时, 著名的电影理论家巴拉兹说: "……随着外在距离的消失, 同时也消除了这两者之间的内在距离。……虽然我们是坐在花了票价的席位上, 但我们并不是从那里去看罗密欧和朱丽叶, 而是用罗密欧的眼睛去看朱丽叶的阳台, 并用朱丽叶的眼睛去俯视罗密欧的。我们的眼睛跟剧中人物的眼睛合而为一了。我们完全用他们的眼睛去看世界, 我们没有自己的视角。"[1] 在观赏电影的过程中, 想象力和反思的智性根本就不需要, 我们轻而易举地就被催眠了。文学语言则不然, 它并不直接诉诸人的官能。特里·伊格尔顿说: "文学语言疏离或异化普通言语; 然而, 它在这样做的时候, 却使我们能够更加充分和深入地占有经验。平时, 我们呼吸于空气之中, 但却意识不到它的存在: 像语言一样, 它就是我们的活动环境。但是, 如果空气突然变浓或受到污染, 它就会迫使我们警惕自己的呼吸, 结果可能是我们的生命体验

①[匈]巴拉兹:《电影美学》, 何力译, 中国电影出版社 1979 年版, 第 37 页。

的加强。"① 以是之故,文学语言的诗性言说唤醒了生命,成了人们生存境况和生命体验的本真显现。

可见,语言是文学不变的栖居之地,永在的身份标记,它的独特魅力是其他媒介无法取代、不可置换的。我们怎么可能会把一篇社论、一条广告、一个企业的营销手册、一条新闻报道、一个理论甚至一个政治家、一个企业家、一个学术明星当作文艺学的研究对象加以研究呢? 在我看来,这简直就是理论家的玄妙呓语!

有的学者还指出,进入20世纪90年代,当经济、市场、技术、网络、消费、文化产业成为社会话语的关键词以后,审美本位、文学本位遭到了质疑。在他们看来,当前不仅产生了文艺学现有文体秩序难以命名的"文体",更产生了不以语言文字为中心,甚至根本不出现语言文字的"文体",图像、声音和读者的现场操作都有可能成为文体因素。在这种情况下,我们有必要恢复汉语"文"原有的宽泛意义——声成文、色成文、天地成文、人亦成文的多媒介之"文"。他们提出,中国古代的小说就有一个从非文学到文学的进程。的确,中国传统的文学知识体系是不重视小说的,在文化上贬低它,在道德上厌恶它,在艺术上忽视它。可是,近代以降,小说则被确立为文学的中心文类之一,步入了文学的神圣殿堂。可见,"文学性"是历史的与流动的,我们必须敞开"文学"的边界。在我看来,这种说法也是值得商榷的。因为"小说"无论如何仍然是以"语言"为媒介,古代的"文"无论意义如何宽泛,也无论它的文体如何繁杂,它们所指的都是语言文字构成的文本,包括文学文本(美文)和非文学文本(经、史、子书等实用性文章)都是如此。因此,我们认为,文艺学的边界无论怎样拓展,"语言"的维度不

---

① [英]特里·伊格尔顿:《二十世纪西方文学理论》,伍晓明译,陕西师范大学出版社1986年版,第5-6页。

可或缺。

再次，令人费解的是，西方的文化研究者素来是反对学科化的，可是我们国内的许多文化研究者却有着一股强烈的学科化冲动。如，乔纳森·卡勒指出，随着原有学科体系的正在崩溃，"文学性"的无处不在，"文学是什么"，它与"非文学"如何区分，不再是理论应关注的问题。他说："首先，既然理论本身把哲学、语言学、历史学、政治理论、心理分析等各方面的思想融合在一起，那理论家们为什么要劳神看看它们解读的文本是不是文学呢？……第二点，二者之间的区别并不显得十分重要的原因是理论著作已经在非文学现象中找到了'文学性'——可以说这个最简洁的特性其实在非文学的话语和实践中也是必不可少的了。"① 可是，中国的文化研究者却非常在乎自己的研究对象"是不是文学"，而总是试图把文化研究的对象纳入到文艺学的学科领域。这种强烈的学科化冲动，使我们看到，我国的文化研究者即便是简单地移植西方理论，也未能准确到位。而且，这很容易让人想起特里·伊格尔顿锐利的质问："一面谈论'文学理论'，一面又要逐步消除文学是知识的一个界线分明的对象这个幻觉，这是可能的吗？"②

最后，我想指出的是，在这学术凸显、思想淡出的时代，关于"文学性扩张"的言说其实是细枝末节的事情。因为，当前不是最需要学科视野的挪移或是修修补补，即便是去阐释、分析、研究影视、流行歌曲、广告、图片、环境设计、身体形象、消费行为、网络文本、网络游戏，等等，也不能从根本上解决文艺学的发展问题。

波普尔在写于 1952 年的《猜想与反驳——科学知识的增长》

---

① ［美］乔纳森·卡勒：《文学理论》，李平译，辽宁教育出版社 1998 年版，第20 页。
② ［英］特里·伊格尔顿：《二十世纪西方文学理论》，伍晓明译，陕西师范大学出版社 1986 年版，第 260 页。

中说:"真正的哲学问题总是植根于哲学以外的那些迫切问题,这些根烂了,哲学也随之死亡了。"①文学亦如是。文艺学的研究必须正视文学所面对的"迫切问题"——人的现实生存境况。自20世纪90年代以降,世界经济全球化趋势日益发展,跨国资本凯旋,信息科技飞速进步,工具理性横行无阻。随着中国市场经济的全面确立,它一方面使人的潜能爆发出来,个性得到发展,欲望获得解放,一部分人获得了丰富的物质、精神的享受。但是,另一方面则由于竞争的不公平性,社会资源占有的不平衡,产生了当今十大阶层贫富的悬殊;而物欲、肉欲的无节制追求,则造成了人的异化、物化,导致道德沦丧,生存的道德底线荡然无存。黑格尔1816年在海德堡大学的一段讲演在今天仍然具有很强的针对性:"时代的艰苦使人对于日常生活中平凡的琐屑兴趣予以太大的重视,现实上很高的利益和为了这些利益而作的斗争,曾经大大占据了精神上一切的能力和力量以及外在的手段,因而使得人们没有自由的心情去理会那较高的内心生活和较纯洁的精神活动,以致许多较优秀的人才都为这种艰苦环境所束缚,并且部分地被牺牲在里面。因为世界精神太忙碌于现实,所以它不能转向内心,回复到自身。"②在宗教信仰和哲学信念日益式微,存在堕入遗忘的时代,如何从已有的文学"经典"中汲取思想源泉,呼吁重建适合于人的全面发展的人文价值与精神,可能比起文艺学的拓界或扩容更为重要。在我看来,唯有"思想"才能使文艺学保持对当下社会文化的发言权,而从根本上维护文艺学的学科活力。

事实上,文艺学研究者对于"经典"文本和历史事实的研究

---

① [美]波普尔:《猜想与反驳——科学知识的增长》,傅季重等译,上海译文出版社2001年版,第99页。

② [德]黑格尔:《哲学史讲演录》第1卷,贺麟译,商务印书馆1959年版,第1页。

远远没有穷尽。伽达默尔指出，自然科学把研究对象当外在客体看待，是一种客观主义的模式；但人文学科的自我意识所关注的对象却不是自然客体，而是与理解者有着密切的历史的联系。在他看来，历史和文化传统不是外在于我们的僵死之物，而是与我们的现在紧密相关，对我们现在各种观念意识的形成起着塑造的作用，而"经典"就最能显示历史和文化传统的这种作用："经典体现历史存在的一个普遍特征，即在时间将一切销毁的当中得到保存。在过去的事物中，只有并没有成为过去的那部分才为历史认识提供可能，而这正是传统的一般性质。正如黑格尔所说，经典是'自身有意义的，因而可以自我解释'。但那归根到底就意味着，经典能够自我保存正是由于它自身有意义并能自我解释；也就是说，它所说的话并不是关于已经过去的事物的陈述，即并不是仍需解释的文献式证明，相反，它似乎是特别针对着现在来说话。我们所谓'经典'并不需要首先克服历史的距离，因为在不断与人们的联系之中，它已经自己克服了这种距离。因此经典无疑是'没有时间性'的，然而这种无时间性正是历史存在的一种模式。"[1]在伽达默尔看来，"经典"是"没有时间性"的，因为它们"在不断与人们的联系之中"现身，使过去与现在融合，使人们意识到它们在文化传统和思想意识上既连续又变化的关系，而体现了一种超越时间限制的规范与基本价值，随时作为当前有意义的事物而存在。人们在阅读一部经典著作时，总是处于被询问并将自己打开和暴露出来的地位。正是在这种与经典的对话中，文化作为传统对一代代的人发生影响，形成具有强大生命力的文明。因此，"一部经典的确是一个参照系，或者采用阿尔蒂尔比喻性的说法：一种'形式和主题的历史语法'或'文

---

① 转引自张隆溪：《经典在阐释学上的意义》，文载《中国文哲研究通讯》第9卷，第3期。

化语法'"①。"经典"之所以是"经典",成为所谓的"书中之书""精中之精""重中之重",人们之所以不懈地建构新的"经典",关键就在这里。

此外,任何文化建构和知识生产都不可能是对现实的亦步亦趋,它们往往与现实保持着一定的距离,表达了对于现实的超越或是制衡,由此而具有文化立法的意义。真正的文化创造者的活动本质上并不追求实用目标,他们是在艺术、科学或形而上学的思考中,寻找生活的真正意义的人。文学创作尤其如此。1990 年,当墨西哥诗人奥克塔维奥·帕斯获悉自己成为该年度诺贝尔文学奖得主这一消息时,他正在纽约访问。女记者安赫利卡·阿维列拉问他:"几分钟前,你曾经建议美国总统乔治·布什多读点诗。那么,你建议墨西哥总统做什么呢?"帕斯毫不犹豫地答道:"也是读诗。但是,不只是政治家们应该读诗,社会学家和所谓的政治科学(这里存在着一个术语上的矛盾,因为我认为政治的艺术性比科学的艺术性更强)专家们也需要了解诗歌,因为他们总是谈论结构、经济实力、思想的力量和社会阶级的重要性,却很少谈论人的内心。而人是比经济形式和精神形式更复杂的存在。人是有七情六欲的人;人要恋爱,要死亡,有恐惧,有仇恨,有朋友。这整个有感情的世界都出现在文学中,并以综合的方式出现在诗歌中。"② 在这里,诗人帕斯道出了艺术创造的价值真相:文学艺术以其内在的丰富性和复杂性,穿透现实世界浮华的表层,进入了生活的深处,并通过触及人的情感世界,帮助人们有效地抵御单调、空虚和狂暴的现实对于灵魂的伤害,而完成了对现实生活世界的"介入"。学术研究又何

---

① [荷] D. 佛克马、E. 蚁布思:《文学研究与文化参与》,俞国强译,北京大学出版社 1997 年版,第 62 页。

② [美] 帕斯:《诺贝尔奖不是通向不朽的通行证》,见潞潞主编:《面对面——外国著名诗人访谈、演说》,北京出版社 2003 年版,第 134-135 页。

尝不是如此？

陀思妥耶夫斯基说得好：假如没有了上帝，一切都是可能的。"科学"是人类智慧的结晶，但是，"科学"不涉及人的终极关怀——用克尔凯戈尔的话说，望远镜无助于限定灵魂，即人对生命意义的关怀及履行。正如许多思想家所指出的，图像崇拜除了单纯持续的感官刺激外，并不能从根本上解决精神层面的问题；人们可以在KTV、电影、网络游戏中纵情狂欢却始终无法排遣内心深处的焦虑、孤独、恐慌、空虚，这种终极关怀的大面积缺失在客观上要求文学重塑自我，找回曾作为人类精神家园的主体地位。巴赫金说得好："单一声音，什么也结束不了，什么也解决不了。两个声音才是生命的最低条件，生存的最低条件。"① 在这意义上，无论我们是否进入了"读图时代"，文学都是永远存在的，文学研究也是永远存在的。我们没必要因为消费主义的时尚而转向，进行所谓文艺学的"自我救赎"。

爱德华·W.萨义德指出："知道如何善用语言，知道何时以语言介入，是知识分子行动的两个必要特色。"② 在我看来，当"一种温吞水式的、软弱无力的平庸的文化正在缓慢地产生，这种文化像是一滩正在蔓延的淤泥，吞没着一切，威胁着所有的东西"③ 时，我们的作家、艺术家、文学研究者，如果要成为真正意义上的现代知识分子，应该充分意识到自己的独特身份，为了免于沦落到这种文化之中，而坚持向存在发问，说出自己对于物质主义时代的真实感受，针对现实的根本性匮乏而呼唤，将批判进行到底。只有这样才

---

① ［俄］巴赫金：《陀思妥耶夫斯基诗学问题》，上海三联书店1992版，第344页。

② ［美］爱德华·W.萨义德：《知识分子论》，生活·读书·新知三联书店2002年版，第23页。

③ 麦克唐纳语，转引自［美］齐格蒙·鲍曼：《立法者与阐释者——论现代性、后现代性与知识分子》，洪涛译，上海人民出版社2000年版，第214页。

有可能超越生活本身，为民族的精神生活提供同阳光和水一样宝贵的东西。我们如果缺乏被利维斯当作"任何真正才智的首要条件"，即"一颗深沉严肃之心"，而随波逐流，成了西方文化话语的附庸，或是当下消费文化的生产者、促销者，或是将自己的创造活动沦落成为 20 世纪初鲁迅先生曾经严加讥讽的"噉饭之道"，那么，这样的文学和文艺学研究才真正是灭亡无疑、万劫不复的。

（《文艺争鸣》2005 年第 3 期）

图像时代文学的命运
——以影视与文学的关系为个案

  21 世纪是一个技术狂欢的时代。视觉文化，是一种在数码技术、多媒体技术和网络技术推动下立足于视觉因素，以"形象"或是"影像"主导人们审美心理结构的崭新文化形态。视觉文化的兴起，是当今文化生活中一个极其重要的事件。它似乎将已有的文字的传统阐释功能和表现功能排斥殆尽，而引发了"图像"与"文字"之争，使曾高居"象牙塔"中的文学艺术面临着日益严峻的挑战。那么，在现代科学技术的冲击之下，"图像"能替代"文字"吗？文学会走向"终结"吗？本文主要以电影（电视）与文学的关系为个案，试图探讨这些问题。

问题的提出

  在西方，不少理论家们惊呼"图像"已然战胜了"文字"，认为"文字"屈从于"图像"已是不争的事实。如，海德格尔认为，近现代社会是一个"技术时代""世界图像的时代"①。丹尼尔·贝尔声称:"目前居'统治'地位的是视觉观念。声音和景象,尤其是后者,组织了美学,统率了观众";"我相信,当代文化正在变成一种视觉文化,而不是一种印刷文化,这是千真万确的事实"②。詹姆逊则指出,在现代主义阶段,文化和艺术的主要模式是时间模式,它体现为历史的深度阐释和意识;而在我们所处的后现代主义阶段,文化和艺术的主要模式则明显地转向空间模式———一种以复制与现实的关系为中心,以及以这种距离感为中心的空间模式。他在一次访谈录中说:"我用时间的空间化把这两组特征(表面与断裂)联系起来。时间成了永远的现时,因此是空间性的。我们与过去的关系也变成空间性的了。"换言之,种种"类象"或"影像"的文化逻辑是一种空间意义的联系,它们将众多历时性的片段摊到一个平面之上,彼此之间没有历史的纵深感③。面对机械复制技术对社会生活的全面渗透和形象的垄断性推进,法国哲学家居伊·德波在《景象社会》中,指出"景象"是当今社会的主要生产,而大胆宣布了"景象社会"的到来④。后来的法兰克福学派的代表人物本雅明提出了"机械复制时代"文明的阐释。接着,利奥塔在肯定了图像形式所表现出来的生命能量的同时,提出了"图像体制"问题,并对这一体制进行了批判。稍后的博得里拉又提出了"类像时代"的概念,并指出这是一个由模型、符码和控制论所支配的信息与符号时代;

---

① [德]海德格尔:《世界图像的时代》,《林中路》,孙周兴译,上海译文出版社1997年版,第72、73页。

② [美]丹尼尔·贝尔:《资本主义文化矛盾》,赵一凡、蒲隆、任晓晋译,生活·读书·新知三联书店1989年版,第156页。

③ [美]詹姆逊:《后现代主义,或晚期资本主义的文化逻辑》,陈清侨译,《晚期资本主义的文化逻辑》,生活·读书·新知三联书店1997年版,第455页。

④ Guy Debord: *The Society of the Spectacle*, Zone Book, 1994, pp.4-5.

他说："景象决不能理解为是视觉世界的滥用，抑或是形象的大众传播技术的产物，确切地说，它就是世界观，它已变得真实并在物质上被转化了。它是对象化了的世界观"；它的"基本特征在于这样一个简单事实，即它的手段同时就是它的目的，它是永远照耀现代被动性帝国的不落的太阳，它覆盖世界的整个表面但永恒沐浴在自身的光辉之中"①。在《图像的威力》一书中，法国思想家勒内·于格更是对人们膜拜与迷恋图像的文化景观作了一个极其生动的描述："尽管当代舞台上占首要地位的是脑力劳动，但我们已不是思维健全的人，内心生活不再从文学作品中吸取源泉。感官的冲击带着我们的鼻子，支配着我们的行动。现代生活通过感觉、视觉和听觉向我们涌来。汽车司机高速行驶，路牌一闪而过无法辨认，他服从的是红灯、绿灯；空闲者坐在椅子里，想放松一下，于是扭动开关，然而无线电激烈的音响冲进沉静的内心，摇晃的电视图像在微暗中闪现……令人痒痒的听觉音响和视觉形象包围和淹没了我们这一代人。图像取代读书的角色，成为精神生活的食粮。它们非但没有为思维提供某种有益的思考，反而破坏了思维，不可抵挡地向思维冲击，涌入观众的脑海，如此凶猛，理性来不及筑成一道防线或仅仅制作一张过滤网。"②

面对信息技术的幽灵，法国后结构主义者雅克·德里达借《明信片》中主人公的惊人之口说："所谓的文学的整整一个时代，即便不是全部的话，都不能活过电传的特定技术制度（在这方面政治制度是次要的）。哲学或精神分析学也不能。爱情信件也不能。……"美国加州大学学者 J. 希利斯·米勒分析了电讯媒介、因特网对文学、

① ［法］居伊·德波：《景象的社会》，肖伟胜译，见《文化研究》第三辑，天津社会科学院出版社 2002 年版。

② ［法］勒内·于格：《图像的威力》，钱凤根译，四川美术出版社 1988 年版，第21页。

对全球化、对民族国家权力、政治施为行为的影响与渗透，得出了一个令人忧虑的结论："文学研究的时代已经过去了，再也不会出现这样一个时代——为了文学自身的目的。撇开理论或政治方面的考虑而去单纯研究文学……文学研究从来就没有正当时的时候，不论过去现在还是将来。"① 围绕"图像"与"文字"之争，影视与文学的关系是研究者的主要关注点之一。与西方学者的思想同步，国内学者也相继提出了"图像化转向"，以及我们已进入"图像时代"，传统的文学与文学研究即将"终结"的论说。

可以断言，影像的诞生是当代文化生产的一大转折。麦克卢汉说："电影的诞生使我们超越了机械论，转入了发展的有机联系的世界。仅仅靠加快机械的速度，电影把我们带入了创新的外形和结构的世界。"② 而继电影之后，电视更是大规模地扩大了影像生产的规模。这些影像正在强有力地介入、包围和控制着人们的生活，而印刷文化的中心地位则岌岌可危。布尔迪厄就注意到了电视对报纸一类传统文字媒介的有力挑战，他说："今天，在新闻界围绕着电视展开的斗争是主要的斗争……有迹象表明，与电视相比，文字新闻业在渐渐地萎缩：电视增刊在各家报纸中的比重不断增大；文字记者们最关心的是自己的作品被电视所采用（当想，也一心想在电视上露面，这有助于提高他们在报社的身价。任何一个记者，若想要有影响，就必须上电视做节目；这样一来，某些电视记者反而在报社占有举足轻重的位置，从而对文字这一行的特殊性提出了质疑；如果一个电视女主持人朝夕之间就可以成为一家报社的主编的话，那人们就不得不发出疑问，一个文字记者的特殊技能到底何在）；被

---

① ［美］J.希利斯·米勒：《全球化时代文学研究还会继续存在吗？》，《文学评论》2001 年第 1 期。

② ［加］麦克卢汉：《麦克卢汉精粹》，何道宽译，南京大学出版社 2000 年版，第 232 页。

美国人称为‘agenda’的东西（即议事日程，那些必须讨论的东西，如社会的主题、重大问题等）越来越受电视的左右（在我作了描述的信息的循环流通中，电视的影响是决定性的，文字记者推出一个主题，如一个事件、一场论战等，一定要被电视采用，重新策划，拥有某种政治效力，才会变得举足轻重，成为中心议题）。文字记者的地位因此而受到威胁，这一行业的特殊性也就遭到了质疑。"[①]记者的文字不过是结构上依附于电视的信息，文字记者被边缘化了。这里，电视的威力也就是图像的力量。在当代文化中，"图像"似乎已然凌驾于"文字"之上。

受到西方理论家的影响，国内有学者也提出，"图像时代"的到来，意味着电影的进攻和文学的退缩；"在这场美学革命中，电影以其逼真性对于艺术的规则进行了重新的定义，在资本经济的协同作用下，作为艺术场域的后来居上者，它迫使文学走向边缘。在此语境压力下，文学家能够选择的策略是或者俯首称臣，沦为电影文学脚本的文学师，或者以电影的叙事逻辑为模仿对象，企图接受电影的招安，或者以种种语言或叙事企图冲出重围，却不幸跌入无人喝彩的寂寞沙场。……文学的黄昏已然来临。"[②]其言外之意是，文学将让位于电影，"图像"将替代"文字"，文学将不可避免地走向"终结"。

影视与文学的联姻

在我看来，影视与文学之间的关系并没有那么简单。作为两种有着不同的表现形态和艺术特质的艺术样式，影视与文学有着各自

① ［法］布尔迪厄：《关于电视》，许钧译，辽宁教育出版社 2000 年版，第 57-58 页。
② 朱国华：《电影：文学的终结者？》，《文学评论》2003 年第 2 期。

不同的生存方式与发展道路，它们之间有着非常复杂的关系。

电影艺术兴起之初，为了摆脱"杂耍"与"游艺场玩艺"，电影虚心地向经典的文学著作"求教"。"当时的电影缺乏想象力……为了从不景气的情况中摆脱出来，为了把那些比光顾市集木棚的观众更有钱的人吸引到电影院里来，电影就必须在戏剧和文学方面寻找高尚的题材。"① 通过大量地改编、演绎文学名著，依赖这些原作的权威地位，早期的电影俘获了大批的观众。于是，法国电影导演阿培尔·冈斯在 1927 年就热情满怀地说："莎士比亚、伦勃朗、贝多芬将拍成电影……所有的传说，所有的神话和志怪故事，所有创立宗教的人和各种宗教本身……都期待着在水银灯下的复活，而主人公们在墓门前你推我搡。"② 曾有人做过细致的统计，自有电影以来，大约 70% 以上的中外故事片都改编自文学名著（主要是小说），而且文学名著一改再改，像法国文豪雨果的《悲惨世界》，曾被改编高达 17 次。难怪苏联的电影理论家波高热娃感慨道："没有莱蒙托夫和托尔斯泰、陀思妥耶夫斯基和巴尔扎克的作品的改编，那么电影的历史也是不堪设想的。"③ 尽管如此，人们在观赏了这些改编的电影之后，还是有相当多的人愿意甚至更喜欢阅读原著，其中重要的原因是原著精神没有得到充分的体现。王安忆就表示："我觉得电影是非常糟糕的东西，电影给我们造成了最浅薄的印象。很多名著被拍成了电影，使我们对这些名著的印象被电影留下来的印象所替代，而电影告诉我们的通常是一个最通俗的、最平庸的故事。……电影特别善于把名著平庸化、大众化，变成一种可使大家

---

① ［法］乔治·萨杜尔：《世界电影史》，中国电影出版社 1982 年版，第 73-77 页。

② 转引自［德］本雅明：《机械复制时代的艺术作品》，王才勇译，浙江摄影出版社 1993 年版，第 8 页。

③ 李晋生编：《中国电影理论文选》上册，文化艺术出版社 1992 版，第 503 页。

广泛接受的东西。"①

显然，在影视对于文学名著的改编过程中，作为文学作品的原著仍然占据着主导地位，并影响着人们对于影视作品改编成败的评判。我们知道，电影受到时长、摄制技术和观众的生理要求等诸多因素的限制，对于作品复杂人物关系和社会状况的表现往往力不从心，而无法与文学作品中那种运用文字以持续不断地铺陈、描写、刻画而带给读者的审美体验同日而语。如，电影《红楼梦》尽管尽量忠实原著，总会挂一漏万，使千百万观众不满足。此外，影像文本能否改编成功，很大程度上还决定于编导对于原著和作者的理解深度，只有和原著有着精神的共鸣和沟通，才能改编成令人信服的作品。如，电影《城南旧事》，抓住了林海音原著中那种淡淡的感伤情绪，改编获得了成功。而电影《骆驼祥子》，编导出于对祥子的特殊喜爱，草率地变动了祥子的堕落结局，不仅破坏了祥子性格的发展逻辑，而且削弱了影片社会历史的内涵价值。

也有些影视所选取的文学原著并非文学名著，这些文学原著的名气远远不如名著，或仅仅是在文学圈子里为人所知。影视艺术家以它们为素材进行再创作，使它们为一般大众所接受，而形成了广泛的影响。如，电视剧《围城》播出后，钱钟书先生的原著小说在书摊上成为热销，而在此之前并不大为人所知；琼瑶、金庸、老舍、二月河、张平、海岩等人的小说也都是如此，它们都伴随电影或电视剧相继成为读者的案头之物。同样，电影《哈利·波特》《指环王》以及斯蒂芬·金的电影引入中国后，这些翻译作品也迅即风靡了大江南北。在这种改编过程中，不可否认，影视艺术家起了主导的作用；但是，他们仍然遵循着从原著到剧本到拍摄，即从"文

---

① 王安忆：《心灵世界——王安忆小说讲稿》，复旦大学出版社1997年版，第111页。

字"到"图像"的路径。

还有一些影视是对文学原著的戏说，它们是借助于一种与原著格调的对比和张力关系，而有意脱离文学原著所进行的自由创造。这些影像文本离文学原著越来越远，甚至于面目全非。譬如，在大陆与香港合拍的电影《大话西游》之《月光宝盒》《大圣娶亲》里，编导不过是借了《西游记》的躯壳来编织自己对于爱情与人生的梦想，其中根本就没有多少原著的影子。

但是，苏联的著名导演 C.格拉西莫夫说得好："一个电影导演是可以从崇高的文学典范中学到很多东西的。这两种艺术之间存在着联系，而且这种联系应该得到加强。伟大的文学所积累的经验能够帮助我们电影工作者学会怎样深刻地去研究复杂多样的生活。"①

这让人想起了中国电影史的一段佳话：1947 年 12 月 14 日，由张爱玲编剧的电影《太太万岁》在上海各大影院同时上映，据记载，在连续两周里，即使大雪纷飞，剧院仍是场场爆满。上海各报竞相报道这一盛况，有"连日客满，卖座第一"；"精彩绝伦，回味无穷"；"本年度银坛压卷之作"②云云，关于《太太万岁》的评论热潮直到第二年才渐趋平淡。《太太万岁》成功的原因很大部分应归于张爱玲，她坚持在剧本创作中沿袭了自己一贯关注小人物平淡人生的视角，以及淡淡的"含着微笑"的艺术风格。有评论者谈及这部影片时指出，无论是在影片的选材，还是在表现方式（如影片中的场景处理、细节安排等）上，都带有典型的"张爱玲风"——"它的风气是一股潜流，在你的生活中渐渐地流着，经过了手心掌成了一酌温暖的泉水，而你手掌里一直感到它的温暖，也许这缓缓的泉

---

① 转引自《历史积淀与时代跨越——中国现代文学名著影视改编透视》，北京电影学院学报 2002 年第 1 期，第 41—49 页。

② 参见 1947 年 12 月 13 日—27 日上海《大公报》《申报》《新闻报》等报章报道。

流，有一天把大岩石也磨平了"①。

影视与文学的疏离

不可否认，影视一直在追求自己独立的探索与发展道路，试图把自己的触角伸向各个领域。目前的电影制作就出现了通过高科技、大投入、大场面以追求视听感受的发展趋势。如，风靡全球的《侏罗纪公园》《哈利·波特》《指环王》和《功夫》等影片都是靠着让人匪夷所思、叹为观止的声音和画面效果让观众如痴如醉，而创造了不菲票房价值。沃卓斯基兄弟1999年的《黑客帝国》与2003年的《黑客帝国：重装上阵》更被评论为开启了电影叙事语言的新纪元。这些电影竭力冲击当代技术所能提供的视觉效果的极限，而其中的文学性因素受到了挤压，给观众提供的是目不暇接的视觉大餐。但是，我们不能由电影与文学关系的这种疏离，而对这种现象在理论上进行无限引申和扩展，得出"图像时代"的到来或是"文学的终结"。因为，在广阔的文学天地里，仍然有很多东西是影视无从插手的。

一般说来，影视是通过画面与音响作用于大众感官的视听艺术，它必须把所要表现的内容一概化为视觉形象与听觉形象；而文学则是经由文字的传达作用于读者头脑的想象艺术，它可以毫不费力地表述抽象概念与凌乱而不衔接的心理流程。在画面思维与想象思维之间存在难以逾越的鸿沟。视觉、听觉艺术直接诉诸人的官能，而作为语言艺术的文学却不直接诉诸官能，但在深入探索和表现人物细致入微的思想感情上，却有着得天独厚的优势。在文学接

---

① 参见《文华影片公司新片特刊·〈太太万岁〉中的太太》，《大公报·大公园》1947年12月13日。

受过程中，视觉不过是一个始发点，它所传导的符号信息只有通过读者中枢神经的再造想象，在脑海里破译出一幅符合文字描绘的艺术图景，才能读出凝结在书中的意思或意味——这是心智性的；而荧屏则是全息性的，音、像、语俱全，它们在同一瞬间撞击着人的整体机能，其间无须任何语符的转译，人们很容易就被激活，仿佛尚未动脑，却一下什么都懂了，实际上却不一定都懂了。

以对《十日谈》《坎特伯雷故事》《天方夜谭》改编成果而蜚声影坛的意大利导演比埃尔·保罗·帕索里尼指出："我觉得电影和文学作为表现手段之间区别，主要表现在隐喻上，文学几乎完全是由隐喻构成的，而电影几乎完全没有隐喻。"[①]也就是说，文学作品里充满了文字构成的隐喻，其中的人物形象更是无数隐喻的终极指向，读者必须在阅读文学作品的全过程之后，结合自己的日常经验加以分解、类比、综合才能获得审美享受；而电影则只能通过画面凸现鲜明视觉形象，观众所得到的是导演强加的、先声夺人的视觉印象。安德烈·勒文孙说："在电影里，人们从形象中获得思想；在文学里，人们从思想中获得形象。"[②]身跨文学与电影两界，既是"新小说"派代表，又是"左岸派"电影重要编导的阿兰·罗伯·格里耶也感慨地说："文学——这是词汇和句子，电影——这是影像和声音。文字描述和影像是不相同的。文字的描述是逐渐推进的，而画面是总体性的，它不可能再现文字的运动。"[③]

因此，正如莫言所说的，文学原著和影视作品"毕竟是有独立品格的两回事……改编是一种固定化，每个人在读小说时都在想象和创造，比如林黛玉是高是矮，长脸圆脸，每个人有每个人的想

---

① 转引自《西方文学与电影》，《广西艺术学院学报》1996年增刊。

② 转引自［法］爱德华·茂莱：《电影化的想象——作家和电影》，邵牧君译，中国电影出版社1989年版，第114页。

③ 转引自《西方文学与电影》，《广西艺术学院学报》1996年增刊。

法，但一旦改成影视作品，就明确了，固定了，也就限定了，林黛玉就是某某演员那样瘦的长脸。所以影视其实是用对作品的一种解读代替抹杀千万种不同的解读。从这种意义上讲，文学是活的，影视却是死的"。这一番话道出了小说与剧本写作不同的特性和要求，文学具有影视所不能替代的独特之处①。

爱德华·茂莱精辟地指出："由于小说家掌握的是一种语言的手段，他在开掘思想和感情、区分各种不同的感觉、表现过去和现在的复杂交错和处理大的抽象物等方面便得天独厚。尽管晚近以来某些电影导演力图在表现复杂的主观关系方面与文学一争高低，但电影毕竟在这个领域里比小说略逊一筹，难相比美。把注意力全部放在人的内心世界上的电影导演，或者换句话说，当他们处理一些更适合于文学家的题材时，结果往往拍出静态的、混乱的和枯燥乏味的非电影。"②像鲁迅的小说作品，除个别篇目外许多都不适合改编电影，虽然《祝福》《伤逝》已改编成功，但《在酒楼上》《药》《离婚》《狂人日记》等都不适合。夏衍先生甚至认为《阿Q正传》也不具有改编成电影的可改性，他指出，"要在舞台上或银幕上表现阿Q的真实性格而不流于庸俗和'滑稽'是十分不容易的"③。再如，歌德的《少年维特的烦恼》属书信体小说，作品中充满了少年人对生活的感受，但关于情节、场景的叙事则显单薄、次要，以表现视觉形象为重心的电影就很难把它搬上银幕。又如，一些意识流的文学作品更是根本就无法改编也拒绝改编，"把《尤利西斯》拍成电影的尝试是注定要失败的。虽然乔伊斯的小说里充满了和银幕上使用的技巧很类似的技巧，这些技巧在书本里是用词句来完成

---

① 陈洁：《作家的影视新感觉》，《中华读书报》1999年6月1日。

② ［法］爱德华·茂莱：《电影化的想象——作家和电影》，邵牧君译，中国电影出版社1989年版，第113页。

③ 转引自《论改编的艺术》，《世界电影》1983年第1期。

的，或者是在语言的和理性的层次上运用，并非电影摄像机所能摄录。我们如果想了解乔伊斯笔下的人物，就必须进入——深深地进入人物的内心。电影的再现事物表象的能力是无与伦比的；然而，在需要深入人物的复杂心灵时，电影就远远不如意识流小说家施展自如了"①。

可见，作为两种不同的艺术门类，文学和影视的艺术规律和表达方式是不同的。小说的最终产品和影视的最终产品，分别代表着两种不同的美学种类，就像芭蕾舞不能和建筑相同一样。从这个意义上来说，文学与影视是艺术天地中并流的双河，那种认为电影将取代文学，使文学会成为自己的附属品的论断是偏颇的。

诗意地栖居

在"图像化"转向的过程中，可能会有一些文学样式处于低谷，但是，一个不可否认的事实是，文学语言的实验性和先锋性与新媒介进行竞争，不断地拓展着文学的生存空间。

我们注意到，影视艺术的发展使作家的创作在技术上受到了一定的影响。法国新小说家萨洛特、格里耶、布托尔都认识到新兴电影艺术对小说技巧的意义，说"电影这一前程无量的艺术，其崭新的技巧，马上使小说受益匪浅"②。格里耶的创作活动就像一台机器，按照事先设定好的程序进行循环往复的复制。如，他的《去年在马里安巴》标明是"电影小说"，其叙事策略多采取淡化人物情节、简化叙事、强调片段记录、复制和迷宫手法等。而且在格里耶

---

① [法]爱德华·茂莱:《电影化的想象——作家和电影》，邵牧君译，中国电影出版社 1989 年版，第 140 页。

② [法]娜丽塔·萨洛特:《从陀斯妥耶夫斯基到卡夫卡》，见柳鸣九《新小说派研究》，中国社会科学出版社 1986 年版，第 4 页。

的代表作《嫉妒》的开篇，小说家则像一台摄像机，从露台将场景
——精确地描写下来，其故事和情节则如机械一样不断复制，阿 X
的故事和弗兰克的故事重复写了九次，一只蜈蚣的死说了九次，"香
蕉林"的描写重复了六次，汽车抛锚叙述了六次……这些重复都没
有什么大的变化，小说中的人物似乎已然迷失在现代技术的丛林。
对于自己的创作取向，格里耶有一段自白："但在我这里，人的眼睛
坚定不移地落在物上，他看见它们，但不肯把它们变成自己的一部
分，不肯同它们达成任何默契或暧昧的关系……人的视线限于摄取
准确的度量，同样他的激情也只停留于物的表面，而不企图深入，
因为物的里面什么也没有；并且也不作任何感情表示，因为物件不
会有所反应。"① 因此，阅读这些"电影小说"，我们仿佛穿梭于技
术之网，让人感觉技术复制时代的技术和机器不仅裹挟了现实中的
人，而且进入了当代的艺术世界之中。对于"电影小说"的艺术特
点，爱德华·茂莱有一个非常精彩的概括："肤浅的性格刻画，截头
去尾的场面结构，跳切式的场面转换，旨在补充银幕画面的对白，
无须花上千百个字便能在一个画面里面阐明其主题"②；他强调指出，
"如果要使电影化的想象在小说里成为一种正面力量，就必须把它
消解在本质上是文学的表现形式之中，消解在文学地'把握'生活
的方式之中，换言之，电影对小说的影响只有在这样的前提下才是
有益的：即小说仍是真正的小说，而不是冒称小说的电影剧本"③。

畅销小说作家海岩指出："我们现在处于视觉的时代，而不是

① ［法］罗伯特·格里耶：《自然，人道主义，悲剧》，见柳鸣九《新小说派研
究》，中国社会科学出版社 1986 年版，第 69 页。
② ［法］爱德华·茂莱：《电影化的想象——作家和电影》，邵牧君译，中国电影
出版社 1989 年版，第 306 页。
③ ［法］爱德华·茂莱：《电影化的想象——作家和电影》，邵牧君译，中国电影
出版社 1989 年版，第 302 页。

阅读的时代，看影视的人远远多于阅读的人，看影视的人再去阅读，其要求的阅读方式、阅读心理会被改造，对结构对人物对画面感会有要求，在影像时代，从事文本创作时应该考虑到读者的需求、欣赏、接受的习惯变化，所以作家在描写方式上很自然会改变，这是由和人物和事件结合在一起的时代生活节奏和心理节奏决定的。"[1] 但是，显而易见，小说并不会因此而成为影视的附庸。文学已有数千年的历史，即使文学中有精英文学与大众文学的分野，它们也是彼此共存，各有各的市场，各有各的发展；而影视不过是"严肃文学的通俗读本"（苏童语），它对于精英文学作品的改编，只不过是把它大众化，变成大众的精神食粮，实际上永远无法取代它的精英本体。因此，小说的改编大户王朔说："写影视剧来钱，但写多了真把人写伤了，再要写小说都回不过神来。"[2]

　　海德格尔说过，人应为自己创造一个能诗意地栖居的场所，这便是心灵的归宿。他提出近现代社会是一个"技术时代""世界图像的时代"，本意是要人们区分"世界图画"和"关于世界的图画"。诗意的居所无须豪华，无须珠光宝气；适合于肉眼纵情声色的锦绣谷，未必宜于心眼居住。因为它亟须提供的是安魂，而非肉眼的烦躁。人的主体性与科学技术的共同发展，使人们生活在一种所谓的"世界图画"之中，这种"图画"实际上是一种幻觉，它虽有逼真的外观，却不一定指向外在真实的世界。更多的情况是，彩色荧屏因有全息性直播物质现实之特点，而迅猛沦为商业广告媒体，日夜挑逗着人们的欲念。红的是唇，绿的是怀春的猫的眼睛。我们生活的世界，充满官能，很少思想；充满生物性，很少价值性。一言以

---

[1] 鲍晓倩：《作家纷纷触电影视　创作心态各不相仿》，《中华读书报》2003 年 11 月 26 日。

[2] 陈洁：《作家的影视新感觉》，《中华读书报》1999 年 6 月 1 日。

蔽之，现代文化工业是用高科技来煽动低品位，用物质文明来包装原始——以是之故，面对这滚滚的视觉洪流，有的北欧国家已法定孩子每周看电视的时间，以便他们能够用心读书。

值得一提的是，那些主张"图像性"取代"文学性"的论者，往往将这个话题跟"日常生活审美化"联系在一起。根据英国社会学家费瑟斯通的理解，"日常生活审美化"有三个层面的涵义：第一，"我们指的是那些艺术的亚文化"，即达达主义、历史先锋派及超现实主义等艺术运动，"他们追求的就是消解艺术和生活之间的界限"，而以日常生活中的"现成物"取代艺术；第二，指"将生活转化为艺术作品的谋划"，"这种既关注审美消费的生活，又关注如何把生活融入（以及把生活塑造为）艺术与知识反文化的审美愉悦之整体中的双重性"；第三，指"充斥于当代社会日常生活之经纬的迅捷的符号与影像之流"[①]。实际上，在现代社会里，日常生活的审美活动属于消费性的审美，它建立在物质的基础之上，与人的实用占有欲望和本能感官愉悦相连，而迥别于徜徉于理想化、诗意性的审美。我们还注意到，在世界美学界对于"日常生活审美化"的论述产生最大影响的是理查德·叙斯特曼和沃尔夫冈·韦尔施。叙斯特曼从平民的角度挑战精英性的分析美学，韦尔施则将审美延伸到日常生活的各个领域，与此同时，韦尔施还清醒地认识到："处处皆美，则无处有美，持续的兴奋导致的是麻木不仁"；"在日常生活审美化已经如此成功之时，艺术不应再提供悦目的盛宴，反之它必须提供烦恼、引起不快。如果今天的艺术品不能引起震惊，那它多半表明，艺术品成了多余的东西"[②]。

---

① ［英］费瑟斯通：《消费文化与后现代主义》，刘精明译，译林出版社 2000 年版，第 95—98 页。

② ［德］沃尔夫冈·韦尔施：《重构美学》，陆扬、张岩冰译，上海译文出版社 2002 年版，第 168 页。

因此，在倡导文化多元化的今天，我认为，尽管现代电子媒介以极高的科技含量创造出了种种文化奇迹，但是，与电子媒介所制作的音响、图像、色彩、造型、动感、质感相比，语言媒介仍然是富于魅力的。文学和影视，文字与图像将会永远并存，共同丰富着人们日新月异的精神生活。当文学凭借语言媒介来表情或叙事时，必然会显示出许多为其他媒介不具备因而也无法替代的独到之处，以克服诸多的审美疲劳，共同丰富着人们日新月异的精神生活。面对视觉文化或消费文化的冲击，我们没有必要哀叹现代以至后现代条件下文学性的消逝。我们坚信：世上只要有读者，只要人们的情感生活不至于枯竭，文学就永远不会寂寞，更不会走向所谓的"终结"。

（《浙江社会科学》2005 年第 5 期）

玄幻小说的文化面相

　　我们正处于一个充满了挑战与变革的时代。在这个时代，社会政治、经济、文化诸领域均发生了一系列深刻而巨大的变化。英国著名的作家狄更斯在《双城记》的开篇曾这样写道："这是好得不能再好的时代，这是坏得不能再坏的时代；这是闪耀着智慧的岁月，这是充满着愚蠢的岁月……这是充满希望的春天，这是令人绝望的冬日。"[①]用这段话描述我们现在所处的时代，实在是最恰当不过了。文学批评总是怀着不自量力的历史冲动，总是把对人类生存现实和历史的观照视为自身的本职任务。玄幻小说一度引发了人们激烈的论争，而我特别感兴趣的是，它与当代人们精神生活之间的关系。在我看来，玄幻小说本身是有它自身的精神追求和文化演绎的，人们的阅读与接受不仅仅是一般意义上的文化享受，它实际投射了特定群体的情感和人生情怀。从玄幻小说中，我们可以瞥见消费时代流行文化的诸般"面相"。

---

① ［英］狄更斯：《双城记》，罗稷南译，上海译文出版社 1983 年版，第 1 页。

网络时代的"顽主"

玄幻小说置身于一个高度数字化、信息化的时代，它的主要载体是网络，其中，比较重要的玄幻小说网站有"黄金书屋""天鹰""龙的天空""OCR""铁血""明扬""翠微居""起点"和"幻剑书盟"，等等。玄幻小说是这些网络上最流行的文学样式之一。网络是玄幻小说的温床，正是网络成就了玄幻小说；我们只有充分地理解网络媒介，才能真正洞悉玄幻小说的美学特质。

与以往的媒介相比，网络具有交互性和多元性，具有马克·波斯特所谓的"双向的去中心交流"特性；"双向"即信息传播无中心的多向传播，"去中心"则是指互联网时代文字与图像按照根型方式在任何一个非中心化地点繁殖，信息中心由此失去了意义。马克·波斯特指出，这种"信息方式促进了语言的彻底重构，这种重构把主体构建在理性自律个体的模式之外。这种人所熟知的现代主体被信息方式置换成一个多重的撒播的和去中心化的主体，并被不断质询为一种不稳定的身份。在文化层面上，这种不稳定性既带来危险又提出挑战"①。网络的这种双向互动，极大地模糊了传播者与接受者的界限，使媒体由权利的垄断走向权利的开放。以是之故，网络建立了一个极度自由的空间。但由于绝对的自我指认与一切价值标准的不在场，使得个性在极度的张扬中丧失了它的追求与意义，由此网络终而成为消解一切的黑洞。

在麦克卢汉看来，媒介是人的本质力量的对象化，是人的感性生活的总和；他提出了一个著名的论点——"媒介即信息"，这句

①［美］马克·波斯特:《第二媒介》，范静晔译，南京大学出版社2000年版，第83页。

话的意思是说，新的传媒技术本身对个人和社会产生的影响，要大于它的实际使用，当"技术使人的一种感官延伸时，随着新技术的内化，文化的新型转换也就迅速发生"①。希利斯·米勒曾在《跨国大学中的文学与文化研究》一文引述德里达的话，这样描述今日文化"移位"的时代特征："随着从书本世纪到超文本世纪这一划时代的文化移位加速进行，我们以前所未有的快捷步子，给引入一个新的充满威胁的生活空间。诚如德里达近年在一个研讨班上中肯地指出，这个新的电子空间，这个电视、电影、电话、视频、传真、电子邮件和互联网的空间，已经从根本上改变了自我、家庭、工作场所，以及民族-国家的政治学。"②

我国的网络文学主要兴起于 20 世纪 90 年代后半期，2000 年以后，互联网进入了"平民时代"，网络成为时代的强势媒体之一，与勃兴的大众消费文化一道，释放出了文学曾被扼制的潜在属性，文坛随即发生了结构性的变化，一分为三：以文学期刊为主导的传统文坛，以商业出版为依托的大众文学和以网络媒介为平台的网络写作。相当多的作者成了码字匠，以即兴的体验感受和情绪信手涂鸦；读者则在紧张的生存竞争之余，以读屏的方式，在轻松的娱乐、消遣中消费文学，以疏导过于紧张的精神焦虑。显然，网络的出现使文学更加迅捷、直接和广泛地日常生活化了，艺术与现实之界限的日趋模糊，促成了文学传播方式的日常化、表达方式的随意化和接受方式的私人化。简言之，在网络的冲击下，人们的阅读接受乃至创作方式都迥然不同于以往的情形。

---

① ［加］麦克卢汉：《麦克卢汉精粹》，何道宽译，南京大学出版社 2000 年版，第 206 页。

② J.Hillis Miller, *"Literary and Cultural Studies in the Transnational University"*, in John Carlos Rowe ed., *"Culture" and the Problem of the Disciplines*, Columbia University Press, 1998, p.61.

根据中国出版科学研究所 2006 年完成的第四次国民阅读调查显示，六年来，国民图书阅读率持续走低，已从 1999 年的 60.4% 下降到 2005 年的 48.7%，其中城市居民阅读率的下降更甚于农村居民。根据统计，在我国识字者图书阅读总体中，每人每年平均阅读的图书仅为 4.5 本，而全世界平均每年每人读书最多的民族是犹太民族，为 64 本；平均每年每人读书最多的国家是俄罗斯，为 55 本；美国现在正在开展平均每人每年读书 50 本的计划。与图书阅读率下降形成明显反差的是，网络阅读却连续六年成倍地增长。国民调查显示，"没时间" 和 "不习惯" 是目前人们不读书的两个最主要原因。中国出版科学研究所所长郝振省分析说，现代社会的生活节奏加快，工作压力加大，使人 "没时间" 读书；另外，以网络为代表的新兴传播方式的兴起，分流了受众，使新一代青年人越来越 "不习惯" 传统的阅读方式。调查还显示，为了争取一份工作或是更好地工作而读书的由 1999 年的 15.9% 增长到 2005 年的 33.5%，把 "增加知识、开阔眼界" 当成读书目的的，由 48.4% 增长到 68.9%。"实用阅读" 或 "功利阅读" 成了个体为了应对瞬息万变的环境，为了生存的需要而采取的阅读方式。[①] 网络让大众进入了一种 "片段阅读时代"，读者对文学作品传递的整体观念不再关心，只需观念片段、语言片段有快感就行。这种阅读就像年轻人热衷的 "动漫" 一样，是快餐式的，迅速的。

显然，与网络和影视相比较，文字的影响力已然大为减弱，成了某种弱媒体和次弱媒体，纯粹的文字作品在今天不再占据重要的话语权，其文化作用和影响力已大大减弱。在这种情形下，那些雍容大度的经典意义的读者也正在消失。20 世纪 80 年代成长起来的一批作家，他们起步时还试图与一个悠远的文学传统接轨，而以 20

---

① 参阅《网络时代我们还读书吗？》，《参考消息》2007 年 4 月 24 日。

世纪现代文学大师作为自己的师法对象或参照体系。而20世纪80年代出生的年轻作家，许多已不再直接阅读纸媒文学作品，似乎不屑于这样一个伟大的文学传统，甚至患了"经典厌食症"。与此同时，西方文化的强势也加大了年轻一代与民族文学传统的隔膜和断裂。这批年轻的作家更愿意从通俗读物、日韩小说、好莱坞电影以及当下生活汲取重要的创作资源，直接获得创作的灵感。西方流行文化通过影视、网络、动漫、游戏等途径和方式，对他们产生了难以估量的影响。

作为网络上最为流行的文学样式之一，玄幻小说便"悬隔"了自《山海经》到《西游记》《封神演义》《聊斋志异》等延续下来的文学传统，深受日式奇幻和周星驰无厘头、港台新武侠和动漫游戏的影响。其中，日本奇幻小说经典当数水野良的《罗德斯岛战记》与田中芳树的《银河英雄传》，它们写了两个英雄纵横星际争霸宇宙的故事。有"愤青"曾言，要我不买日本货可以，要我不看《银河英雄传》，做人就要绝望了。《小兵传奇》作者玄雨也坦言自己受其巨大影响，在中国图书市场一本发行量高达数百万册的《幻城》更是深受日本奇幻漫画唯美主义的影响。

玄幻小说有时又称奇幻小说、魔幻小说、仙幻小说，等等，它的命名呈现出无序的状态，尽管如此，它所涵盖的类型大致上和英语中的"fantasy"是较为接近的，意指混合奇幻、科幻、武侠等多重要素的中文幻想小说。譬如，网络上最火红的玄幻小说之一《飘邈之旅》开宗明义就说："也许会看到古代中华的延续／也许会看到先进的文明／也许会看到诱人的法宝／也许会看到仙人的遗迹／也许会看到西方中世纪的古堡／也许会看到各种稀奇古怪野兽／这就是飘渺之旅。"因此，玄幻小说的创作比科幻小说更为自由，基本不受科学依据或物理事理的束缚，其中之"玄"一般作"玄想"解，意指海阔天空、恣意纵横的想象和虚构。

由于网络写作的即兴化、交互性、共时空性，玄幻小说的创作形成了以几何级数成倍增长的量化写作风格。只要是会写字的，都可以上网写玄幻小说；这些网络草根阶层的作者，往往一写就是超长篇，每部作品篇幅都以数百万字计，作品则更是多到无法计数。网络在提升人们表达的自由度的同时，也把个人的自以为是推到了极端，个人变成了语言超市的挥霍者。在这些玄幻小说作品里，语言往往以碎片的形式展开、喷射、倾泻，既没有任何根据也无须什么目的，不过是狂欢、暴力和战争的工具。玄幻小说所展开的语言"杀戮"，不过是一场电子游戏，一切都转瞬即逝，一切都不过是虚拟的"语言盛宴"。因此，有人调侃说，现在的网络像"厕所"，玄幻小说则多半被骂作"垃圾"。

无论如何，玄幻小说成了时下网络写作的一种"时尚"。齐美尔在他关于"时尚"的著名论述中曾指出："时尚是既定模式的模仿，它满足了社会调试的需要；它把个人引向每个人都在行进的道路，它提供一种把个人行为变成样板的普遍性规则。但同时它又满足了对差异性、变化、个性化的要求。"① 玄幻小说的作者是 20 岁到 30 岁左右的年轻人，基本属于"80 后"一代。张颐武曾风趣地称"80 后"为"尿不湿一代"，指出"尿不湿"（纸尿布）这种新产品的使用是一个消费时代降临的标志，它一面将"用过即扔"的文化建立在婴儿阶段，另一面则是减少了父母和孩子交流的时间，而放任了孩子的自由的宣泄的可能。"80 后"一代生活在一个"物质需求显得唾手可得"的时代，充分享有更多的自由和更多的物质性满足。他们基本上是玩网络游戏长大的，长期迷恋和追求着感官的刺激。他们的生活经验和文学功底都明显不足，作品的深度和文字力

---

① ［德］齐奥尔格·齐美尔：《时尚的哲学》，见罗钢、王忠忱编：《消费文化读本》，中国社会科学出版社 2003 年版，第 243 页。

度也不够，可是借助于网络平台，或是建立自己的写作基地、文学网站，或是参与一些网站的写作竞赛，造成一定的影响后再转而出书，他们成了流行文学和时尚写作的"新贵"。

由网络对玄幻小说创作的影响，我们看到，现代科学将其触角伸向了人们的衣食住行与社会交往的方方面面：一方面，它创造了人世间无数真实的奇迹，重塑着我们的日常生活；另一方面，在某种程度上，科学又是文学的杠杆，科幻文学以其非凡的想象力构思了无数匪夷所思的假定图景，撬开了现代人的心灵之门。科学与文学的交融，为我们展现了一种新的可能性。杰姆逊教授曾经预言：21 世纪的文学将以"赛博"（科幻与社会之结合）作为文学的主导样式。

时至今日，"80 后"的写作（包括玄幻小说的创作）已经成为一种价值观、立场和信念；据说"言论自由、价值多元、独立思考和坚守理想，是'80 后'的根本精神"[①]。有人说，"80 后"的写作正在形成以他们为主体的市场化文坛，这绝非无稽之谈。由玄幻小说创作的兴盛，我们可以预见到的是，网络对未来文学发展的影响将是整体性的、颠覆性的，它将从根本上动摇现有的文学的写作与传播方式的基础，以网络游戏规则所要求的方式重新组合文学。在网络空间里，一个无限的网络连接，使得没有一个人能够完全读完一个文本，也没有一个人能够拥有一个单一的文本实体。传统意义上的文学作品，那种单一绝对的文本组合形式，在真正的网络空间里被彻底终结了。

综观玄幻小说的作者及其作品，他们介乎写手——作家、读物——作品之间，受到了市场经济和流行文化的深重影响，在语言

[①] 何睿、刘一寒主编：《我们，我们——80 后的盛宴·编后记》，中国文联出版社 2004 年版。

表述上明显远离了现有的文学表述模式。他们的出现意味着新的写作主体以及新的文学空间的建构，这些貌似幼稚的东西，对很多读者，尤其是大中学生有着巨大的吸引力，并不是因为它们比新时期以来的文学更成熟，而是因为它们是新的文学表述空间。这正如 20 世纪初人们选择"新文学"，并不是因为"新文学"比传统文学更为成熟，而在于"新文学"是新的文学，是成长中的文学。那么，玄幻小说内在的东西是什么呢？这会不会影响更年轻一代作家看待问题的方式？在这个意义上，玄幻小说提供的新的"文学经验"，确实是一个需要我们认真加以认知，努力加以把握的全新的文学存在。

"想象力"的位移与变异

有一种普遍的观点认为，每个人都有幻想的权利，每个人都拥有想象的空间，这是上天所赋予的潜能；从没有人见过鬼神，鬼神也从没被证实过，修道、修佛可以成仙成佛，把这些安排得煞有其事，形成一个富有创意与想象的故事，可以令人产生无数的遐想，这正是想象力丰富的证明；作为年轻一代想象力得以任意驰骋的广阔天地，玄幻小说满足了人类追求自由、渴望自由的天性，玄幻小说的游戏性与人类本性中的反规范、反秩序的冲动是一致的。

可是，问题在于：何谓"想象"？玄幻小说里天马行空的"遐想"是想象力"丰富"的标志吗？这一问题的关键又在于：我们为什么需要"虚构"？

张颐武认为，玄幻小说的特点是"想象的不可承受之轻"，也就是说，"玄幻文学"没有"沉重感"，没有"强烈的感时忧国意识"，也没有"作为民族寓言的沉痛宣告"，没有"对于中国的反思和追问"，是"非常轻灵自如的片刻想象的产物"。在张颐武看来，玄幻小说是一种"架空性"的写作，它是对于世界的再度编织和结构，是对于现实的超验的创造，这是一种"架空"的类似"世界大战"的文化世界；它既不来自于现存的历史，也不是对于历史的反应，它创造了一个和当下世界完全不同的世界，完全抽空了社会历史的表现；这种"架空性"的写作以类似电子游戏的方式展开自身，在一种超越性的时空中发挥随心所欲的想象力，无须对于社会的常规和理性化的秩序做深入的表述。这些"架空性"的作品是一种青少年自由联想的感性的自由书写，是无拘无束的幻想性的直接的表征，它们在来自书本或故事的知识资源的基础上调动一切想象的元素，将原有的逻辑性和历史性打碎，变成一个新的世界的奇幻空间的自由展现；另一方面，则是通过电子游戏所具有的奇特的灵感，跨越人与神、时间与空间、东方与西方的界限，通过幻想创造一个直接诉诸感性和想象的直接性的自由的空间。因此，这些作品是极度想象力的产物，它们超出了现实世界的局限，和现实没有必然的联系；它们开始具有一种新的全球性的视野，想象的世界已经不仅仅依赖一个民族的特殊经验，而是依赖非常广阔的轻灵自如的想象的存在。① 在张颐武看来，年轻人告别中国传统的悲情、滞重，不拘于时，充满了创造力和想象力，以乐观、积极的强者心态面向未来，总体上说是好事情，也是新中国发展的精神引擎。② 总的说来，张颐武的判断是准确的，但是，在对玄幻小说之想象力的认识上却可能有些偏差。

西谚有云："在地上失去的，我们在天上找回来。"接受主义美学家沃尔夫冈·伊瑟尔指出，文学是人的自由天性的一种独特实现方式，文学的根本意义在于使人多样化的、可能性生活得以呈现。

---

① 张颐武：《玄幻：想像不可承受之轻》，《中华读书报》2006 年 6 月 21 日。

② 张颐武：《新世纪：跨出新文学之后的思考》，《文艺争鸣》2005 年第 4 期。

因此，文学是否带来了"真正的发现"——这是文学之所以赢得虚构特权的资格。在他看来，文学文本中的现实是被想像幻化过，被虚构规范过的现实，"现实本身，对文本并没有多大的意义"[①]；"在文本中，现实性可能只是虚构的副产品"[②]。想像是虚构的潜能，虚构是想像的目的与规范。离开了虚构的意向性、目的性、规范性，想像只能是随风而去的云彩。"虚构是一个意向性行为，也就是说，它具有一个认知的和意识的指向"[③]；在虚构化行为中，"无边的想像反倒被诱入某种形式之中"[④]；"虚构的意向性也为想像在文本中的展开打通途径"[⑤]。如果说，现实代表着有限，想像代表着无限，虚构则代表着有限与无限的具体统一；虚构为想像输入目的、提供规范，使想像与现实结合于语言、文字、符号，成为实在的文学文本。

沃尔夫冈·伊瑟尔进一步指出，文本的核心特征是虚构性，文本生产在本质上是一种作为跨界行动的虚构。虚构主要有三种形式："选择""融合""自解"。"选择"，指在文本生产即创作过程中，对现实、想像所提供的材料有所取舍、进行再创造；"融合"，指词语、语言等文本要素的"整合"，以展现丰富的生活世界，通达深层人性需求；"自解"，指文本被接受时会被读者进行意义再造，作

---

① ［德］沃尔夫冈·伊瑟尔：《虚构与想像——文学人类学疆界》，陈定家、汪正龙译，吉林人民出版社 2003 年版，第 15 页。

② ［德］沃尔夫冈·伊瑟尔：《虚构与想像——文学人类学疆界》，陈定家、汪正龙译，吉林人民出版社 2003 年版，第 27 页。

③ 金惠敏：《在虚构与想像中越界——沃尔夫冈·伊瑟尔如是说》（代序），《虚构与想像——文学人类学疆界》，陈定家、汪正龙译，吉林人民出版社 2003 年版，第 8 页。

④ ［德］沃尔夫冈·伊瑟尔：《虚构与想像——文学人类学疆界》，陈定家、汪正龙译，吉林人民出版社 2003 年版，第 16 页。

⑤ ［德］沃尔夫冈·伊瑟尔：《虚构与想像——文学人类学疆界》，陈定家、汪正龙译，吉林人民出版社 2003 年版，第 288 页。

者建构的文本世界似乎自行解体了。"选择源于倾向，融合源于关系，而自解则导致我们所说的'悬置'"；"所有这些在虚构文本中被我们细致区分开来的虚构化行为，都具有这样一个共同的特点，这个特点，可一言以蔽之曰——越界。"①所谓"越界"，即"一种跨越疆界的行为"，其本质是"在同时性的占有和超越对象要素的过程中自成新生命"。

尼采说得好："活得使你渴望再活一次，这样活着是你的责任。"②文学究竟能为人们提供些什么意义呢？在沃尔夫冈·伊瑟尔看来，人类之所以需要文学，是因为文学作为虚构、一种跨界行为，使人的无穷生命潜力得以呈现。他说："如果人类本质的可塑性，包含着人类自我本质的无限提升，文学就变成了一种呈现'可能存在'或者'可能发生'的纷繁复杂的多种事物的百花园"；"文本游戏使自我呈现之不可能性，变成了一种超越无限的可能性，而这种可能性几乎是没有限制的"③；文学"让我们走出藩篱"，让我们"通过另一种自我的可能与自我对话"，使自由人性、人的可能性无限扩张，所以我们需要文学。简言之，文学是自由天性的一种实现方式，是人们实现精神自由的独特方式；文学的本质也就是一种可能性生活，是对可能生活的观念性实现、过程性开启，它超越了世间悠悠万事的困扰，摆脱了束缚人类天性的种种机构的框架，

---

① ［德］沃尔夫冈·伊瑟尔：《虚构与想像——文学人类学疆界》，陈定家、汪正龙译，吉林人民出版社 2003 年版，第 34 页。

② ［德］尼采：《遗言录》（1881—1887），转引自米歇尔·昂弗莱：《享乐的艺术——论享乐唯物主义》，刘汉全译，三联书店 2003 年版，第 1 页。

③ ［德］沃尔夫冈·伊瑟尔：《虚构与想像——文学人类学疆界》，陈定家、汪正龙译，吉林人民出版社 2003 年版，第 12 页。

"使人类成为自身"①，使我们"过上另一种生活"，这样，文本作为一种游戏空间，为"人为什么需要虚构"这一难题提供了答案。因此，韦勒克、沃伦敏锐地发现："伟大的小说家们都有一个自己的世界，人们可以从中看出这一世界和经验世界的部分重合，但是从它的自我连贯的可理解性来说，它又是一个与经验世界不同的独特世界。"②

可是，在消费社会里，文化的命运沦落为商业的同谋，以至于被商业所同化，"艺术和娱乐与日常生活混而为一"③；文化的重要特点是"媚俗"与"流行"，"媚俗"的激增是平民化的结果，它使一切文化形式（包括文学艺术）削高就低，成为"大众化"文化，而被剥夺了"化大众"的使命。在很大程度上，"媚俗"决定了消费是一种淘空了内容的形式消费，艺术的内容与形式被割裂了，表层影像与深层意蕴之间筑起了栅栏。在波德里亚看来，这种消费逻辑就是符号操纵，在这种逻辑摆布之下，艺术进一步趋向世俗化和形式化，从而拒绝对灵魂的隐秘发问。文学艺术等文化产品的消费沦为符号化的形式消费，在符号消费里，"符号"不再标示任何现实，"缺乏创造物的象征价值和内在象征关系：它完全是外在的"④。它除了"表达阶级的社会预期和愿望以及对具有高等阶级形式、风尚和符号的某种文化的虚幻参与"⑤之外，绝对地消除了意义的存在。可见，模拟只指向一个没有参照物的世界，在模拟中，所有的参照物

---

① ［德］沃尔夫冈·伊瑟尔：《虚构与想像——文学人类学疆界》，陈定家、汪正龙译，吉林人民出版社2003年版，第106页。

② ［美］韦勒克、沃伦：《文学理论》，刘象愚等译，生活·读书·新知三联书店1984年版，第238页。

③ ［法］波德里亚：《消费社会》，刘成富等译，南京大学出版社2001年版，第5页。

④ ［法］波德里亚：《消费社会》，刘成富等译，南京大学出版社2001年版，第120页。

⑤ ［法］波德里亚：《消费社会》，刘成富等译，南京大学出版社2001年版，116页。

都消失了。符号消费和模拟所带来的文化只是一种虚幻的平面的仿真文化或"拟像"文化，其中的符码不指向任何主观或客观的"现实"，而只是指向它自身的逻辑，消费对象的"本质或意义不再具有对形象的优先权了。显然，在第二媒介时代，文学已然由以前的"创作"位移为无限度无定规的大众书写，文学的想象力正由诺曼·米勒所谓的"政治想象力"转向"民众共同的想象力"，即民众共同参与其中，挣脱了理性秩序，以感性的自由飞翔为标志的，狂欢的、"仿真性"、"架空性"的想象力。

任何群体都有特定的"社会认同"，而"认同"的另外一面就是"认异"，即表明自己与主流文化不同，与他人不同，要求别人承认自己的"独特性"。精神归属的需要产生于对经验知识的有限性的超越，传统信仰无非是通过想象和情感认同把个人心灵整合到某种文化传承的集体表象中，从而获得精神归属感。它的价值在于特定文化群体的精神认同，而不在于其是否吻合物质实践的经验。正如陶东风所指出的，"80后"一代在物质的意义上可能是富裕的，但在精神的意义上却是相当贫困。他们被集体性地剥夺了历史记忆和现实关怀。他们生活的时代是物质消费主义畸形发展、同时公众的公共参与意识极度萎缩的时代。对他们的精神成长极度重要的当代中国历史在公共话语中淡出、扭曲乃至抹去。在这个意义上，他们本身就是"被架空的一代"。① 玄幻小说的盛行，一方面满足了人们的好奇心理，另一方面则体现了现代社会人们的内心空虚和寻求刺激的精神追求。在某种意义上，玄幻小说体现了时代的潮流，它折射出了一种社会思潮，即社会竞争的激烈使不少年轻人在现实中感到不满和信心不足，因此宁愿逃匿在想象中的灵异世界里。

纪德说过："艺术依赖于强制而生存，但却因为自由而死亡。"

---

① 陶东风：《也谈"土豆"和"土豆"的生产机制》，《北京晚报》2006年7月24日。

加缪在解释这句话时说："艺术仅仅依赖于自身的强制而生存；而受到其他一切强制就会死亡。相反地，如果艺术不强制自己，就会沉溺于胡言乱语，并成为仅仅是幽灵的奴隶。"①事实上，到目前为止，玄幻小说只不过是从小说艺术中抽取了最肤浅的某些成分，想怎么写就怎么写，用一种粗滥的形式把它表征出来而已，至于人类生命与生活轨迹的显示，以及心灵的震颤与人格震撼则暂告阙如。

在现代主义的美学实践中，艺术往往是作为对日常经验的否定出场的。席勒说审美的人才是完全意义上的人，黑格尔指出审美带有令人解放的性质，韦伯断言艺术可以把人们从现代理性化和科层化的社会"铁笼"中拯救出来。艺术之所以能批判和否定现存社会，正在于它构造了一个不同于现存社会的象征世界，这种象征世界表明"未露面的事物"，使人避免成为一个"单向度的人"，即丧失了批判、否定和超越现实的能力的人。马尔库塞认为，为"未露面的事物"命名，就是"破坏"事物的现存名称，是一种新的秩序对既定秩序的"渗入"和"超越"，它预告了一种新世界的开端。在意大利小说家卡尔维诺看来，对那种离奇反常的生活状况的描写，显示出了文学处理生活的最大限度的自由；把一种生活推到极端的时候，对人的性格、行为和心理的表现，则获得更为纯粹的可能性。歌德曾经这样谈到自己读莎士比亚作品时的感受："当我读完他的第一个剧本时，我好像一个生来盲目的人，由于神手一指而突然就是天光。我认识到，我极其强烈地感到我的生存得到了无限度的扩展。"②

正如德国著名的幻想文学家米夏埃尔·恩德所言："幻想文学

①［法］加缪：《冒着危险的创作》，《诺贝尔文学奖获奖作家谈创作》，北京大学出版社1987年版，第287页。
②《欧美作家论现实主义和浪漫主义》，中国社会科学出版社1981年版，第279页。

的目的就是恢复人性。"①毋庸置疑，中国玄幻小说在这方面的作为太微不足道了。略萨在《给青年小说家的信》中说，文学抱负是一个作家的精神起点，而对现实世界的批评与拒绝则是文学抱负的精神起点；优秀的小说家正是以这样的拒绝和批评以及自己的想象和希望制造出来的世界替代现实的世界。显然，在网络时代的"顽主"那里，这种"文学抱负"——小说创作真正的内驱力——已经接近死亡了。

"娱乐至死"的快适伦理

王小波曾在《红拂夜奔》的序中说："其实每一本书都应该有趣，对于一些书来说，有趣是它存在的理由；对于另一些书来说，有趣是它应达到的标准"；"但是不仅是我，大家都快要忘掉有趣是什么了"②。王小波所论是 20 世纪中期强势"政治文化"统摄下文学创作的实际状况。海外华人学者王德威提出"晚清比'五四'丰富"，因为晚清小说创作的丰富来自于作家想写什么就写什么，而"五四"小说却因与"现代性"捆绑在了一起，被迅疾引向现实功利主义，受到了"现代民族国家""启蒙与救亡""改造国民性"等思想和艺术的制约，被赋予了"启迪民智""救亡图存""移风易俗""解放思想"的重大社会责任而显得过于狭窄。从小说的本源上看，小说真正的历史位置其实就是"末技"，是以平实的笔调叙说人生之变化多端，以玩赏的心态注目大千世界的光怪陆离。因此，有学者指出，小说的前途在于"离开五四，回到晚清"的艺术

---

① 自彭懿：《西方现代幻想文学论》，少年儿童出版社 1997 年版，第 336 页。
② 王小波：《红拂夜奔》，江苏文艺出版社 2005 年版，第 41 页。

路向，因为小说承担的应该是它本来应该承担的"娱乐"和"美"。①

我们应该看到，玄幻小说的"架空性"写作的确有着破坏"清规戒律"与"经院主义"的意义，它给读者提供了自我满足和幻觉实现。"80后"一代在自造的世界中张扬超验的想象，在一定程度上展现了自己天赋异禀的才情，流露出了天然自在的真率。这些玄幻小说确实让读者读起来很过瘾，能启发读者的想象力，且具有某种游戏精神，蔑视现实，并试图击溃现实，让生命浮出了沉重的现实之海，摆脱了实际经验的束缚，享受着自由轻盈的阳光——或许可以说，玄幻小说正在重返小说艺术的"本源"。但是，能否乐观地断言——21世纪的通俗文学，注定是玄幻小说的天下呢？

美国符号美学家苏珊·朗格指出："每一种艺术都以不同程度的纯粹性和精巧性表现了艺术家所认识到的情感和情绪，而不是表现了艺术家本人所具有的情感和情绪；它表现的是艺术家对感觉到的事物的本质的洞察，是艺术家为自己认识到的机体的、情感的和想像的生命经验画出的图画"②；"仅仅把那些我们判断为优秀作品的东西称为'艺术'是很不明智的，因为即便是一件艺术品，也可以是一件很低劣的东西，一件艺术品，既有可能是成功的，也有可能是粗劣的，然而，任何作品，只要它包含着艺术的意味（不管它是可以明言的特定的艺术意味，还是无意识的艺术冲动），它就必然会产生出艺术效果，从而成为表现性形式"③；"艺术是一种技艺……它的目的就是创造出一种表现性形式——一种诉诸视觉、听觉，甚至诉诸想像的知觉形式，一种能将人类情感的本质清晰地呈

---

① 参阅程光炜：《小说的承担——新世纪文学读记》，《文艺争鸣》2006年第4期。

② ［美］苏珊·朗格：《艺术问题》，滕守尧、朱疆源译，中国社会科学出版社1983年版，第87页。

③ ［美］苏珊·朗格：《艺术问题》，滕守尧、朱疆源译，中国社会科学出版社1983年版，第105页。

现出来的形式"①。然而，在以市场经济为主导的转型社会，商品逻辑改写了传统的文化形态，社会情感形态从情感主义转向后情感主义。"后情感"（postemotion）与"后情感主义"（postemotionalism）来自英国社会学家梅斯特罗维奇的《后情感社会》（postemotional Society，1997）。在"后情感社会"里，合成的、拟想的、精心制作（虚拟和包装）的情感成为被自我、他者和作为整体的文化产业普遍地操作的基础，后情感主义成了人们生活的一条基本原则；"后情感主义是一种情感操纵，是指情感被自我和他者操纵成为柔和的、机械性的、大量生产的然而又是压抑性的快适伦理"②。"快适伦理"凸现出后情感社会的日常生活的伦理状况——追求的不再是美、本真、纯粹等情感主义时代的"伦理"，而是强调日常生活的快乐与舒适，即便是虚拟和包装的情感，只要快适就好。

当下玄幻小说的创作虽云蒸霞蔚，姹紫嫣红，但存在着不少问题。由于缺乏了文学里最为宝贵的东西——真正的自由精神与想象力，玄幻小说的年轻作者往往耽于臆想，还没有意识到要想品尝到真正的自由更需要一颗洞悉世情沉稳的心。他们的作品动辄长篇巨制、长河史诗，它的展开过程是"碎片"式，各章节之间转换快速而随意，故事情节有着明显的虚拟性，而且大都是孤立的，不是故事逻辑的自然发展，与故事里的人物也没有必然的关系，缺乏意义上的相互连接。当然，玄幻小说也设置一个背景，可是，所谓的背景与内容是不搭界的，背景只不过是一个符号而已。

玄幻小说的写作方式类似于"接龙"游戏，由于放弃了取舍、推敲、打磨，它们基本上就是在同一平面上展开，无法进行意义

---

① ［美］苏珊·朗格：《艺术问题》，滕守尧、朱疆源译，中国社会科学出版社1983年版，第197页。

② ［英］斯特罗维奇：《后情感社会》，塞奇出版社1997年版，第44页。

的联想、阐释和建构，往往嘻嘻哈哈一乐即消失，根本不能触及心灵。这些作品热衷于青春的咏叹与呻吟，流行幽默、幻想与悬疑，太多的浅薄搞笑，太多的轻歌曼舞。它们俨然抛弃和冷落了建立在理性主义基础上的传统情感态度，消解了武侠小说创造的"道德型"主人公形象，取而代之的是一批不忌讳杀戮与残忍行为的主人公；它们还消解了言情小说创造的"苦恋型"爱情模式，更注重爱情确定后的躯体享受，更倾向于一种宣泄性的快适情感态度。这种情感一旦被物欲、肉欲、快感所操控，便呈现为一种不真实、虚妄性、无根性和易碎易变性，甚至是可以虚拟、替代和交易的物品。本真、自然的爱情、亲情、友情变成了淡薄、虚幻、虚拟的"游戏"，男女之间的交流从传统的情感交流变成一种纯粹的"身体交流"。显然，玄幻小说从纯精神领域向着人的身体或本能的欲望日益趋近，它们普遍缺少滋养人性的厚重、潜入历史的深邃、激荡血肉的永恒，而使人们在感官享受中变得精神空虚。

总的说来，由于模式化、低俗化、空洞化甚至反智化的写作方式，玄幻小说的语言幼稚粗糙，情节恶俗雷同，结构臃肿松散，几乎是电脑程序的产物。即便是那些最红火的数以百万字计的超长玄幻小说，除极个别作品外，其文学价值几乎等于零，充其量不过是时尚的文化消费品而已。

韩少功在《夜行者梦语》一文中指出："蹩脚的理论家最常见的错误，就是不懂得哲学差不多不是研究出来的，而是从生命深处涌现出来的。"① 其实，这句话用在文学创作上可能会更贴切一些。在缪斯面前，真正起作用的是作者的素质、才华、能力、耐心和努力；究其根本，真正的文学是"从生命深处涌现出来"的。如，蒲松龄身处艰难时世，认识到社会仕途黑暗、公道不彰，便将满腔

---

① 韩少功：《阅读的年轮》，九州出版社 2004 年版，第 63 页。

思绪寄托在《聊斋志异》的创作，历时二十年左右，共十六卷，凡
四百余篇。用他自己的话说，"集腋为裘，妄续幽冥之录；浮白载
笔，仅成孤愤之书。寄托如此，亦足悲矣"①！这部文言短篇小说集
托笔于虚幻想象，藉谈狐说鬼以讽喻社会，可谓熔铸了蒲松龄一生
的心血。又如，20世纪中叶，托尔金的《魔戒》系列横空出世。《伦
敦周日时报》当时这样写道："从现在起，全世界人将分成两种：一
种是已经看过《魔戒》的，另一种则是将要看《魔戒》。"至今，《魔
戒》系列作品销售量超过一亿万本，被翻译成四十多种语言，发行
量仅次于《圣经》，并被誉为2000年最伟大的书。现在玄幻小说
里反复出现的巫师、精灵、人族、亡灵、飞龙、架空世界及国族历
史、魔法等所组成的世界早在《魔戒》中形成范式，中国的玄幻小
说作者竞相模仿，殊不知托尔金是牛津大学的语言学教授，对于西
欧的历史、语言有着深刻的了解、精湛的研究；托尔金正是从西
方各民族特有的神话体系中汲取了营养，才创作出了震烁古今的
《魔戒》。

　　在批量制作、生产的机制下，玄幻小说不能不在媚俗、悬疑、
惊悚、刺激、逗乐、好看上下功夫，而以牺牲其深度为代价。目
前，玄幻小说的作者无论是生活积累、知识积累，还是语言积累，
都显得相当的贫乏，在自然经验陈述和个人化叙述中，他们往往是
"闭门造车"，稀释、膨化一点东西，在"伪写作"的狂欢中喘息；
一旦遭遇批评家的锐利批判，他们便往往以自己作品的巨大销量予
以狙击，殊不知读者的多寡绝非唯一的真理标准。事实上，现在的
市场已经拥有召集读者人数的成熟手段。作者所谓的"名气"、强
大的宣传网络乃至冬烘式批评家所引发的逆反情绪都有可能增添读

---

① 蒲松龄：《聊斋自志》，《聊斋志异》（会校会注会评本）第一册，上海古籍出版
社1978年版，第3页。

者人数。面对媒介时代的玄幻小说，美国著名的媒体文化研究者和批评家尼尔·波兹曼的一番告诫值得我们反复体味："如果一个民族分心于繁杂琐事，如果文化生活被重新定义为娱乐的周而复始，如果严肃的公众对话变成了幼稚的婴儿语言，总而言之，如果人民蜕化为被动的受众，而一切公共事务形同杂耍，那么，这个民族就会发现自己危在旦夕，文化灭亡的命运就在劫难逃。"①

卡尔·波普正确地指出："审美热情，只有受到理性的约束，受到责任感和援助他人的人道主义紧迫感的约束，才是有价值的。否则，它是一种危险的热情，容易发展为某种神经官能症或歇斯底里。"②成功的大众文化作品，不仅能使公众获得丰富而深刻的审美愉悦，还能在审美愉悦中被陶冶或提升，享受人生与世界的自由并洞悉其微妙的深层意蕴。仅仅满足于感官快适、刺激或沉溺，仅仅有娱乐享受是远远不够的，只有当其与文化中某种更根本而深层的东西融合起来时，才富有价值。③

最后，我们应该清醒地认识到，消费主义文化对于人们的日常生活有许多负面影响和问题，但是，另一方面，它也可能是一种重要的积极力量。"我们到底如何看待美国20世纪初兴起的消费主义文化固然很复杂，但有一点是很明确的，即它确实影响了美国好几代人的成长，它确实刺激了美国经济的快速发展。我们可以毫不夸张地说，美国消费文化不仅使美国经济腾飞为世界强国，而且使美国文化走向世界。"④因此，面对消费主义时代的玄幻小说，关键是

---

① [美] 尼尔·波兹曼：《娱乐至死》，章艳译，广西师范大学出版社2004年版，第202页。

② [美] 卡尔·波普：《开放社会及其敌人》，戴雅明译，山西高校联合出版社1992年版，第173-174页。

③ 王一川：《文学理论讲演录》，广西师范大学出版社2004年版，第314-315页。

④ 蒋道超：《德莱塞研究》，上海外语教育出版社2003年版，第227页。

通过有效的工作去因势利导，让它比较靠近我们的理想方向演进与发展。

诚如雷蒙·威廉斯在《文化与社会》中所言，文化是由社会各阶层共同参与、创造建构的。"代沟"决定了文学经验、观念和价值取向的显著差异，决定了文学风格和审美趣味的巨大差异；但是，它们都可以在当下文坛存在，各行其是。垃圾、泡沫和好的、比较好的、较次的都可以同时存在，因为它们都是写作的自由力量的自然延伸。尽管已有的文学经验、文学表达方式，甚至包括文学研究方式在内——这些文字书写与我们今天的精神需求之间出现了分裂，原有意义上的文学在新世纪似乎已然走到了尽头，但是，在我们看来，文学表达和文学研究在新世纪依然有自己的发展空间，只不过它不会以以往相同的方式呈现自己，而是通过与当代生活的相互对话来重新建构自己。有批评家曾这样展望未来的文学：在一个自由、理性、和谐的社会，各项发展均在动态中维持平衡，文学努力遵循自己的规律，每一"元"都在价值多元共生共存的状态中进入本质建构，初步确立自身的根本规范，同时又积极地与其他的"元"交流对话，共同约定"元"的公共值；它以民主为基础，以复调形成文学永远的时效性和不尽的意蕴，以政治文明、人性化、世俗化（肯定感官享受和物质实惠，尊重人的情感欲求）与精神化作为自己的原点与价值旨归。[①]

在这样一个传媒、资讯和理论观念空前发达的时代，巨大的社会转折呈现出咄咄逼人的声势，而且业已深入到了社会的每一个角落，人们正在等待着文学的真知灼见。年轻一代的作者正根据他们对文学的理解，去寻找艺术创新的道路。在某种意义上说，玄幻小说为他们进行语言和叙事方法的实验提供了一个自由的空间，文

---

① 雷达、任东华：《新世纪文学初论》，《文艺争鸣》2005 年第 3 期。

学始终需要新奇的创新经验，需要富有活力的挑战，没有这样的写作，文学的生命力也就终结了。

丹麦著名文学史家勃兰兑斯说过："离眼睛太近或太远的东西我们都看不真切。"[①] 面对玄幻小说所标示的庞杂的美学废墟，我想起了布莱希特说过的一句话：要从新的坏事物开始，不要从旧的好事物开始；本雅明也说过，"新的经验是在时代尿布上啼哭的婴儿"。玄幻小说的创作方兴未艾，识读它们的秘密并修正它们的偏差，不过是为了让年轻一代的作者更好地写作。对于这些玄幻小说的作者，我们的内心仍然是充满期待的：他们或许可以创造出"图像时代"人们独特的审美趣味，要知道文字的力量毕竟比任何力量都来得更内在和更温馨些。

（《重庆三峡学院学报》2007 年第 4 期）

---

① ［丹］勃兰兑斯：《十九世纪文学主流》第一分册"引言"，张道真译，人民文学出版社 1980 年版。

文艺学研究的一种可能向度
——以文学批评家胡河清为例

美国语言学家乔姆斯基曾经问过两个非常有趣的问题:(1)为什么我们获得的材料如此之少,而产生的知识却如此之多?（他把这个问题归给了柏拉图）(2)为什么可利用的材料如此多,而我们的知识却如此少?（他把这个问题归给了奥威尔）他认为,后一个问题更为重要。[①] 的确,后一个问题对于当下的学术研究有着特别的意义。现代社会充分发展了理性、科学和技术,生产了大量所谓的知识;自 20 世纪 80 年代以来,西方各种文学批评理论相继引入,如结构主义、符号学、解构主义、精神分析理论、女性主义理论以及后殖民主义理论,等等,这些批评理论加上中国的传统文学理论,给我们提供了无比多的信息,文学理论的资源可谓是前所未有的丰富,为文艺学的研究提供了无限的多种可能的发展向度。然而,我们还是很缺乏真正的知识（希腊意义上的 episteme）。以是之故,当今中国大多数知识分子能在学院知识的层面上跟你头头是道地谈论某些理论,它们却未能成为塑造指导他们人伦日用,以及

---

① Chomsky: *Knowledge of Language, Its Nature, Origin, and Use*. Perface,1986.

他们作为公民、作为专业人士这三个层次中任何一个层次生活的有机部分。由于缺少身体力行的诚意，意志力亦不足，不仅使知识分子在正面精神和人格史上缺席，而在道德和人格上缺乏感召力，还深刻影响到了知识和思想上的表现。① 这无疑深刻影响了包括文艺学在内的学术创造。如何摆脱这一困局呢？本文试以有"鬼才"之誉的文学批评家胡河清为例作些探求。

中国文学的守灵人

我们知道，审美或艺术创造说到底是"务虚"即"无用之用"，它是对文化心灵的调剂、滋润或充盈，它让那些被日常琐事所湮没的心理机能——如想象、情调、直觉、纤敏的感应力和分辨力等——在较为空灵的诗情氛围中得以补偿性复苏、舒卷和挥洒，以便使人格构成趋向健全。正如"现代分析美学第一书"的作者，前哈佛大学教授尼尔森·古德曼所言："在美术博物馆呆上几个小时，我们再走出来，会发现眼前的世界不同于原先看到的世界。我们看到了过去没有看到的东西，而且开始以一种新的眼光观看。"② 然而，"人通常只注意到'短暂性'所余下的残株败梗，却忽略了过往所带来的丰盈谷仓。而事实上，没有一样东西可以被毁灭，也没有一样东西可以被废除。存在过了就是一种最确实的存在"③。柏格森说得好，无论艺术家如何努力，在其实践终点上都会与一种"无"相

---

① 贺照田：《当代中国的知识感觉与观念感觉》，广西师范大学出版社 2006 年版，第 17-18 页。

② ［美］拉尔夫·史密斯：《艺术感觉与美育》，滕守尧译，四川人民出版社 2000 年版，第 60 页。

③ ［德］维克多·弗兰克：《活出意义来》，赵可式、沈锦惠译，生活·读书·新知三联书店 1991 年版，第 103 页。

遇；他提供给世界的虽然是一件可以"观"的作品，"但是，那个具体的结果中包含的、作为一个艺术作品全部内容的东西，却依然是不可预见的。而占据着时间的正是这种'无'"①。可是，在那些以"批评理论"为谋生资本的知识分子那里，我们看到的只是指点江山君临天下的欲望，却看不到对人文艺术的由衷的兴趣与喜爱。有当代德国的"文学教皇"之称的马塞尔·拉尼茨基精辟地指出："我们可以不厌其烦地重复：没有对文学的热爱就没有对文学的批评。"②

在 20 世纪中国文学批评中，胡河清的文艺评论以其独特的角度、新鲜的方法、中立的立场、广泛的题材和绝妙的文体而独树一帜，极具个性魅力，形成了一种玄妙灵动的中国式生命精神体验批评。他的文艺评论不是程式化的高头讲章，没有令人反胃的矫情，也没有叠床架屋的理论，更没有那种真理在握、刀枪不入的姿态，而是信笔写来，处处流动着灵秀和香韵，随意间不时熠烁着真知灼见；其文笔如空谷幽兰，其识见如空中足音，羚羊挂角，香象过河，无迹可寻。

首先，值得我们关注的，是胡河清文学批评所依托的中国传统文化的资源基点。中国现代的学者极容易失去自己的声音，因为他面对的是两个强大的文化：中国古代人创造的传统文化和外国人所创造的西方文化。如果缺少必要的精神的支撑，便直不起腰而东倒西歪。这就要求有一个更加强大的生命本体，有足够的消化力，使自身变得更加强有力。鲁迅先生力主"以自己为主""自己裁判"和"自立其则"，因为只有这样，才能摆脱"被描写"的命运，走

①［法］昂利·柏格森：《创造进化论》，肖聿译，华夏出版社 2000 年版，第 293 页。
②［德］马塞尔·拉尼茨基：《我的一生》，余匡复译，上海译文出版社 2003 年版，第 323 页。

出一条现代中国人的、自己的文学之路；否则，缺乏了自强自力，缺乏了现代思想——包括思想方式、情感方式与心理素质——只"不过敬谨接受"，那就会形成双重"桎梏"，而最终窒息了自己的学术创造力。中国现代学术界中许多从事中国文化研究的人，多承乾嘉饾饤考订之余弊，毕生于古典之校勘、训诂这些局部的了解，少能深入到古典的思想之整体的把握；他们所作的校勘、训诂，"因其过于零碎、浅薄，常常流于虚妄。所以这一派人士所作的研究工作，往往是以科学的口号开始，以不科学、反科学的收获告终"①。胡河清则不然，他是一个有着自己深厚的传统文化底蕴背景，独特的文学追求与信仰的当代青年学者。

胡河清，祖籍安徽绩溪，出身诗性江南的文化世家；他的母亲徐清辉出身江南有名的"状元及第"之家，是我国著名的美学家，"一位很有诗人气质的哲学研究者"，也是新中国第一位赴哈佛交流访问的学者。胡河清说："她在哲学和文学方面的高深造诣，我迄今仍保持着充分的尊重。"年少时父母的离异，使胡河清浪迹江湖，成了耽于冥想的孤独的孩子。古运河旁的老屋中，他饱读诗书，雅好参玄证道，神游幽深奇诡之地。胡河清在《灵地的缅想·自序》中说：

> 文学对于我来说，就像这座坐落在大运河侧的古老房子，具有难以抵挡的诱惑力。我爱这座房子中散发出来的线装旧书的淡淡幽香，也为其中青花瓷器在烛光下映出的奇幻光晕所沉醉，更爱那断壁颓垣上开出的无名野花。我愿意终生关闭在这样一间屋子里，听潺潺远去的江声，遐想人生的神秘。然而，

① 徐复观：《"王充思想评论"序》，见黎汉基、李明辉编：《徐复观杂文补编》第一册，"中华研究院中国文哲研究所"2001年版，第476-477页。

旧士大夫家族的遗传密码，也教我深知这所房子中潜藏的无常和阴影。但对这所房子的无限神往使我战胜了一切的疑惧。[①]

胡河清对于古今中外的文学艺术有着一种源自内在性灵的需求，他在《史铁生论》中说："对一个艺术家来说，艺术将不再仅仅是一种自我安慰之道，而是一种寻找生命意义的方法。"他曾经绘声绘色地谈起自己的梦：

> 我梦到自己骑上了一头漂亮的雪豹，在藏地的崇山峻岭中飞驰。一个柔和而庄严的声音在我耳朵边悄悄响起："看！且看！"我听到召唤，将头一抬，只见前面白雪皑皑的高山之巅，幻化出了一轮七彩莲花形状的宝座。可惜那光太强大，太绚美，使我终于没有来得及看清宝座上还有别的。[②]

"神"缺席了，可"神谕"还萦绕在胡河清的耳畔。这里，"神"不过是一个影像，在这个影像中胡河清看到了画在永恒的墙壁上的自己。"安身"，是指个体在尘世的行为定向；"立命"，是指个体灵魂的价值取向。若"立命"是欲寻求某种值得人倾心乃至献身的精神境界，那么，"安身"便是人在现世对此境界的逼近、实施与兑现。胡河清早期的学术兴趣主要集中于中国传统文化，对西方文化也有广泛的涉猎，但他最终选择了中国现当代文学作为自己的研究领域，其中一个重要原因就在于他对当代社会生活有着强烈的参与意识，以及一种异乎寻常的生活激情，而在文学中寻找到了自己安身立命之所：

---

①② 胡河清：《灵地的缅想·自序》，学林出版社 1994 年版，第 5 页。

　　自从选择了文学作为职业，我就开始预感到，我的一生恐怕是同文学难以分手了。当中国人文文化传统越来越悲壮地衰落，我在大江南北的许多朋友也相继离开了文学。但我却愿意像我的一位老同学说的，做一个中国文学的寂寞的守灵人。天似穹庐，笼盖四野，等到那血色黄昏的时刻，兴许连我也不得不离开这一片寂寞的方寸灵地。如果真有这一日，我的心情该会多么惆怅呀。①

对于一个守灵人而言，他在心痛地看着自己热爱的文化走向没落的同时，心底也默默地祈祷着它的复兴。从这个意义上说，他那闪烁着明媚的光芒的文字，不只是为了祭奠，还有着热切的期望，是对这种绝境中的亡灵的召唤，召唤着曾经的辉煌的回归与升华。这种召唤在辽远的中国上空飘荡了数十年之久，在一个又一个倾听者的耳朵里艰辛生长。

　　胡河清是一个非常纯粹的读书人，其著文以通天地寥悠为旨归，顽强地抵制尘世的枯燥与贫乏，静享内心的蓬勃与丰富。据他的自述："那时的江南小城，基本上还处在古典诗性文化的松散气氛之中。下了班，几个朋友喝喝黄酒聊聊闲天，不消多少钱就能提一篮鱼虾莲藕回家，实在舒服得可以。我在无意中得了一本叶子已经发黄的陆维钊所选的《三国魏晋南北朝文选》，每天翻看着。其中陶渊明的《归去来兮辞》特别对我的心境。"胡河清一直"游心"于古今中外的各种书籍之中。进大学的第一年，他在图书馆首次借的书便是《庄子》。少年时代的艰辛，使他感到有必要在老庄哲学的净水中洗涤自己疲惫的心灵。有一段时间，他迷醉在中国古典诗词里，欣赏那日暮江岸送行舟的惆怅意境。在一年春天，他偶

---

① 胡河清：《灵地的缅想·自序》，学林出版社 1994 年版，第 14 页。

然读到了《黄帝内经》，感觉自己似乎被一只灵异的手指打开了天眼，瞥见了隐含在人类精神隧道中的某种秘景。他研读佛典，由失眠而安眠，洞见了佛法的伟大。他说："释迦牟尼智慧的声音，使我一颗被残酷人生揉碎了的心得到无限的慰藉，心灵得到了甘露一般的滋养。"他最先读的佛典是《金刚经》，这本意蕴博大精深的经书使他洞见了佛法的伟大。他悟出了佛性的不拘形相，感受到了体现神性境界的慈悲。他读的第二部佛书是《妙法莲华经》，为"梵音海潮音，胜彼世间音"这两句佛偈的精妙所震惊。经过前辈学者的指点，继后他研读了《维摩诘经》，接着又通读了《坛经》《五灯会元》等禅宗著作，意识到禅宗是同艺术特别和谐的宗教，而为人类精神史上宗教与艺术分裂的状态感到悲哀。他指出，禅宗是中国文化与印度佛教文化交融后的产物，实际上即是从《维摩诘经》的文化法脉中衍生出来的，禅宗修炼具有反绝对圣化主义的倾向。胡河清接触最早的易学著作，则是李鼎祚的《周易集解》，旋即被这部中华民族文化宝典所代表的一种宏大的审美境界吸引住了，并预感到自己与这部古老的圣书存在着某种宿命的缘分。据他的描述，读完李鼎祚的《周易集解》，正值一个将近除夕的纷纷扬扬的大雪天气。他稍饮了几杯温酒，登上老公寓的顶楼，好一幅霰雪无垠的龙飞凤舞景象。望着在雪中旋转的乾坤，不觉神思大发，似乎彻悟了《周易》乾卦"天行健，君子以自强不息"的伟大教谕。同时又感到，《周易》并不是一部已死的羊皮古书。《周易》运行在我们生活的天地宇宙之间，无时无刻不在向我们闪烁着神光。只是我们这些凡夫俗子过于缺乏虚明之心，没有注意到罢了。胡河清还埋头苦读"二十四史"，他还懂昆曲、京剧、评弹，会写旧诗、画水墨竹子，又喜爱阅读原版的现代派小说。

胡河清正是在中国古代文化的气脉底蕴中，如仙家大德般蓄志采气，吐纳四方，出入浩瀚精微、天数人伦，穷其荒园陟殿、梗莽邱垄。于是，生气灌注，握笔伫立，灵气如浩浩荡荡东逝之水，周身弥漫，久久不息。全身灵气凝至笔尖，便化气为神，一路挥洒，如古钟清音，风鸣高桐，生机远出，绵绵不绝。其文学批评独具雅博闳美、直究天人之际的雄阔气象，全得力于他对中国传统文化精义罕见的领悟力和穿透力，而翘然秀出群伦。

然而，在现代社会，不论是"大运河侧的古老房子"，还是"荒江野老屋"，都只能存在于学院围城之中。随着学术规范和学科体制的建立，大学中文系也开始以学理化为借口排斥具有敏锐触觉的文学批评家。后者只有两条殊途同归的选择：要么"西化"，要么"学院化"，这对于胡河清来说都是绝路一条。他说过"现在有些外国人看不起我们中国人，一定要争气"，自己"要默默地为中国文学守灵"。他不无偏执地认为中国文化优于西方文化，自然无法成为西化的"后主"；胡河清"绝不与时俗同流"，他近于小说化的评论文体也就与善于书写学报体的"专门家"们无缘了。正如其友人所言："胡河清像是从《史记》中走出来的人，从《世说新语》中走出来的人，从《聊斋志异》中走出来的人，他在某种程度上否定了现实生活，转身面对一片无邪的天空。在人心叵测、尔虞我诈的社群里，他显得如此格格不入。"

胡河清试图通过自己的批评实践，打通现代与传统，以现代情绪和感悟开启逼近传统文化的沉积层面，激活历史，以惊人的想象综合力和异禀把中国古代文化传统所具有的道德力量作为价值的纯正源头，凝聚成宏大的形而上精神，以匡正当代人文化精神上的失血苍白和生命、生存的羸弱、动荡、虚飘，以张扬生命的坚韧、绚烂和庄严。因此，他致力于探讨当代作家传统文化的奥援，从中强烈感觉到了楚骚精神，易经思辨，以及各种经典文体对当代人构成的智慧性启示。

在胡河清看来，文明是一个整体，支撑和维系着现代文明的是

源远流长的传统，是那些古老的人文智慧，它们是后世子民最初的
发祥地和生命力的源泉，是生命精神纯正的源头。因此，胡河清拂
去埋在时间深处的尘土，挖掘历史的隐涵，提取出生命的根基，恢
复人类对它们的关注和记忆，唤起沉睡千年的梦想和激情，重新发
出炫目的光焰，以资解开当代诸多作家、学人的精神之谜；其文学
评论的语言新鲜、雅洁、中和，灌注生命感性的活力，如同山间灵
芝草叶上的第一滴晨露，弥漫着仙草的灵香，仙气暗伏。他的笔尖
沾带灵性，步步莲花，字字玄机，灵气逼人，随处可见突如其来的
才华如碎银的光晕给人始料不及的惊喜，而他放纵无度的玄思冲
动，沉浸在古风和祭神仪式中的独特的抒写方式，造物主式的预
言，强调生命生生不息的变化，流转的思想，更令人惊讶之余久久
哑言。但带着体温和热血的语言、思想应者寥若辰星，使得胡河清
骨子里透出一种前无古人、后无来者的历史与个人的大空旷、大孤
寂、大苍凉，一种参破玄机的冷智，一种绝地之上超凡脱俗的冷峭
寒意渗入骨髓。套用胡河清自己的话来说，他的生命形态和文学评
论一如汪曾祺的诸多作品，是"关于中国书香文化衰落的挽歌。其
色泽犹如旧贵族府邸屋顶上落日的余晖，凄婉流美，令人心醉"。

"回到事物本身"

20世纪被称为是"批评的世纪"或"理论的世纪"，实际上，
许多批评理论往往无视作品本身的存在，它的热闹不仅从未真正推
动批评实践的发展，而且导致了名副其实的批评活动销声匿迹。于
是，所谓的艺术理论便不再与艺术相关，美学界便成了理论家卖弄
学问和掉书袋的竞技场。更可悲的，现代的这些习惯于闭门造车和
"高空作业"的理论家文艺理论家还俨然以"天堂的把门人"自居，
他们一面宣示不容置疑的真理，一面对认定的异端大加讨伐；他们

或是习惯于不着边际的宏观叙述和烦琐的所谓科学分析，而不注重文本的细读，特别是对文学语言的品位，失去了起码的艺术感悟、敏感与直觉力；他们往往将中国的文学作品变成西方的或中国传统的某个理论、概念正确性的一个实证，成了自己得心应手地构筑模式、摆弄材料的智力游戏；所谓的文化研究者则把注意力放在文学的外部关系的研究上，从思想史、学术史、文化史的角度切入，严重忽略了对文学形式与审美的研究，导致文学本性的基本丧失。

早在 1960 年，西班牙的文学评论家夏皮罗在《捍卫天真》一文就坦言：文学批评几乎已经不存在了，有的只是挂羊头卖狗肉的文化神学；这些以"学者"的身份西装革履地穿梭于一个又一个会议，散布所谓理论家的理论，除了蛊惑人心招摇撞骗不会有任何价值。这正如 20 世纪著名的电影人布努艾尔的自嘲："被如地球一样宏大的梦想吞噬之后，我们什么都不算，不过是一伙儿傲慢的知识分子，只会在咖啡馆里大放厥词，出些杂志而已；只是一小撮一旦在行动中必须面对要强行地直接作出抉择时就会四分五裂的理想主义者。"[1] 马塞尔·拉尼茨基更是尖锐地指出："在偶然和任意伴随着野蛮和残忍的地方，一个逻辑和理智的问题其实是多余的和脱离现实的。"[2] 这既是对永远不尊重真实经验的理论主义的批评，也是对从来不把实际的艺术体验当回事的批评理论的批评。

现代使用的"理论"（theory）一词的近亲分别为拉丁文 theoria 和希腊文 theoros，既意指内心的沉思与想法，也表示供观众观看的某种景象。从此逐渐演绎为同实践相对的、作为假设和假说的一种思想体系，其作用是对实践提出解释。再由这个意思进一步演绎

---

① ［西］路易斯·布努艾尔：《我最后的叹息》，傅郁辰、孙海清译，中国广播电视出版社 1992 年版，第 124 页。
② ［德］马塞尔·拉尼茨基：《我的一生》，余匡复译，上海译文出版社 2003 年版，第 139 页。

出代表指向某种规律（law）的东西。在某种意义上，"理论"其实蕴含有作为一种观念表演的意思。在 17 世纪以来的某些英语语境中，这个词一度甚至与"投机的"（speculative）一词有些暧昧关系。在日常使用中，理论常常可以同"虚假"组合，并同"实用"（practical）的概念相对照。[①]这表明，理论原本不具有颐指气使君临天下的权势。法国思想家埃德加·莫兰说得好："一个理论不是认识，它只是使认识可能进行的手段；一个理论不是目的地，它只是一个可能的出发点；一个理论不是一个解决方法，它只是提供了处理问题的可能性。换句话说，一个理论只是随着主体的思想活动的充分展开而完成它的认识作用，而获得它的生命。"[②]

因此，博学如钱钟书先生者不屑于制造人为的所谓理论体系，并将它强加于客观世界。对此，他有一段精彩的论述：

> 不妨回顾一下思想史罢。许多严密周全的思想和哲学系统经不起时间的推排销蚀，在整体上都垮塌了，但是它们的一些个别见解还为后世所采取而未失去时效。……好比庞大的建筑物已遭破坏，住不得人、也唬不得人了，而构成它的一些木石砖瓦仍然不失为可资利用的好材料。往往整个理论系统剩下来的有价值东西只是一些片段思想。[③]

钱钟书先生对于建立某种理论体系的宏愿是颇不以为然的，因

[①]［英］雷蒙·威廉斯：《关键词：文化与社会的词汇》，刘建基译，三联书店 2005 年版，第 486-490 页。

[②]［法］埃德加·莫兰：《复杂思想：自觉的科学》，陈一壮译，北京大学出版社 2001 年版，第 270 页。

[③] 钱钟书：《读〈拉奥孔〉一文》，载《七缀集》，上海古籍出版社 1985 年版，第 29 页。

为他发现历史本身总是"给我们的不透风、不漏水的严密理论系统捅上大大小小的窟窿"①；同时，他又称："艺之为术，理以一贯，艺之为事，分有万殊。"而做学问的真正目的，就在于去发现那些"隐于针锋粟颗，放而成山河大地"的普遍性。②一般说来，研究美学和文学艺术问题，存在着两种基本的方法和原则：一是从具体的文学艺术现象的分析研究中概括出共同性和一般性，一是从一般性理论原则推演到具体的艺术活动和审美体验的经验性分析。科学的研究应该把这两个方面结合起来。因此，一方面，钱钟书强调邻壁之光，堪借照焉，以外国文艺理论来观照中国的文化心理与文学现象，对中国传统文学思想、理论与技巧加以印证、总结研究，同时又用中国的文学理论去阐发西方的文学作品；另一方面，他坚信"人文科学的各个对象彼此系连，交叉渗透，不但跨越国家，衔接时代而且贯穿着不同的学科"，他主张既继承传统的治学方法，又运用西方心理学、文化人类学、语义学、风格学等新学科方法来论证文学现象。伊格尔顿指出："现象学的目标……是要回到具体之上，回到坚实的根据之上，正如它的著名口号'回到事物本身！'所提出的那样。哲学一直过分关心概念而过分忽视实在的材料，因而它一直是在最脆弱的基础上建筑它那头重脚轻、摇摇欲坠的知识体系。现象学，通过抓住我们可以经验地肯定的东西则可以提供一个使真正可靠的知识得以建立的基础。"③真正意义上的文学批评，应如新批评主将布鲁克斯所言："文学批评是对批评对象的描述和评

① 钱钟书：《七缀集》，上海古籍出版社1985年版，第136页。
② 钱钟书：《管锥编》，中华书局1985年版，第1279页、第496页。
③［英］特里·伊格尔顿：《二十世纪西方文学理论》，伍晓明译，北京大学出版社2007年版，第54-55页。

价。"① 或如韦勒克指出的："文学研究的合情合理的出发点是解释和分析作品本身。"② 钱钟书先生主张文学研究回到文学现象本身，以中国文学与外国文学打通，以中国诗文词曲与小说打通，等等，这是颇有识见的。

胡河清指出："文艺理论不管怎么说，无非也就是谈文艺而已。然而我认为最好的文艺，总是渗透着人生的感怀；如果谈文艺的理论文章一概都写得如同哲学家的著述，一点点汗臭或者酒香的味儿都嗅不出来，那也未必就算顶高明的理论境界。"（《钱钟书论》）他批评传统诗学作品的品类之一的缺点在于一味地高玄。比如唐代司空图的《二十四诗品》，文字就极狷洁明净。他原先颇欣赏其中《典雅》一品："玉壶买春，赏雨茆屋。坐中佳士，左右修竹。白云初晴，幽鸟相逐。眠琴绿阴，上有飞瀑。落花无言，人淡如菊。书之岁华，其曰可读。"想想做人若能永远如此悠哉游哉，消遣岁月，真是其乐无穷。由此之故，已能将此段文字倒背如流。但既熟诵之后，不满也就渐渐生了出来：人生在世，总有些七情六欲十二万枯槁奇想在此，而若是一生老坐在竹子丛里稳稳地"人淡如菊"，那岂不太辜负了那风起浪作，苦乐兼并的人世间？乃至于生死的大畛域亦难辨矣。对于此类雅得过分的文字，现代的人谈起来，若一味地咏叹其风雅，未免就不露出些遗少的迂曲可笑之处。由此他觉得当代的寻根派小说诸家中，虽则阴阳八卦儒佛道禅念念有词，恐怕也未必就没有如王渔洋老先生毛病者吧。凡神秘玄门，因其离众生世相也太远，故易与不近人情者近，而不近人情者则往往似真而实伪也。此外，古典诗论还有一类，以谈技巧作法为主。初入此门，

① ［美］布鲁克斯：《形式主义批评家》，见赵毅衡编：《"新批评"文集》，中国社会科学出版社 1988 年版，第 488 页。
② ［美］韦勒克、沃伦：《文学理论》，刘象愚等译，生活·读书·新知三联书店 1984 年版，第 145 页。

总会认为此等文章作法切近实用，有裨后学者功德大哉。但看得多了，难免觉其雷同重复，令人生厌。中国传统诗学之"逸兴"，无论如晋人行草之超逸或元人山水之冷逸，均多出世之致，而缺乏一种对现实人生的带有幽默感的介入态度。① 胡河清反对"一味地高玄"，这与他对中国古典文化及其源头——《周易》，还有欧美现代主义文艺浸淫过深有关，也是其内心潜藏的悲剧意识、忧患意识使然。

文学批评家，这是一个相当尴尬的职业。在人情世故和坊间潜规则的逼迫下，批评家们的立场稍不独立和坚固，便可能流变成"文学表扬家"或"口水先生"。作为真正的批评家，或套用韦伯的话，以批评为志业的人，必须据守着一种足够强劲的人格，还有与之相形的合理的批评资源，再苛刻点，甚至还要加上对文学以至对生命与存在的激情。以此来论观胡河清，他是备于一身的。他的批评生涯激情漫漶，对自己所从事的事业和生活有着持续不息的热爱。胡河清调动了自己所有的古典文化积累，从一个特殊的角度切入中国当代文学。他写了《论阿城、莫言对人格美的追求与东方文化传统》一文，开始研究中国当代文学中所表现的传统文化价值问题，以至于有人称之为"有先锋色彩的批评家"。胡河清的价值取向使其与所谓的"现代"相隔一层，他形而上的人格品质几乎在字面上也很难一呼百应。他不止一次地批判海派文学的价值观点和审美品位，并谥之为"卑微的文化犬儒主义"，骂其"俗"。胡河清抨击"海派文化"，剜剖寻根文学，质疑和反诘李泽厚《美的历程》的方法论及其例证……王雪瑛《混沌与透明》中说："在他温和沉静的面容后面，他的心灵是一座真正的呼啸山庄。"在上海安身立命的胡河清并未宠幸上海，他指名道姓地点明某些作家的小气和

---

① 胡河清：《灵地的缅想·钱钟书论》，学林出版社 1994 年版，第 85-97 页。

媸态，大有恨铁不成钢之慨。他用后现代主义与密教的混合解说马原，以道家的养生诠释史铁生作品中的苦难，他呼格非为"蛇精"，称苏童为"灵龟"，赞余华为"神猴"。他对这些作家的作品作出全新的诠释，其中有儒有释，有黄老庄禅，有韬略兵法，有阴谋术数。与此相对应，他心仪于金庸小说的如诗意境，先锋艺术家的"天书"风采，以此作为自己心灵的休歇地。胡河清律己甚苛，有一颗"严格要求自己的超俗的心灵"（摩罗《自由的歌谣·博士俱乐部纪事》）。据张寅彭的回忆，胡河清生命最后的一段时间里，正在看普鲁斯特的《追忆似水年华》，这本琐碎而漫长的巨著可以说深得胡河清之心，他谈起过他多么欣赏书中的描写和意境。也许胡河清的灵气、才情和对生活良好的鉴赏能力，原本适合成为同样孤独的普鲁斯特的精神同人吧。张寅彭仍不无感慨："河清就是我的普鲁斯特，现代人生活都是粗线条而程式化的，不会去体会文学世界里细而绵延的传递，多年来，我每次想起河清，就觉得心里不再干燥，变得湿润而丰富起来。"

英国著名的历史学家汤因比认为，富有创造性的个人的行为可以描绘成为包括退隐和复出的两重行为：退隐的目的是为了他个人得到启示，而复出则是为了启发他同类的巨大任务。[①] 对于只有退隐没有复出的文化，汤因比的评价并不甚高。在胡河清看来，儒教理想人格有一个致命的弱点，即缺乏孤行独立的自在自为的意志力量和精神信仰。儒生"遵循《周易》老于世故的人生教诲过日子，战战兢兢、如履薄冰，将生命冲动压抑到将近于零的水平，变成一谨小慎微的灰色人。这样的人即使对于命运的不公感到抑郁难伸，但对于可能存在于幽冥之中的无上主宰依然在本质上是畏惧

---

① ［英］汤因比：《历史研究》，曹未风等译，上海人民出版社1959年版，第320页。

的"①。同样，他一方面指出："庄子此说（'《南华》梦蝶'说）对于中国传统艺术境界的构成影响至为深远。涉真实与虚幻为一体，视人生若大林，由此身与物化，如翩翩白蝶游心于天地八极之间，进而致养气得道成圣之功，是中国传统艺术精神之自我圆满的天路历程。"②另一方面，他也指出，道家文化缺乏一种自觉的理性批判意识与文化创造意识："在道家文化中，既没有钱氏（钱钟书——引者注）那种以对生命感性形式的充分肯定，也没有那种旨归深远的理性批判精神。"③因此，在《汪曾祺论》一文中，胡河清深刻地洞察出汪曾祺"既修为高深，迹近炉火纯青的境地，又不失生命感性的体验，能够在有情世间出入自如"，以是之故，他得力于道家的谦冲之道的生存策略，得以在当代中国的社会文化漩涡里长期保持敬慎不败。李劼在《中国当代文化的共工篇》中指出："寻根小说是以人世的本相寻求出世的超然，而胡河清的评说则以出世的超然观照人世的诸相。"胡河清赞赏孙犁的"谦退"（"儒"的优容性格），马原的佛学义谛，阿城的道家哲学，其实质是努力拉着这些作家进入他的言语范围，试图宣扬他在古典文化中所汲取的"千瓢水"。寻绎这些文章，可以看到他自觉不自觉地在其评论中运用的文化策略。那就是力图借用古代的神秘文化，突破日常的文化框架使人忽略的事物，理解象征性文化的前提，以推动文化结构的创新。

胡河清资质高伦，禀赋超绝，能闻天籁，能解天启，周身又辐射出悲壮惨烈的侠气。他如乞力马扎罗山巅那只雪豹，孤胆挺进，在灵界舞蹈，至高绝处独与精神相往来，做惊心动魄的搏斗。在时间范围内，在方寸之地，他一灯独守夜寒，彻夜不息地沉迷于河图

---

① 胡河清：《真精神与旧途径》，河北教育出版社 1995 年版，第 2 页。

② 胡河清：《真精神与旧途径》，河北教育出版社 1995 年版，第 40 页。

③ 胡河清：《真精神与旧途径》，河北教育出版社 1995 年版，第 35 页。

洛书、周易八卦、黄帝内经、道经佛典、老庄红楼和源远流长散置民间的稗史野谈、寓言、神话所散发出的灵异气息中。他浸淫其中，俯养涵泳，出神入化，融会贯通，摇荡性情，形诸舞咏。听浩渺的潮声梵音，感受时空的大美，遐想生命的神秘。心头蒸鹤影，隔代有知音，他为古老的中国文化宏伟的精神所震撼，为古老文化博大精深的魅力和脚下这块神秘的黄天厚土潜在的悲剧性冲突所吸引，而沉迷于古文化经典的破译、重现，复活古老岁月和种族生命的荣光，把现代漂泊无根的精神引渡到古代理想国中去安家落户，开花结果。在通往罕达的路上，他与古之大德松风鹤引，目明心仪，屈指手谈，拈花微笑，遇雨呈吉，睽极而合，直达中国文化深不可测的道山根柢。文学评论是一项需要理性的职业，他却独不肯放弃生命感性，连堪舆星相、烟粉灵怪、天球河图也一股脑儿尽收笔底。他冲破文学评论套语的陈旧、呆滞和猥琐，用独特的审美观照使那些我们熟悉的作品，忽然恢复了往日的神奇。由于他穷观极照，钻味既深，浸润既久，传统文化便积淀而成自己的内在资源，使其评论识小而大通，毫无浮泛之论及其空疏之弊。

胡河清孜孜追求审美的境界，迷恋于充满密码的小说世界，在幻想与世俗的夹层中逍遥与沉迷。在他看来，许多伟大的艺术家都有过化身梦蝶那般给自己派定某种想象角色的经历，从而沉湎在幻想的境界中不能自拔。在胡河清看来，"学究天人"的精神对于人类文化是具有永恒性的精神价值的。在《钱钟书与后结构主义》[①]一文中，胡河清发现，不仅钱钟书的主要学术著作如《管锥编》《谈艺录》显现出语言颠覆的倾向，而且他的小说《围城》，也包含着解构主义因素。伴随着方鸿渐的出城、进城，全文依次"解构"了现代西方资本主义商业文化、中国传统官派性文化，分别由体面士

---

① 见《撩动缪斯之魂——钱钟书的文学世界》，河北教育出版社1995年版。

绅和迂腐型知识分子组成的"小城话语系统"，以及海派半殖民地半封建文化。正因为《围城》这种全方位的文化解构，作者认为它已经具备了后结构主义的一切特征。凭着自己对中国传统文化丰厚底蕴的深刻体悟，胡河清指出钱钟书对中国传统天命观冷峻彻底的批判，发前人所未发，显示出非凡的气概。但是，对天命观过于绝对化的批评，却对他的艺术创作构成了微妙的影响。胡河清指出："《周易》中有'咸'卦，其义为'感'，意谓存在一种超凡的心灵感应能力。……艺术是以直觉去领悟人生的，因此伟大的艺术家的灵感发展到极高境界之际，确实是有可能获得某种超验感知的。如果这类神秘经验又是在对人生的极其丰富复杂的感受的基础上闪现的，就有可能超越时代的局限，对本民族乃至人类的命运产生深远的洞察。"①《围城》正在这方面存在着缺陷，小说始终贯穿着钱钟书极其冷峻的理性主义精神，书中的一切都表现出作者全知全能式的智慧，而剥去了一切神秘的外壳。钱钟书的世界太明晰了，太清醒了，作者把什么都看透了，似乎这个世界再没有什么秘密了，结果他的"围城"未能承担更具有形而上意义的寓意，而终于没有成为中国文学史上的又一座大象征物。预言的美丽的歌声似乎非要在神灵附体的迷川上才能响起。由于曹雪芹怀着对人生神秘性的深刻感受，所以《红楼梦》始终带着一种梦幻的色调，人物的命运犹如星空一般深邃难测，小说中的爱情悲剧便具有了多重的象征涵义。②因此，就整体气势而言，"《红楼梦》终不失为一部如大泽有蛟龙藏、能知往鉴来、极深研几的神明之作，而钱钟书的《围城》却始终跳不出寓意相对贫弱的学院派小说之格局"。胡河清还辨析了钱钟书谈艺风度的"逸兴"与"沉哀"，看出了钱氏的魅力所在。若非"逸

① 胡河清：《真精神与旧途径》，河北教育出版社 1995 年版，第 12 页。
② 胡河清：《真精神与旧途径》，河北教育出版社 1995 年版，第 12-13 页。

兴"，不见其情致；若非"沉哀"，不见其深厚。唯二者融贯，方见真功夫也。胡河清的文学批评从发现美、展示美的角度出发，给人以无限的美的兴味。为此，钱钟书还以报病之躯致函胡河清："'刁无锡'称，大有追寇入其穴之致；整篇亦诙诡多风趣，不同学院式论文。然不才为博士论文题目，得无小题大作，割鸡用牛刀乎！惺惺不胜，草此报谢。"

戴震曾有言曰："仆闻事于经学，盖有三难，淹博难、识断难、精审难。"胡河清"游心"于古人的智慧与气韵之中，可说"淹博""识断""精审"皆有其法旨；他原来"心如古井，矢志于中国古典学术文化研治"，一旦与中国当代文学相切合，便生机勃发，顿觉自己"古典式的恬淡心境也许不能保持很久了"；他热诚地瞩望着中国文学的未来，预言着"中国全息现实主义"的诞生。在对待传统学术的态度上，胡河清深感于中国传统文化之沉沦，又感于现代中国文化在全球化背景之下的迷失，因而立足于"思"，将问题落实于"思想""人格"，肩负起重建中国文化的大任，拾坠绪，开风气，对中国学术传统主要采取"立"的态度，志在保留其内在的结构与生命，力求显出中国传统文化的活的生命，给僵死的文学批评界注入活的灵魂，竭力将中国传统文化刮垢磨光，参与世界文化的创造；其志在将公器之"诗心、文心"展示于全人类，将中国文化融入世界。这一切都是通过文学批评的具体实践予以实现的，胡河清给我们的启示可谓良多。

重返审美体验的文学批评

在艺术实践中存在着与以客观知识为对象的"科学认识论"完全不同的，以生命价值为目标的"审美认识论"。不同于科学真理是对客观实在世界的基本规律的总结，艺术真理是对主体价值生活的内在意义的积淀，其本质上就是体验到的东西。作为"语言艺术"的文学作品区别于一般性报道、科学著作或哲学论文的地方，就在于它的意义内在于作品的语言和形式结构之中。这也就是说，文学作品中的意义不是"通过"语词来传达的现成品，而是"发生"于语句的表达中、在语词上形成的东西。因此，艺术文本的意义只有借助于感觉才能领悟，它是不同于知性意义的感性意义。杜维明先生提出，在汉语中可以用"体认"与"认知"的区分，来对两种不同认识活动作出区分；他认为，"如果没有'体验之知'，或者说是'体知'，则人文学研究是很困难的"[①]。"艺术经验无论它们还可能是什么，都是在身体上让人愉快的"[②]；"我们必须学会去更多地看，更多地听，更多地感觉"[③]。

中国传统之学，类不能出"内圣外王"之框架。董其昌曾以"武侯之明志，靖节之养真"为中国艺术境界的根本义，良有以也。重直觉的东方文化比较重思辨的西方哲学有许多深微之处，它体现了相当精深的内证功夫。中国传统文化之吸收外来之学，大抵先用内证功夫静观默察体悟之，然后化为自己的心性之学；这种从根部作学术生命的贯通的理解，是非常重要的。理论知识的操作绝非一个纯工具论的问题，中国传统文学理论，包括任何一种外来理论都有其生成的文化和历史的背景，都有其运用和兴衰的特殊语境；只有经由踏实勤勉的阅读，加上不断深入的内心冥思，从传统的文学批评中汲取有益的东西，将我们的体悟融入现代理论之中，我们才

---

① 杜维明：《儒家人文精神与宗教研究》，见《理性主义及其限制》，北京三联书店 2003 年版，第 214 页。

② ［美］埃伦·迪萨纳亚克：《审美的人》，户晓辉译，商务印书馆 2004 年版，第 50 页。

③ ［美］苏珊·桑塔格：《反对阐释》，程巍译，上海译文出版社 2003 年版，第 17 页。

能更好地使用这一理论本身。为此，徐复观先生在文学研究中，非常重视而且大量使用的，是"追体验"的方法。他说：

> 我把文学、艺术，都当作中国思想史的一部分来处理，也采用治思想史的穷讨力搜的方法。搜讨到根源之地时，却发现了文学、艺术，有不同于一般思想史的各自特性，更须在运用一般治思想史的方法以后，还要以"追体验"来进入形象的世界，进入感情的世界，以与作者的精神相往来，因此把握到文学艺术的本质。①

何谓"追体验"？其基本内涵就是指人文研究者充分调动自我的体验，接通研究对象的精神体验，向研究对象"生成的真实"作无限的还原努力；在还原的过程中实现古人与今人、作者与读者、研究者与研究对象精神的融通，以古人、作者、研究对象的精神境界提升今人、读者、研究者的精神境界。这一过程，既是求知的过程，也是思想陶炼的过程；研究的结果，既成就知识，同时也成就道德。② 克尔凯郭尔在《此或彼》中说得好："只有当真理变成我身上的生命时我才认识它"，就真理作为生命意义的领悟而言，"对真理的认识就是参与真理和在真理中生活"③。

胡河清坦言："文章漂亮，全靠写的时候体内蕴发着一股精气。……根据我的体会，越是写大白话，就越要在养浩然之气上下功夫。"他要求文学作品要有来自人生深处的"苦乐兼具的激情"，因此，我们在捧读胡河清的文章时，能够触摸到他跃动不止的生命

---

① 徐复观：《中国文学论集续篇·自序》，台湾学生书局 1981 年版。

② 王守雪：《人心与文学》，郑州大学出版社 2005 年版，第 183 页。

③ 转引自［俄］别尔嘉耶夫：《论人的使命》，张百春译，学林出版社 2000 年版，第 16-18 页。

脉搏，感受到源于他的切身体验的扑面而来的生命气息。他在解读莫言的《透明的红萝卜》时说："《透明的红萝卜》中的黑孩，幼年失母，心灵深处有着难以愈合的隐痛，而外在的生活考验对于他这样一个体质瘦弱的小男孩来说又是极其严酷的。他所承受的精神和体力的重压，完全可以压垮一个身强力壮的成年人。但黑孩却支持下来了。他的生命力坚强得简直就像入水不濡、入火难焚的小精灵。这主要是因为黑孩的内心有一个美丽的梦幻世界，这使得他超脱于恐惧、忧虑，以及肉体的痛苦之上。"在他看来，能对苦难世界构成抵抗的力量的，不是那些嘹亮的口号和显赫的主义，而是一个孩子的心灵与他美好的想象。他知道，这种批判的伦理工具所具有的力度是弱小和虚幻的，有时甚至是无法渴求的。但他相信生活的温情能抵制荒寒的肆虐，相信基于人性的正常爱心能战胜时代的荒诞。他论汪曾祺的文字，也表明了这类心迹："汪曾祺并不希望封建专制主义的幽灵重返，却想让古典趣味的中国文人的艺术化人生能够继续下去。他理想中的中国文化，已经是一种非意识形态化的唯美主义意境。"这种审美化的思想最终化解在人生里，诚如他论王国维和钱钟书时所言："王国维有西方理想主义者正面惨淡人生的严峻性格，却无其'立意在反抗，指归在动作'的抗争勇气；又有东方佛学视尘世为悲苦心狱的阴冷，而无其既知善恶如形影之相随则诸是非于一体的圆滑。诚所谓聪明过头，自寻烦恼。此王国维之所以终于弃世者故也。较之于王国维，钱钟书的'痴气'似乎要稍少一点。钱钟书在对……人情的激忿与对宇宙之'悲志'上均不减于王氏，但幸而他有一种将人生的丑恶、缺憾转化为审美形象的特殊本领。"

胡河清生前最得意的一篇文章是他的博士论文《钱钟书论》（出版时更名为《真精神与旧途径——钱钟书的人文思想》）。因悲世和性格郁闷而自戕的胡河清在生前的学术研究中从生命体验的角

度切入钱钟书的精神世界，在他看来，对被研究者的生命状态缺乏
深刻感悟的"钱学"是庸俗浅薄的。在"钱学"成为显学的20世
纪90年代，胡河清的这篇文章据说是唯一受到钱钟书先生激赏的
评论。不过，正如一位论者所指出的，知音固然是知音，但在生命
的内蕴与价值的取向上，胡河清与钱钟书迥然不同：钱钟书的生命
状态是做学问的，故能"落花无言，人淡如菊"，临乱世而继绝学；
胡河清的生命状态是任性情的，故能如破冰之日的黄河，汪洋肆虐
地奔腾而下，遂成绝响。胡河清曾谈到"苦求兵土向尘寰"的王国
维："他集诗人哲学家的痴气于一身，竟把柏拉图那冰清玉洁的理想
国当作了人生的题中应有义，则哪能不失望？哪会不叹息？……王
氏对人生持论过高，故有'昨夜西风凋碧树，独上高楼，望尽天涯
路'之叹息，终于自沉以没，走了'空扫万象，敛归一律'的绝路。"
这里，出现了"独上高楼"的意象。表面上是在说王国维，何尝又
不是胡河清的自况！胡河清每每在文字间自鸣心曲，不忘有所寄托；
其为文多为阐释自我，他恣肆汪洋的论述往往超越了持论之文而另
创新的天地。胡河清就如同一探险者，不觉中孤身一人走进一片幽
远和神秘，走入了"缅想的灵地"。

胡河清属于那种悟世的学者，他以出世的心态做入世的文章，
内心深处处处弥漫着历史的沧桑与厚重，其文字因此有了一种返观
心灵的力量。他有效地把中国的传统文化和西方文论相结合起来，
并用它来指称着中国当代文坛上的创作。他在写别人的同时，其实
也在不断地刻画着自己的心灵——这种极具个人色彩的论说，正是
他借他人酒杯浇胸中块垒之所在。俄国形式主义者什克洛夫斯基说
得好："诗是需要分析的，但要像诗人那样来分析，不要失去诗的气

息。"① 胡河清绝非通常意义上的文学评论家，在他那些灵动的批评文章中，几乎找不到枯燥的学术名词，取而代之的，是那透着人情味的大白话；其中不乏生命感性的流淌，竟让一位学殖渊深的国学前辈认定他将理性的评论写成了小说。相对于学术界的刻板与呆滞的研究，胡河清的文学批评无疑属于异类。

恰如胡河清自己所言，他所师法的是明清之际的小说评点家金圣叹；他以小说笔法论文，试图以此超越学院教条。金圣叹曾经说过："读者精神不生，将作者之意思尽没"，"读者之胸中有针有线，始信作者之腕下有经有纬"（《读第五才子书法》）；"读书尚论古人，须将自己眼光直射千百年上，与当日古人提笔一刹那倾精神融成水乳，方能有得。"（《杜诗解》）他要求读者进行移情式想象，设身处地地和作品中人物一起体验所发生的事件，做到"虚心平气，仰观俯察，待之以敬，行之以忠"（《圣叹尺牍·与顾掌丸》）。金圣叹对《水浒传》的范读重视读者对文本的审美反应和对阅读的积极参与，是一个具有积极意义的模式，我们可称之为"心理解释方法"，它类似于徐复观说的"追体验"。金圣叹的这种批评模式远绍孟子，近承朱熹。孟子继承孔子"兴于诗"的解释观，提出"以意逆志"的心理解释观，它是针对"以文害辞""以辞害志"的解释弊端而来的；"斯言殆欲使后人深求其意以解其文，不但施於说《诗》也"（赵岐：《孟子题辞》）。魏晋玄学家王弼接受并改进了这种方法，认为只要解释者面对历史文本"感发推演""触类而思"，在一定条件下，必可得到文本积极的回应，形成"思"与"应"相互交流、融和的态势，而真正地"得其义焉"（《老子指略》），它潜在而深远地启示了朱熹。他说："'以意逆志'，此句最好"；"此是教人读书之

---

① ［俄］维·什克洛夫斯基：《散文理论》，刘宗次译，百花洲文艺出版社 1994 年版，第 91 页。

法"。并进而提出:"读书,须要切己体验,不可只作文字看";"读书,须是以自家之心体验圣人"。这里,所谓的"体验",是"体之于心而识之","以书观书,以物观物",即"以他说看他说","如当面说话相似","将自家身己入那道理中去"(《朱子语类》)。这样,反复体验,"渐渐相亲,久之与己为一",形成新的意义世界。评点是古代典籍评注形式在文学批评中的运用,因此,金圣叹所谓的"读者精神",正是这一古典解释学方法的延续。它已接近于当代解释大师伽达默尔的"视界融合"论、"效应历史"论以及赫施的"含义、意义"论。"读者精神"的理论实质是强调文学批评的"主体性",旨在说明文学批评具有自身独立的精神文化价值和地位,而不是文学创作的附庸。如金圣叹不无自豪地说:"圣叹批《西厢记》是圣叹文字,不是《西厢记》文字。"(《读第六才子书法》)如上所述,胡河清与金圣叹一样,都属于那种用心灵阅读的评论家,属于那种给文字带来生命的批评家和理论家。

胡河清在好多处提到了《周易》"睽"第三十八,指出了此卦所含的对立统一的诗意特征。就此,钱钟书亦有论述:"睽有三类:一者体乖而用不合,火在水上是也;二者体不乖而用不合,二女同居是也——此两者皆睽而不咸,格而不贯,貌合实离,无相成之道;三者乖而能合,反而相成,天地事同,男女志通,其体睽也,而其用则咸也。"①胡河清当然明白"知其雄,守其雌"的微言大义,却没有守护好自己的薄弱之处,一任生命走向终极走向灵地。其《杨绛论》言:"在当代中国文学中,文章家能兼具对于芸芸众生感情领域测度之深细与对于东方佛道境界体认之高深者,实在是少有能逾杨绛先生的。……在中国文学史上,自从《红楼梦》以后,很少有人像杨绛先生这样凝练地写出过这种具有东方神秘主义色彩的心灵

---

① 钱钟书:《管维编》第 1 册,中华书局 1986 年版,第 26 页。

经验。因缘流转，如恒河沙数；惟两心相契而臻完美之境，则能于一瞬中参透往昔无量劫。这种超越个体生命大限的心理感觉，表明精神恋爱已达到了极致的境界。……按照东方哲学的智慧，盛极而衰，高丘之下必有深谷：姚、许在小室中相对而坐的一刻实在已达到了精神恋爱的极致，这种心灵经验是难以逾越的，也是不容重复的，故他们从此之后的恋情已有'衰势'。杨绛对恋爱心理之微妙逻辑的准确把握，于此可见一斑。"有学者指出，胡河清的这种文学批评又可称之为"神话原型批评"，它从一个民族神话体系中引出一系列原型作为文学发展的肇端，甚至扩而广之，从一定的文化传统出发考察对当代文学的历史联系和精神传承。这是文学研究的深入和走向成熟必然要向自身提出的要求，是文学批评水到渠成、瓜熟蒂落的发展形态。这种文学批评，不是可以通过学习力强而致的"方法"，也不是能够硬套任何一种文学现象的"模式"，更重要的是做这种研究和批评，对一定的文化传统以及这个传统所包含的那些神话原型，先要有深切著明的体认，然后才能自然地把它们和当代文学接通。其中，想象力和感悟力比学究式的排比考证更重要。只有捕捉到古今之间一种先验的联结，才能做到古今融汇而不显勉强，把传统意识真正化为运思作文的一线神脉。[①]胡河清是当代"文痴"，属于能做一手好文章又懂得如何珍爱好文章的一类人。他爱好文章本身，爱那使好文章成其为好文章的本因，而以整个身心，关怀使天下一切好文章成为可能的文化土壤和精神气候，关心流贯和激荡在一切文章中的人文气运。胡河清出色的批评实践有力地表明，中国传统文学理论中实际上有很多可贵的东西尚处于沉睡中，需要运用西方的文学理论，通过文学批评的具体实践来激活它们，并与西方文学理论打通。"中西贯通"这个提法不应该只是

---

① 郜元宝：《悼胡河清》，见《胡河清文存》，上海三联书店1996年版，第315页。

对某个人的学术成就的赞美之词，而更应该是学术研究的方法论上的一条原则。

依据马克斯·韦伯的说法，现代主义滥觞于"从现世彻底驱逐巫术"的新教。据此，他提出"世界的去魔"。这意味着，随着科学理性的发展，消解了人世间一切神奇而不可知的力量。而根据阿多诺等人在《启蒙的辩证法》的观点，这种"世界的去魔"并非直线发展过程。启蒙的进程反倒重新导致"神话的世界观"。德国浪漫诗人斯特芬·乔治在晚年的诗《人与色鬼》中有一段人与色鬼的对话。人说，神话的日子已经过去，魔法的时代也随之而逝。色鬼却说："只有透过魔法，生命才能保持觉醒。"为了保持生命的觉醒，胡河清正是力图在这样一个理性化的世界里，把"圆而神"的东方神秘主义，与"方以智"的西方理性主义融成一体，锻造出新的"神话的世界观"。胡河清在其文章中反复引用"入佛界易，入魔界难"一语，想要打通两界，却又窒碍难通：如果把神佛世界纳入科学，不过使生活世界进一步沦为科学的"殖民地"；若是把科学也归于神佛，从而使世界保持它的神秘，毕竟经历过现代科学理性洗礼的他又非所愿——胡河清为自己设定了一个难以企及的目标。由于性格和家世的原因，胡河清陷入了神秘主义的泥淖。用其业师钱谷融先生的话说，他在探索中陷得太深了。他在其中绝望地挣扎，生命最终被撕裂成了碎片……

徐复观先生曾经精辟地指出："艺术是反映时代、社会的。但艺术的反映，常采取两种不同的方向。一种是顺承的反映，会发生推动、助成的作用，因而它的意义，常决定于被反映的现实的意义。……中国的山水画，则是在长期专制政治的压迫，及一般士大夫的利欲熏心的现实之下，想超越向自然中去，以获得精神的自由，保持精神的纯洁，恢复生命的疲困，而成立的；这是反省性的反映。顺承性的反映，对现实有如火上加油。反省性的反映，则有如在炎暑中喝下一杯清凉的饮料。专制政治今后可能没有了；但由机械、社团组织、工业合理化等而来的精神自由的丧失，及生活的枯燥、单调，乃至竞争、变化的剧烈，人类还是需要火上加油性质的艺术呢？还是需要炎暑中的清凉饮料性质的艺术呢？"[①]胡河清凭借其深厚的国学功底，灵异的文字，对神秘事物的特殊喜好，使他的文章产生了不可思议的魅力。仅行世的《灵地的缅想》《真精神与旧途径——论钱钟书》《胡河清文存》等著作，就足以使他跻身一流批评家行列。胡河清若不早逝，前途当无可限量。正如文化批评家朱大可所言："当他永久睡去的时候，我们还得继续醒着，去目击那些被我们蔑视的事物的生长。"（《醒与眠》）在没有胡河清的日子里，中国当代文学批评乃至文艺学界丧失了一种具有无限可能性的发展路向，失去了一个百年难遇的理论维度。不过，胡河清留给我们的启示是多方面的，也是非常深刻的，对于我们扭转早已迷失传统、与西方亦步亦趋的文艺学研究之颓势有着极其重要的现实意义。

（《西南大学学报》2009 年第 2 期）

---

① 徐复观：《中国艺术精神·自叙》，春风文艺出版社 1987 年版，第 7 页。

"唯一有价值的就是拥有活力的灵魂"
——讲述"中国故事"的方法或主义

一

驻足脚下这块土地，我们仿佛置身于一个魔幻般世界：善心遭遇恶报，恶意收获善良；金钱、权势、欲望成多数人生活的目的，善良、勇气、尊严转瞬迷失于现实的海洋；无计其数的生命，只是少数富人的踏板石；危险的激情，冷酷的杀戮，幻灭的希望，恐惧的深渊，戏剧性的危机，时刻就在我们所浸泡的社会现实之中。

很多时候，我们还没有开始思考，生活就已谋杀了思想。"生活的复杂、残酷、肮脏与美好，都要比我们看到、想到的复杂得多，肮脏得多，残酷得多，也美好得多。就算你是最具天才想象的作家，事实上，你也想象不到生活到底有多复杂、多肮脏、多残酷、多美好。"①

有一位思想家说，诗歌永远是一个人的内心世界和这个现实世

---

① 阎连科：《阎连科文论》，云南人民出版社 2013 年版，第 99 页。

界的抗衡。波德莱尔宣称："可怜的苏格拉底只有禁止的精灵，而我呢，则有一个肯定的精灵，它是一个行动的精灵，战斗的精灵。"①就文学而言，"行动"便是对匮乏、残破现实的象征性修复和疗救。本雅明说："如果风格具有在语言思维的深度和广度中自由运动而不落入俗套的力量，那就得主要靠伟大思想的心脏的力量来获得这种风格，心脏的力量把语言的血液通过句法的毛细血管输送到最遥远的四肢。"②

然而，现实的"传奇化"已经让我们作家无法抵达这个现实本身了，我们所经验的现实生活本身存在太多的假象，充满了太多谎言，我们每天都在谎言中生活。为了抵达存在的真实，首先必须用语言击碎这些假象，戳穿各种谎言。

在希腊语中，"同情"一词并没有高高在上的内涵。亚里士多德认为，同情心需要一种感同身受的感情，认为别人所遭受的苦难也很可能发生在自己身上。努斯鲍姆同样认为，"同情心，是属于悲剧的一种感情，需要你能够感受到某人某物对你生命的极端重要性，而你的这种感情正备受煎熬。悲剧情感需要你从内心真切地感受到痛苦的剧烈，不仅是那个水深火热之中的人正忍受痛苦煎熬，还有那个产生了同情心的人也感同身受"。③对一些人的不离不弃，是我们之所以存在的根基。然而，这种情感似乎属于"过去那个时代"。用《一九八四》里主人公温斯顿的话说，"不再会有这样的悲剧和哀伤了。……今天将不会再上演这种剧目。因为现在只剩下恐惧、厌恶和痛苦，不再有什么感情或者深刻而又复杂的悲伤了"。

① ［法］波德莱尔：《恶之花》，郭宏安译，中国戏剧出版社2005年版，第226页。
② ［德］本雅明：《本雅明文选》，陈永国、马海良编译，中国社会科学出版社1999年版，第212页。
③ ［美］阿博特·格里森等编：《〈一九八四〉与我们的未来》，董晓洁、侯玮萍译，法律出版社2013年版，第305页。

余华的《第七天》，让我们瞥见了这一时代的飘忽身影。

根据法国当代哲学家德勒兹的观点，作家对现实的再现有两种方式：一是原封不动地拷贝现实，将现实视为"圣像"；一是将世界视为海市蜃楼，将其作幻影般的呈现。余华非常娴熟地穿梭于二者之间。早在 2001 年前，夏中义就系统剖析了余华小说由呼喊"苦难中的温情"，到皈依"温情地受难"的母题演化过程①。现在看来，这一灵魂肖像的勾勒仍是相当精准的，它破译了余华创作的整个心灵密码。

余华有一套比较完整的写作理论。他认为，生与死是伟大文学作品乐此不疲的主题，也是文学的想象力自由驰骋之处；在生与死之间，存在一条秘密通道——灵魂；一个人及其灵魂的关系，有时就是生与死的关系；只有当想象力和洞察力完美结合时，文学中的想象才真正出现；"一个伟大的作者应该怀着空白之心去写作，一个伟大的读者应该怀着空白之心去阅读。只有怀着一颗空白之心，才可能获得想象的灵魂。"②可以说，《第七天》正是这些"理论"的实践。小说通过对"灵魂"的想象，以"死"写"生"，以荒诞写荒诞，为我们展现了两个截然相反的世界：一个是危机四伏、宿命暴虐、荒诞绝望的现实世界；一个是欢乐温情、死而永生、死而平等的幽灵世界。

那么，支撑余华"荒诞叙事"的"空白之心"究竟所指何物？

余华反复表示，自己"为内心写作"，"我的作品都是源出于和现实的那一层紧张关系"③；为了"抓住最重要的事物，也就是人的内心与意识"，自己"不再忠实所描绘事物的形态"，而是使用一种

---

① 夏中义：《苦难中的温情与温情地受难——论余华小说的母题演化》，《南方文坛》2001 年第 4 期。
② 张清华：《中国当代作家海外演讲》，北京大学出版社 2012 年版，第 108 页。
③《余华作品集》，中国社会科学出版社 1995 年版，第 290 页。

"虚伪的形式"以接近真实。余华感同身受地表示："作者有时会无所事事。因为他从一开始就发现虚构的人物同样有自己的声音，他认为应该尊重这些声音，让它们自己去风中寻找答案。于是，作者不再是一位叙述上的侵略者，而是一位聆听者，一位耐心、仔细、善解人意和感同身受的聆听者。他努力这样去做，在叙述的时候，他试图取消自己作者的身份，他觉得自己应该是一位读者。""我认为我的责任，我的使命就是让人们通过我的书听到某些我们共同的声音。我像一个兴高采烈的孩子一样，不断地伸手指着某物让人们去看见，事实上我所指出的事物都是他们早就看到了的，我只是让他们再看一眼。我能做的就是如此。"①

可见，余华的"空白之心"，就是指将自己定位为一个"叙述"或"想象"的服从者，而"时常忘记自己正在进行中的使命，因为我的使命仅仅是为了指出他们叙述里的某一方面，而他们给予我的远比我想要得到的多。他们就像于连·索黑尔有力的手，而我的写作则是德·瑞那夫人被控制的手，只能'听天由命'。这就是叙述的力量，无论是表达一个感受，还是说出一个思考，写作都是在被选择，而不是选择。"②这样，在小说的叙述过程中，余华便无所顾忌地放弃了掌握人物命运的权力和责任。他可能没有想到，这实质上是在文学中放弃了一种理性的深入思考。

余华非常清楚："与现实签订什么样的合约，决定了一部作品完成以后是什么样的品格。"他自述道："我在一段时间里是一个愤怒和冷漠的作家"，然而，"随着时间的推移，我内心的愤怒渐渐平息，我开始意识到一个真正的作家所寻找的是真理，是一种排斥

① 余华:《我能否相信自己》，人民日报出版社1998年版，第176页、第160页、第135页、第232页。

② 余华:《我能否相信自己》，人民日报出版社1998年版，第40页。

判断的真理。作家的使命不是发泄，不是控诉或者揭露，他应该向人们展示高尚。这里所说的高尚不是那种单纯的美好，而是对一切事物理解之后的超然。对善和恶一视同仁，用同情的眼光看待世界。""写作过程让我明白，人是为活着本身而活着，而不是为活着之外的任何事物所活着。""人的理想、抱负，或者金钱、地位等等和生命本身是没有关系的，它仅仅只是人的欲望或者理智扩张时的要求而已。人的生命本身是不会有这样的要求的，人的生命惟一的要求就是'活着'。"①

　　问题在于：将对人的终极关怀简化为"活着"，仅仅为"活着"而"活着"，至于为何活？如何活？活在何等境界？……所有这些问题都暂付阙如。因此，夏中义一针见血地指出，当余华把"叙述"等同于尚未被诉诸文本的"想象"，实际上丧失了对想象本身的甄别，而无法正视文学创作中出现的价值偏移。余华已然忘记，不为正义之情所激发的艺术是琐屑的。在他的小说里，一个本该大写的"人"，已然萎缩成生物学水平的苟延残喘；其人物往往是"扁平"的"剪影"，或是单一欲念的象征体，或是某种道具，顶多是残酷现实的见证者，荒谬秩序的受难者而已②。

　　实际上，谁也无法承备受受凌辱与漠视的"操蛋"人生。面对如梦泡影一般的现实，坚守生存的底线，以及对于艺术的虔诚初衷，用自己的喉咙发出了雄浑、低沉的声响——这是一种担当，也是一种境界。已逝的诗人昌耀说："我写作不仅仅是为了当诗人，而是我要写出对世界的许多问题的个人见解、我的社会理想，写出我对美的感受"；"作为一个诗人，我觉得对社会应该有自己的声音，

---

① 余华：《我能否相信自己》，人民日报出版社 1998 年版，第 185 页、第 144 页、第 145-146 页、第 216 页。

② 夏中义：《苦难中的温情与温情地受难——论余华小说的母题演化》，《南方文坛》2001 年第 4 期。

对于美、对于善，应该做出自己的评价，包括自己的美学追求"。

历经锥心碎骨的苦难，文学本应熔铸独立不羁的骨架，坚定地与光怪陆离的现实世界相抗衡，揭露所鞭挞的国家机构的真实情况，提出变革社会结构的建议，倡导一种从容、优雅、有尊严的生活。可是，文学的价值正被世俗社会观念所吞噬，没有什么比身边真实的事件更能吸引人们短暂的情趣。文学就是新闻，文学就是市场，文学就是娱乐。作家的文学逻辑和人性逻辑，不再能完整表现这纷扰不堪的世界。"我们只能在更小的尺度和方向上，去描述这种人类的正面力量，和这些正面情感有细小的相遇。我们无法庄严，无法宏阔，无法秩序井然。"[1]由于精神根系、土壤和水源的枯萎，我们赖以栖息的精神枝条一片萧然，隐身于暮色霭气之中……

作为一个时代文学高度的标志，长篇小说应最大限度地容纳作家对于历史与现实的解释，容纳文学对于人性的细致体察。可是，除了熟稔地将每个段落、每个细节、每个词汇"装配"得利利索索之外，除了不无煽情成分的温情，《第七天》没有对这一时代生活作出裁决，没有探入存在的深渊，将人生和人性表现到极致。在这一"失败之书"里，我们看不到令人战栗的生活体验，看不到灵魂挣扎的痕迹，看不到源于生命深处的呼喊；小说没能揭示生活细密的肌理，或是展示纷杂万象中某种普遍的社会公式，或是提供一把解除我们现实心灵困境的钥匙。在恢复我们对于这个世界的信心上，《第七天》无所作为。

2013年7月3日，在北京师范大学的"余华长篇小说《第七天》研讨会"上，余华说："与现实的荒诞相比，小说的荒诞真是小巫见大巫"；"这个小说我写了好多年……我总是落在现实后面，这几年现实变化太快，生活在如今的中国，要做到文学高于现实是不

---

[1] 张清华编：《中国当代作家海外演讲》，北京大学出版社2012年版，第185页。

太可能的"。既然现实生活比文学还要荒诞得多，还要"精彩"得多，那么，为什么还要创作小说呢？难道只是为了"让他们再看一眼"早已熟悉的生活吗？余华可能忘了当年卡夫卡对波拉克的建议："应该去读那些咬人和刺人的书。如果我们所读的书不能一拳打在我们脑门上使我们惊醒，那我们为什么要读它呢？""一本书，必须是一把能劈开我们心中冰封的大海的斧子。"

二

对中国当代作家而言，故事比比皆是；创作的核心是，这些原材料必须在作家的心里"燃烧"，通过"能量转化"生成别异之物，其中有着方法、主义的渗透和参与。

美国当代重要的思想家阿兰·布鲁姆指出："诗人是自然的模仿者，再现所见所闻。然而，使他成为诗人的却是他对世界的沉思。……优劣诗人的区别在于是否以事物的本来面目进行观察、是否懂得甄别肤浅与深刻。……一个人之所以被理解，不仅是通过他的存在，还通过他行为的性质——慷慨或贪婪、英勇或怯懦、公正或狡诈、节制或放纵。正是从这些品质中产生出快乐与痛苦，所以它们是人类生生世世关心的主题，也是诗歌特定的对象。"① 因此，作家必须把握真正永恒的人类问题，所谈论的事物与人们关注的话题有所呼应。

莫言也认识到了这点。在他看来，作家当然可以也必须在自己的创作中大胆地创新，大胆地运用种种艺术手段来处理生活，大胆地与巴尔扎克、托尔斯泰相抗衡，但以巴尔扎克、托尔斯泰为代表

① ［美］阿兰·布鲁姆、哈瑞·雅法：《莎士比亚的政治》，潘望译，江苏人民出版社 2012 年版，第 6 页、第 7 页。

的批判现实主义作家对现实生活所持的批判和怀疑精神，他们作品中贯注着的对人的命运的关怀和对现实的永不妥协的态度，则永远是我们必须遵循的法则；莫言说："我们必须具备这样的对人的命运的关怀，必须在作品中倾注我们的真实情感，不是为了取悦某个阶层，不是用虚情假意来刺激读者的泪腺，而是要触及人的灵魂，触及时代的病灶。而要触及人的灵魂，触及时代的病灶，首先要触及自己的灵魂，触及自己的病灶。"① 不知以"空白之心"写作的余华以为然否？

人类总是不满意自己的命运，几乎所有的人都希望过着一种与现状不同的生活。略萨指出，为了安抚这种欲望，让人们拥有他们不甘心过不上的生活，虚构的小说诞生了；小说以"撒谎"的方式，通过思考可能的道路使我们更加理解自己，其中翻腾着、跳跃着一种不肯妥协的东西，道出了某种令人深思的"真情"。

在略萨看来，本质上决定一部小说真实与否的，不是那些轶事，因为"小说是靠写出来的，不是靠生活生出来的；小说是用语言造出来的，不是用具体的经验制成的"；当要描写的变成了已经描写了的，"现实性"的"事件"变成了"非现实性"或"幻想性"的"情节"，流动、痉挛、混乱的生活熔化为有组织、有因果、有条理的故事，实事与话语之间便有了一道深渊相隔。

小说深深扎根于人们的经验之中，从中汲取营养，又滋养着人们的经验。"写小说不是为了讲述生活，而是为了改造生活，给生活补充一些东西。"② 小说呈现了一个真实生活——我们沉浸其中的——总是拒绝给予的前景，这种小说家虚拟的秩序，是一个"模

---

① 张清华编：《中国当代作家海外演讲》，北京大学出版社 2012 年版，第 6 页。
② ［秘］略萨：《谎言中的真实——巴尔加斯·略萨谈创作》，赵德明译，云南人民出版社 1997 年版，第 72 页。

拟装置"，它实际上是在修正生活。略萨说："在所有小说的心脏里都燃烧着抗议的火苗。虚构小说的人之所以这样做，是因为他过不上小说里那种生活；阅读小说的人（他相信书中那种生活），通过书中的幽灵找到了为改善自己生活所需要的面孔和历险的事情。这就是小说的谎言所表达的真情：谎言是我们自己，谎言给我们安慰，谎言为我们的乡愁和失意做出补偿。""一切好小说都说真话；一切坏小说都说假话。因为'说真话'对于小说就意味着让读者享受一种梦想；'说假话'就意味着没有能力弄虚作假。因此，小说是一种超道德的东西，或更确切地说，是一种独特的道德。"①

因此，小说不是构造精细的"复印机"，作家是历史的审查员，而不是历史的书写员、抄写员或打字员。所谓现实生活，不过是小说的原材料而已。把生活写成生活，只是齐整的码放，终究是一堆"柴草"而已。为了唤醒、融化这块土地上被人们遗忘的生命，在满目疮痍中坚信人性之良善的作家，通过"再造"历史与现实"还原"了人类的生活、意识与情感，揭示并照亮了历史与现实的暗角或死角，一如卡夫卡以其心灵温暖了一只甲壳虫寒冷的身躯。

居于现实生活和文学之间的，是具有无限延伸之穿透力的想象力。在略萨看来，想象力是一种魔鬼般的才能，"它不断地在我们是什么和我们想成为什么之间、在我们有什么和我们希望有什么之间开出一条深渊"；"想象力为在我们有限制的现实和无节制的欲望之间不可避免的离异产生出一种灵敏的缓冲剂，即：虚构。由于有了虚构，我们才更是人，才是别的什么，而又没失去自我。我们熔化在虚构里，使自己增殖，享受着比我们眼下更多的生活，享受着我们本来可以过上的更多的生活，假如我们不幽禁在可能真有其

---

① ［秘］略萨：《谎言中的真实——巴尔加斯·略萨谈创作》，赵德明译，云南人民出版社 1997 年版，第 76 页。

事之中，离开历史的牢笼"①。这样，文学想象与虚构就成了我们理解社会的重要方式，作家借此考察在各种政治操控、暴力威胁、生存压力下，芸芸众生如何应对各种戏剧性的危机，进而思索那些无法直接感知的事物，治疗疲惫的身心，改变生命的方向，体现了"人"的荣光与尊严。

文学虚构丰富了历史的存在，使文学拓展了人类的生活，给人们提供了一个滋养我们隐秘生活的天地。在这一天地里，我们才真正是自己命运的主宰者。作为具体的个人，我们现在是怎样的人，我们曾经希望是怎样的人，我们可能成为怎样的人……这是我们的隐秘的生命史，只有文学才能讲述明白。略萨甚至提出："小说是社会发生某种信仰危机时的艺术……当宗教文化发生危机时，生活似乎要脱离束缚它的条条框框和观念并且变得混乱起来，这就为小说提供了大好时机。……小说的人工秩序提供了避风港和安全感，实际生活煽动起来而又得不到满足或消除的欲望和担心，可以在其中自由驰骋了。"因此，"一部成功的虚构小说代表着一个时代的主观精神"。②

显然，任何文学作品都由可见的素材和隐藏的素材组成，为我们的体验补充了某种实际生活所匮乏，只能在想象、虚构的生活中找到的东西。文学想象和现实生活并不是靠削弱对方而存在，而是相互增强的；同样，其中一个的虚弱定会引发另一个的虚弱，其中一个被摧毁必会导致另一个被摧毁。作家只有仰仗人的精神、灵魂以及事物的内在因果，仰仗于在现实基础之上的想象力，才能抹去泾渭分明的诸多边界，抵达人、社会和世界最内部的黑暗幽深，而

---

① ［秘］略萨：《谎言中的真实——巴尔加斯·略萨谈创作》，赵德明译，云南人民出版社 1997 年版，第 82 页。

② ［秘］略萨：《谎言中的真实——巴尔加斯·略萨谈创作》，赵德明译，云南人民出版社 1997 年版，第 83 页、第 76-77 页。

书写出"生活中被掩盖的精神"。作家及其作品都"生活在别处"
(兰波语),文学之于生活的超越性就在这里。

如,《铁皮鼓》"从几乎总是在动的普通人群的视角,让我们感
觉到生命尽管是处于恐惧和异化之中也还是值得活下去的"①《都柏
林》赋予平庸的生活以艺术的尊严,即对一个已有的现实既不报告
情况,也不发表意见,而是对这一现实进行再创造、再编造,呈现
出一种美的尊严。作为一部政治寓言小说,《一九八四》的全部故
事是"极权主义"对于个体的极端控制。这是奥威尔社会主义信念
的必然结果,因为"他相信,只有击败极权主义,社会主义才有可
能胜利"②"多一个人看奥威尔,就多了一份自由的保障",有评论
家如是说。《日瓦戈医生》则让我们顿悟:"真正人性的东西不在那
些精彩的英雄事迹中,不在于向自身的地位挑战,而是从道德上使
得人类自然属性中的弱点和缺点具有尊严。"③

在这些经典作品里,文学的虚构世界强化着普通事物的存在,
强化着平庸东西的存在,强化着不可触犯之物的存在。文学怎么会
等于甚至小于现实生活呢?或许莫言的观察是准确的。他指出,随
着作品数量的日渐增加和名声的逐步累积,有的作家不仅在物质
生活上和广大民众拉开了距离,更是使他与人民大众的感情拉开了
距离;其目光已被荣耀的头衔、昂贵的名牌、过多的财富、舒适的
生活所吸引,而在精神上不知不觉中变得平庸懒惰;这些成了所谓
"中产阶级"的作家,已经感受不到锐利的痛楚和强烈的爱憎,已

---

① [秘] 略萨:《谎言中的真实——巴尔加斯·略萨谈创作》,赵德明译,云南人
民出版社 1997 年版,第 320 页。

② [澳] 西蒙·黎斯:《奥威尔:政治的恐怖》,转引自董乐山:《奥威尔和他的
〈一九八四〉》,见《一九八四 动物庄园》,上海译文出版社 2003 年版,第 2 页。

③ [秘] 略萨:《谎言中的真实——巴尔加斯·略萨谈创作》,赵德明译,云南人
民出版社 1997 年版,第 360 页。

经丧失了爱与恨的能力；他们不放过一切机会炫耀自己的成功和财富，把财富等同于伟大，把小聪明等同于大智慧；他们追求所谓的高雅趣味，在奢侈虚荣的消费过程中沾沾自喜。他们热衷于搜集、传播花边新闻和奇闻逸事，沉溺在垃圾信息里津津乐道、沾沾自喜。这种精神状态下的写作，尽管可能保持着吓人的高调，依然可以赢得喝彩，但实际上已经是没有真情介入的文学游戏①。

于是，我们的作家在把握前所未有的荒诞现实时，要么依附现实，要么面对现实绕道而行；即便是插上了想象的翅膀，他们飞翔的方向也总是从现实飞向想象，而没有或者很少从想象飞向现实，在天马行空的臆想中寻求真实。阎连科曾非常形象地说，我们总是把小说的头颅强按到生活的泥水之中，然后提起小说的头发，说你看你看，这就是真实，还带着生活新鲜的水滴呢；其实，没有了理想之光的照耀，即便是带了点"社会现实"的小说，不过是一堆烂泥而已。事实也是如此，这些作家从不去想象他人所经受的苦难，看到自己和他人身上存在的错综复杂的情感；他们也不去批判和反思邪恶力量可能或已经带来的伤害，对于饥饿、贫穷、教育的匮乏、贫富悬殊视若无睹；他们更不去探究一个国家所处历史时期的复杂性，甚至不想去弄明白为什么会产生这些问题。于是，"我们和世界的关系总是以一种自恋的方式被描绘出来，即我们掌控一切、我们至高无上——我们没有什么责任，更不会感到愧疚"②。

卡夫卡说得对极了："所有人类的错误无非是急躁，过早地打断有规则的秩序和用似是而非的栅栏把似是而非的东西圈起来。"③

---

① 张清华编：《中国当代作家海外演讲》，北京大学出版社 2012 年版，第 4-5 页。
② ［美］阿博特·格里森等编：《〈一九八四〉与我们的未来》，董晓洁、侯玮萍译，法律出版社 2013 年版，第 320 页。
③《卡夫卡文集》（修订版）第 4 卷，祝彦、张荣昌等译，作家出版社 2011 年版，第 283 页。

坚实的文学想象使作品拥有了黄金般的文字质地，它使怀疑者怀疑，使相信者相信；它拆散那些似是而非的"栅栏"，力图恢复或重建有规则的"秩序"。如果没有对某种不可摧毁之物的持久信仰，人就无法有尊严地存活下去。所信即所是。阎连科说："我总是希望用文学的理想之光来支撑自己内心的疲惫、不安和虚空，希望文学的光芒可如水中的粗石细砂之光一样，照亮总是出现在我眼前漂浮不散的一团团的黑暗……"①

三

星云大师有言："云水，不是景色，而是襟怀。"

文学作品最重要的不是表面上写了什么，而是一种精神的呈现，一种内心的释放。文学创作是作家的灵魂寻找形式的活动，作家是人类自由本性的捍卫者，他们一方面要有真实、丰富、深刻的灵魂生活，另一方面则必须为这灵魂生活寻找恰当的表现形式；前者的高度决定了作品的精神价值，后者的高度决定了作品的艺术价值。"每部作品都是一次旅行，一个行程，但它唯有借助内心的道路或路线，才能穿越外部的这条或那条道路。这些内心的道路、路线组成了作品，构成了它的风景，或它的交响乐。"②

作家的精神自我往往是逆水行舟，"孤岛"式地抵御外在权力中心和利益中心的诱惑，在生活和艺术中捕捉着自己的临界点。"知识分子必须在和社会对立中思考，而作家必须在和社会生活的情感对立中写作。一切伟大的，有长远价值的作品，无不是在和社会的

---

① 阎连科：《阎连科文论》，云南人民出版社 2013 年版，第 2 页。

② ［法］吉尔·德勒兹：《批评与临床》，刘云虹、曹丹红译，南京大学出版社 2012 年版，第 3 页。

情感对立中写作完成的。"① 优秀的作家总是以切心的疼痛和热血灌注自由和想象的翅膀，以人性的造型和理性的高度，叙写温润、富有生机的生活场景，以心换心，以灵魂面对灵魂，化解现实生活中凝结一般的冷峻，向着自由的港湾迎风激浪。在对生活的演绎中，作家有隐忍，有释放，有流转，有疏离，一切都强化、内化为一种生命的视野，化小爱为大爱！

美国著名学者伊莱恩·斯卡丽提了一个问题："如果我们在文学作品中进行的思维活动与我们在每日清醒时进行的思维活动如此相似，为什么我们要想进行思考的盛宴时，还急迫地需要文学作品呢？把对现实和臆想的感知适用于现实的世界中，与适用在'不断放线'的臆想世界中相比，有什么不同吗？"②

在斯卡丽看来，文学作品有五点裨益：第一，我们进入文学作品的世界的目的，是关注它，思索它。日常生活中，我们可能去关注发生在我们周围的事实，也可能不去关注；我们可能思索目之所及，也可能不去思索。我们很少静坐下来，让事实在一段不被打扰的时间内呈现给我们审视；第二，在文学作品内部，我们可以没有风险，不受惩罚地自由思考，这鼓励人们去进行思考的实践；第三，文学作品描述不凡的事件，或是被掩盖的平凡事件，这引发了我们思考那些现实生活中也许不被明确鼓励讨论的话题——在这些话题面前，社会通常鼓励我们移开目光；第四，文学作品中"被当作事实的细节"，通常比历史或现实中的事实更加密集，它其实是"被假装成事实的细节"或"近似事实"，为我们大脑的思考提供了重要的材料，至于其本身的质量或特征则可不予考虑；第五，我们

---

① 阎连科：《阎连科文论》，云南人民出版社 2013 年版，第 259 页。
② ［美］阿博特·格里森等编：《〈一九八四〉与我们的未来》，董晓洁、侯玮萍译，法律出版社 2013 年版，第 28—29 页。

可以随意发挥文艺作品特许给我们的臆想，在广阔的文学空间里，思想可以在从未发生过的事件中尽情游弋①。

简言之，文学是我们摆脱无所不在的所有束缚的语言，它强力拓展一个时代的语言空间，帮助我们更深刻地看穿这个世界，引导我们去思考最深奥难懂的东西。当然，恰如阎连科所言，"文学不会像权力一样可以在一瞬间摧毁一切，改变一切，但真正的文学，却可以在权力、专治和幽暗中发出久远的光芒，一点一滴地剥离、驱散我们头脑和天空中的尘灰与雾霭，让我们看到光明，存有希望和理想——这就是文学的力量、美和伟大之所在"②。文学作品能让人浏览其他方式的人生，并提请人们思考：拿什么来拯救我们自己，或者说，我们如何又经由什么来看待这个世界。在这个意义上说，文学是一种在我们生物学意义上的"硬件"基础上运行的"软件"或"程序"。

因此，在民族"共同文化"与"共同心理"的形成和发展过程中，许多作家起了重要作用。希腊的荷马、意大利的但丁、法国的莫里哀和拉辛、英国的莎士比亚、德国的歌德、俄罗斯的普希金和托尔斯泰都曾担此重任。苏格拉底曾说荷马是希腊人的导师。荷马使他的人民拥有与众不同的独特性，创造出他们被世人铭记的灵魂，他是希腊人真正的缔造者。这也正是伟大诗人的雄心与抱负。对此，歌德是这样理解的："一个伟大的戏剧诗人如果同时既是多产的，又能在他的全部作品里表现出强烈而高贵的思想情感，就可以使他剧本中的灵魂变成人民的灵魂。我相信这是值得辛苦经营的事业。高乃依就产生了这种能够造就英雄的影响，这对于需要一个英

---

① ［美］阿博特·格里森等编：《〈一九八四〉与我们的未来》，董晓洁、侯玮萍译，法律出版社 2013 年版，第 29-32 页。

② 张清华编：《中国当代作家海外演讲》，北京大学出版社 2012 年版，第 89 页。

雄民族的拿破仑是有意义的，所以他提到高乃依时说，如果高乃依还在世，他就要封他为诸侯。所以，一个戏剧诗人如果认识到自己的使命，就应该孜孜不倦地工作，精益求精，这样他对民族的影响就会是高尚的、有益的。"[①]

同样，莎士比亚的戏剧全面审视了人类存在的各种状况，对许多非比寻常的人物作了强有力的性格刻画，不仅显示出自身的宽厚怜悯，而且让人体会到了难以磨灭的震撼。我们看到了生命中每一个可能选择的结果，体悟着不同生活方式所带来的苦乐悲辛。"他（莎士比亚）扮演着《圣经》曾经扮演的角色，人们通过他的眼睛观看到更加丰富多彩的世界，这恰恰是我们已然失落的视角。只有教导人们莎士比亚真正说过什么，莎士比亚才能重新影响亟须他影响的这一代人——在最重要的问题上为我们提供深谋远虑的意见。"[②]

如今，文学之于民族的型塑作用正迅速衰亡，年轻一代不再拥有理解世界和自我的基础，也没有一种共同的教育能够形成他们与同伴交流的核心。从前一个马尔堡人会说，他仅仅通过莎士比亚就建立起对英国历史的认识。这种对某个诗人的凭依在今天几乎不可想象。阿兰·布鲁姆不无伤感地说："持续地阅读并倚赖一本伟大的著作或一位伟大的作家，这种现象消失了。其结果不仅是生活风气的庸俗化，还有整体社会的分裂化，因为对文明人而言，正是对美德与罪恶、高贵与卑贱的理解将他们团结在一起。""如果静心聆听莎士比亚，我们也许能够重获生命的完满，也许能够重新发现通往

---

① ［德］爱克曼辑录：《歌德谈话录》（全译本），吴象婴等译，上海社会科学出版社 2001 年版，第 262 页。

② ［美］阿兰·布鲁姆、哈瑞·雅法：《莎士比亚的政治》，潘望译，江苏人民出版社 2012 年版，第 2-3 页。

失落的和谐的道路。"①

2011年，略萨在诺贝尔文学奖致辞里说：文学培养了我们的良知，唤醒了我们的渴望；"如果没有小说，我们将不会意识到自由对生活的重要性，也不会意识到某个暴君、某种思想体系或某个宗教正在践踏自由，企图将我们生活环境化为地狱的事实。文学不仅令人对美与幸福产生向往期待，同时也警示我们应与一切压迫的暴行进行斗争。"优秀的文学作品在人与人之间建立起了沟通的桥梁，令我们突破了将我们隔绝开的种种语言、信仰、习惯、风俗和偏见。"文学代表着一种虚构的生活，但是文学却能帮助我们更好地理解生活，在我们从生到死的人生迷宫中指引着我们。"文学给我们以慰藉，解开人类常常会思考的存在的大部分谜题，或是使其中部分问题得到了解答；文学教导我们去理解存在的意义，个体和集体的命运、灵魂，以及历史的意义与虚妄，等等——这就是文学的力量、美和伟大之所在。为了守护我们人性中最好的一面，文学的存在必不可少。文学能够防止我们退化回缺乏交流的原始时代中去，防止我们满足于简单的实用主义，保护我们不受我们自己所发明的机器的奴役。"我们需要文学，因为一个没有文学的世界也就没有了梦想，没有了希望，没有了勇气，在这样的世界中人人只顾自己，而不能真正成为人，真正的人应当有能力走出自己的小世界，与外界、与他人交流，并塑造一个共同的梦想。"②

"唯一有价值的就是拥有活力的灵魂。"（爱默生语）在某种意义上，我们所面对的从来就是同一条河流，人类的历史就像一张不断刮干净重写的羊皮纸，上面写满了一系列恒久的难题，譬如，为

① [美]阿兰·布鲁姆、哈瑞·雅法：《莎士比亚的政治》，潘望译，江苏人民出版社2012年版，第2页、第10页。

② [秘]略萨：《赞颂阅读与虚构——马里奥·巴尔加斯·略萨诺贝尔文学奖致辞》，姚云青译，《书城》2011年第1期。

了爱，可以背弃父母兄弟吗？为了权力或金钱，可以不择手段吗？做统治者好，还是做一个诗人？……这些疑问展现了丰富的可能性，并最终归诸人性和人心，关乎每一个体的生命和灵魂。文学艺术是一种表现的力量，语言符号里潜藏着灵可通慧、秀可洗心的意蕴或心象。最终目的是结合肉体与精神、尘世与神圣。心之所欲，即是方向。心若安处，便是故乡。使写作者成为优秀作家的是他对世界的沉思，是他对人类永恒问题的把握，是对人为了成为人，并且仅仅成为人而付出的所有努力的持续关注。否则，作品必然渺小而易朽，就像一截潮湿的木桩，只是咝咝冒烟，无法熊熊燃烧。

文学家是解剖社会的医生，德勒兹说，他是医生，他自己的医生，世界的医生；"世界是所有症状的总和，而疾病与人混同起来。于是，文学似乎是一项健康事业"；"像文学与写作一样，健康在于创造一个缺席的民族，这属于虚构功能"；"文学的最终目标，就是在谵妄中引出对健康的创建或对民族的创造，也就是说，一种生命的可能性。为这个缺席的民族而写作……"① 以是之故，文学是一个生命得以自由舒卷与绵延的健康事业，是值得我们支付终生的寄托。人生的快乐，就是创造和责任。赞美既短暂又永恒的事物，赞美既渺小又伟大的世界，是每个作家"理所当然"的使命。

诚如王国维所言，一个伟大的哲人不应靠国家来支撑，但国家若有风度，却应以自己的圣哲为骄傲。提高美之地位的民族，就是提高人类灵魂与生命质量的民族。任何一个现代国家都应有足够的雅量，以平稳的秩序接纳各种貌似"无政府主义"的文学，鼓励每个作家自由地创造属于他们自己的语言，写出可以强健本民族文化的传世之作，从作家的立场上为解决严峻的现实问题，付出自己应

---

① ［法］吉尔·德勒兹：《批评与临床》，刘云虹、曹丹红译，南京大学出版社2012年版，第7-8页、第10页。

有的努力!

　　哈维尔认为，故事像生活一样丰富，它们都是多元化的，充满了可能性和不可预测性。在这个意义上，"神秘是每一个故事的尺度"。米兰·昆德拉在《雅克和他的主人》中写道：当雅克和主人不知走向何方时，雅克说朝前走。主人说朝前走是往何处走？雅克说前面就是任何地方！面对波澜壮阔的时代，讲述"中国故事"的作家只能迎上前去，往前走，往前走！荷尔德林有诗云：

　　　　我们每个人走向和到达，
　　　　我们所能到达的地方。

（《小说评论》2014 年第 1 期）

"菲洛克忒忒斯的神弓"
——当代文学批评的歧途与未来

一

法国著名文学批评家蒂博代指出，"没有对批评的批评就没有批评"，没有批评的批评，批评本身就会停止或者死亡。

按照韦勒克的考证，在希腊文中，"批评"的词意为"判断者"，与文本和词义的阐释相关。在古希腊，如亚里士多德所言，"批评乃是一个有文化的公民的日常活动"。到了中世纪，"文法家""批评家"和"语言学家"是可以互换的词，指的都是弘扬文化的人。17世纪，"批评"的涵义有所扩大，囊括了传统所称的"诗学"或"修辞学"的文学理论。20世纪以降，"批评"则成了整个世界观甚至哲学体系一类的东西。无论如何，鉴别、判断、分析和阐释，即"辨彰清浊，掎摭利病"（钟嵘语），始终是"批评"的应有之义。

文学批评，主要是解释和评论文学作品，即解说文学作品，纠正读者的鉴赏情趣，促进对文学的欣赏和理解。明代袁无涯刻本《水浒传》卷首云："书尚评点，以能通作者之意，开览者之心也。……今于一部之旨趣，一回之警策，一句一字之精神，无不拈出……如按曲谱而中节，针铜人而中穴，笔头有舌有眼，使人可见可闻，斯评点所最可贵者。"①T.S. 艾略特也说："批评活动只有在艺术家的劳动中，与艺术家的创作相结合才能获得它最高的、真正的实现。"然而，"我们大部分批评家的工作是在制造混乱；是在调和、掩盖、降低、拼凑、粉饰，调配安适的止痛剂"②。

文学批评是作品和读者之间的纽带，文学批评家则应是架设在作者和读者之间的桥梁的设计师和建筑者。批评家的这种角色和作用，让人想起了古希腊神话里菲洛克忒忒斯的故事。戏剧家索福克勒斯根据神话故事，曾创作了悲剧《菲洛克忒忒斯》，其剧情是——

赫拉克勒斯在临死前把百发百中的神弓和毒箭传给了儿子菲洛克忒忒斯。特洛伊战争爆发后，作为希腊有名的神射手，菲洛克忒忒斯义无反顾地参加了战斗。在去特洛伊的路途中，菲洛克忒忒斯在一个岛上发现了一个被废弃的神坛。因为冒犯了神灵，他被一只毒蛇咬伤，伤口感染造成一只脚残疾，脚患处发出的恶臭使他成了令人生厌的累赘。跟菲洛克忒忒斯一道的，还有阿喀琉斯的儿子涅俄普托勒摩斯和奥德修斯，他们把菲洛克忒忒斯遗弃在一个叫作雷姆诺斯的荒岛上，偷偷离去。

特洛伊屡攻不克，胜负难决的时刻，预言家卡尔卡斯透露天机：只要菲洛克忒忒斯还没有带来赫拉克勒斯的神箭，希腊人就无法攻克特洛伊城。万般无奈之下，奥德修斯派涅俄普托勒摩斯返回雷姆诺斯岛，试图从菲洛克忒忒斯手中骗取神箭。

---

① 袁无涯刻本《出像评点忠义水浒全传》"发凡"，引自《水浒传会评本》，北京大学出版社 1981 年版，第 31 页。

② ［英］T.S. 艾略特：《艾略特诗学文集》，王恩衷编译，国际文化出版公司 1989 年版，第 68 页、第 63 页。

涅俄普托勒摩斯没有莽撞行事，他非常理解和同情菲洛克忒忒斯的处境。涅俄普托勒摩斯和颜悦色地劝说菲洛克忒忒斯与自己一道前往战场，与此同时，已成神祇的赫拉克勒斯也劝说儿子，最终说服菲洛克忒忒斯相信到了特洛伊前线其脚疾方可痊愈。到了特洛伊城下，菲洛克忒忒斯果然治好了毒伤，和涅俄普托勒摩斯并肩作战，披荆斩棘。菲洛克忒忒斯用神箭射杀了帕里斯，为希腊军最终攻克特洛伊立下了汗马功劳。

埃德蒙·威尔逊是美国 20 世纪最重要的文学和社会批评家之一，曾被韦勒克誉为"一代文豪，一位首席社会批评家"。威尔逊著作等身，重要的有《阿克瑟尔的城堡》《三重思想家》《创伤与神弓》《承认的冲击》《爱国者之血：美国内战文学研究》《死海古卷》《俄国之窗》《向易洛魁人致歉》等。这些独特、庞杂而丰富的论著，记录了威尔逊对美国文化各个层面的思考，而在美国文学史、文化史上树立了一个"标高"。威尔逊在中年时读到索福克勒斯的这部悲剧，从涅俄普托勒摩斯这个调解人身上得到灵感，体悟到了文学批评家的角色和所担当的职责。

在威尔逊眼中，菲洛克忒忒斯与艺术家无异：有着超人技艺，具备特殊气质和天赋，芸芸众生需要这个技艺而崇敬他，却又无法理解其身体或精神的痛苦。菲洛克忒忒斯手中的神弓，代表了艺术家的天赋和抱负，而发挥其天赋实现抱负的过程是艰苦的：冒犯神灵遭毒蛇咬，体现了艺术家的先知先觉，及其与所生存时代的冲突。菲洛克忒忒斯那令人嫌弃的脚疾，象征着艺术家不为人理解的敏感和痛苦，正是它使艺术家和普通大众之间产生隔阂，成了艺术家实现理想的障碍。荒凉的雷姆诺斯岛，则形象表现了艺术家自我流放的姿态。

奥德修斯是个讲实用的人，既粗鄙又精明，满脑子只想着怎样骗取菲洛克忒忒斯手中的神弓，或是干脆直接绑架过来，不管他的脚有无伤病。只有涅俄普托勒摩斯明白应该怎么做，他对菲洛克忒忒斯的理解与同情阻止了欺骗的行为，并清醒认识到：锐不可挡的神弓离开了菲洛克忒忒斯便毫无用处。这里，涅俄普托勒摩斯充当的是说服者的角色，他冒着事业失败的危险，与菲洛克忒忒斯惺惺相惜，最终化解其固执，并治愈其脚疾。

菲洛克忒忒斯（艺术家）和神弓（天赋）是实现最终理想的必要条件，如果没有涅俄普托勒摩斯的调解和努力，艺术家不可能重新回归群体，施展其天赋以实现梦想。正如菲洛克忒忒斯代表着原型艺术家一样，涅俄普托勒摩斯成了原型批评家角色的恰当意象。至于试图巧取豪夺神弓，置菲洛克忒忒斯个人情感于不顾的奥德修斯，则代表了艺术和艺术批评中的功利主义，它对艺术的自私"利用"势必忽视、漠视乃至扼杀艺术的个性创造——这绝非批评家所应具有的操守。

威尔逊运用菲洛克忒忒斯的神话诠释了批评家在文本、作家和读者之间的关系和相互作用，并重新界定了批评家的职责和文学批评的作用[1]。那么，批评家应该怎样充当好涅俄普托勒摩斯的角色呢？

首先，批评家是艺术家的同情者，必须破译造成艺术家痛苦的根源，从而结束他们心灵的囚禁状态，使他们走近、回归到社会群体。作为文学个体和社会群体之间的纽带，文学批评家就得要有同情心和文学想象力，才能和艺术家站在同一个层面上来考察和理解作品，因为批评的起点或源头正是对艺术的热爱和虔敬。这样，才能从作品呈现的内容中发现艺术家所未说出的，从"无"中看出"有"，从"有"中察觉"无"，达到批评家和艺术家之间惺惺相惜的默契。

---

① 邵珊、季海宏：《埃德蒙·威尔逊》，译林出版社 2013 年版，第 46-49 页。

其次，批评家充当的是中介调停人的角色，调解艺术家个体和社会群体之间的矛盾，搭建艺术家和读者之间的沟通平台，将一般读者所排斥和不解的，超乎人们视野和知识范围的晦涩艰深的艺术作品，成功引领到普通读者的视野和关注之中。作为艺术家和读者之间的中介，批评家的任务是实现二者的彼此沟通，而不是拉大或间离他们之间的距离。

基督教初期最伟大的使徒之一保罗说过，"如今常存的有信，有望，有爱；这三样，其中最大的是爱"，他将"爱"视为"最妙的道"（《新约·歌林多全书》第 13 章）。正是靠着这种爱的话语，保罗才折服了当时哲学化的希腊人。同样，一个批评家只有像涅俄普托勒摩斯一样，有足够的爱心和信心，才能对文学世界有细致、深入的感受与理解，才能识别优劣，分辨一流与二流。否则，便如威尔逊所言，"我们就根本不是撰写文学批评，而仅仅是文学文本里反映的社会史或政治史，或着眼于过去时代的心理个案记录"（《马克思主义和文学》）。

T.S. 艾略特指出，现代批评发展到了这样一种程度，即必须根据不同学科的一个或几个来考虑文学问题，与 19 世纪相比，严肃的批评现在是为不同的、范围更小的对象而写作。他说："现代批评的弱点是否正是不明确批评的目的所在？它能带来什么样的利益，以及谁能得到它所带来的利益？它的丰富性和多样性本身或许遮蔽了它的最终目的。"[1] 对于那种发源于批评介入学术，以及学术介入批评的解释根源的批评（如传记批评），T.S. 艾略特是持批评态度的，因为这种批评把解释当作理解，而解释只是理解的必要的准备而已：有时，解释使我们的注意力完全偏离了作品本身，而不是把我们引

_____

[1]［英］T.S. 艾略特：《艾略特诗学文集》，王恩衷编译，国际文化出版公司 1989年版，第 288 页。

向理解；有时，就是不经过解释，我们也能理解某些作品。

的确，每一代人都有自己独特的鉴赏情趣，每一代人也都做出了自己的文学批评，并以自己的方式来利用文学。然而，文学批评在变化之中总有不变的存在，就像雨果笔下的巴黎圣母院，三百多年过去了，"尽管外面是千变万化，可是它的内心还是古典的"。T.S.艾略特提醒我们说，批评是存在限度的，"如果沿着某一方向突破这些限度，文学批评就不再具有文学性；而沿着另外一个方向突破它们，文学批评也就不再成其为批评"①。

二

现代世界在科学和良知、知识和信仰、占有和存在之间徘徊不定，左右摇摆；理想似已沦为一堆陈词滥调，信仰则蜕变为市民周末的仪式与老妇手中的香柱。赫胥黎形象地说，或许有一天，我们睡在软绵绵的大床上，而心灵却被压在底下，就像莎士比亚《奥赛罗》中的女主角德斯底蒙被"勒杀"一样。正如人们所感慨的，历史仿佛得了产后抑郁症，现在是只有生活，没有历史了；历史"终结"了，人类的龙种激昂了两个世纪，跳蚤的子孙却只管打理微博和微信，"按揭"各自的一生……

时光流逝，难道留下的仅是一角残梦？不！"世界在人身上分崩离析，唯有诗人才将它加以统一"（里尔克语）。1921年10月19日，卡夫卡在日记里写道："无论什么人，只要你在活着的时候应付不了生活，就应该用一只手挡开点笼罩着你的命运的绝望……但同时，你可以用另一只手草草记下你在废墟中看到的一切，因为你和别人

---

① ［英］T.S.艾略特：《艾略特诗学文集》，王恩衷编译，国际文化出版公司1989年版，第286页。

看到的不同，而且更多；总之，你在自己的有生之年已经死了，但你却是真正的获救者。"

文学既不是生活的"描红"或"佐料"，也不是生活的"安乐椅"或"按摩榻"，其生命在于质疑、冒险和拯救。奥威尔说得好，文学世界不是在"别处"的理想彼岸，而是与我们息息相关的人性和生活的"气息"，是"为了将来或者过去，为了一个思想自由、人与人之间各不相同并不再孤独的时代——为了一个有真理存在、历史不能被改写的时代"（《一九八四》）。

为此，作家既要忠于自己对世界的内心感悟，遵从自己作为一个个体对人生对社会的理解，又要挑战所处时代的陈规陋习，抵制各种空心的文化（如情色文化、美容文化、时尚文化等），通过创造"真实的谎言"，提升对社会现象的思考质量，重新确立价值的支撑点，赋予人的生命和生活以价值和意义。简言之，优秀作家的领域是一个无限广阔的"可能世界"，他将古今中外一切人类的精神财富尽收眼底，引领人们向人性更高层次的自由不断攀升。

萨特宣告："一切文学作品都是一种呼吁，写作就是向读者呼吁，请求他把我通过语言方式所作的揭示化作客观存在。"（《什么是文学》）艺术亦然。英国小说家 E.M. 福斯特在小说《霍华德山庄》第五章描写了一场贝多芬第五交响曲的演奏会，写到当贝多芬的音乐以最后震撼的音响压倒一切时，一个激动的女主角伸出了手好像要去抓住音乐一样。贝多芬那充满辉煌乐段的胜利的终曲，对她而言，已不仅仅是从听觉联系到视觉，而是激动的躯体产生了从听觉向触觉的沟通，将空灵的音乐变成了可触摸的坚实的物体。这就是艺术神奇的力量。

面对文学所提供的图景，批评家不能不沉思：文学抒情、叙事、修辞及文类背后隐藏着怎样的统一观念？文学与外部世界存在哪些具体的历史关联？文学想象力的内在情结、文学叙事的驱动力源自何处？文学的演进、发展提出了什么命题？在既定的文化结构中，文学有何特定的坐标、意义和价值？它形塑了一个怎样的主体？其存在多大程度上决定了未来世界的面貌？……所有这些问题的核心是：应该怎么生活？什么是有价值的生活？自由地表达个人与世界的对话，揭示困境，打破神话，批评家和作家在这些方面是一致的。

伟大的作品是深刻的感觉创造出来的，而深刻的感觉的形成则有赖于一个时代的整体氛围。在这方面，文学批评负有不可推卸的责任。作家通过文学语言所表达的是非私人的，是对人类具有相当普遍意义的精神感悟；文学语言不是通常意义上的语言，即一般的物质媒介，而是本身就具有精神性的富于魅力的表达。一个完整的文学界是由作家和批评家构成的，文学批评是文学活动的反思性部分，它解说作品中的人生启示，提升作家的艺术敏感度——没有反思的文学活动是残缺的。

与中国当代文学之贫困密切相关的，是与之"对应"或"对称"的文学批评的严重匮乏。换言之，当代批评家的精神能量水平和优秀作家或作品的能量水平不相应，彼此难以保持共振，因此，文学批评既跟不上文学创作的步伐，也提不出多少中肯的意见或看法。

有批评家曾这样描述自己的工作：首先是"资料见底"，即穷搜冥索，收集、整理、甄别、归纳所有材料；其次是借助一定的理论把材料重新装置、分配、知识化；最后是在材料和理论的合理配置中提出自己的一些观点和看法。显然，史料、逻辑、理论优先，其次才是评论者的主体意识。

这是职业批评最为典型的套路，它注重的是判断、分档、解释，对几千年的文学追根溯源，寻找线索，在历史比较中给一个作家、一部作品恰当的定位。职业批评家总是将作品看作某种观念的实现，而运用一整套批评术语和批评方法，建构一个观念的、联系的、智力的世界。至于鲜活的文学作品及其所展示的可能世界，对于职业批评家来说，不过是一种媒介或材料。

由于不是用经验而是用"思想"去理解作品，批评家仅是一个知识论意义上的研究者，而不是文学世界的一个介入者、行动者。没有了审美经验，真正的文学发现和艺术感悟影踪全无。文章格式规范得不能再规范，注释和参考文献也一大堆，各种舶来的概念、术语搬运自如，问题却岿然不动。实际上，批评作品犹如与人相交，用的不仅是"智"，更是"心"。没有"日进前而不御，遥闻声而相思"的慧心，没有"作者得于心，览者会以意"的契合，职业批评自然难以做到惬心贵当。

司空见惯的"批评"谈论起文学作品（无论传统的还是先锋的），就像是谈论起政治社会运动，描述到文学史就像在描写政治社会运动史，对所谓社会性的传统和变革大发宏论，或是微不足道的感受的评论。至于那种"为王前驱""奉旨申斥"的文学批评则更是等而下之了，它对最为根本的文学自身的意义，基本上是"隔靴搔痒"或不予涉及。

赵汀阳称这些文学批评为典型的"文人式"评论。作为极具中国特色的身份，"文人"有时亦称"知识分子"，其实只意味着一种趣味。"文人"与任何一个行业的人都格格不入，他可能也做些艺术、哲学、历史之类的研究，却不成为艺术家、文学家、哲学家或历史学家；他总是特别有感觉，对什么都想说几句，尽管往往不伦不类。

真正的文学家、艺术家、哲学家不是文人，而是文化行业的实践者，即爱默生《美国学者》中说的"世界的眼睛"，一个完整的人，一个思想着的人，一个行动的人。只有行动着的人才可能从历史走向未来。正如当代希腊诗人埃利蒂斯所言："诗歌是一个充满革命力量的纯洁源泉。我的使命就是要将这些力量引入一个我们理智所不能接受的世界，并且通过更迭、不断的变形，使这个世界与我的梦产生和谐……从理想主义出发，我将步入一个迄今未被触摸的世界。"(《光明的对称》)

理解来自介入，批评则来自对理解的分析。赵汀阳指出："解释是观看一个作品时的一个积极活动，但解释总是以一种现象学理解为前提的，在现象学理解中，艺术品已经完整地呈现，也就是说，一个艺术品所试图展示的可能世界已经展现，观众接受的是一种艺术世界而决不是一些原材料。"严格意义上的文学批评，应是"存在论"水平的理解所进行的理论活动，它介入到一个文学的可能世界，就像我们介入到现实世界中去经验现实世界一样；批评家介入到文学世界经验着它的存在，自然消弭了理论与作品之间的隔阂。赵汀阳还指出，鉴别文学批评有一个简单标准：如果一个评论是描述性的，那么它是对作品的报道；如果是解释性的，那么它是文学批评的辅助性评论；如果是分析性的，那么，它是学术性的文学批评[①]。

伫立在插满各种路标的十字路口，伟大的文学批评家往往是一个思想家，他"朝抵抗力最大的路径走"（朱光潜语），内心淡定、从容，能顷刻洞悉现实生活中正在发生的深刻变化，锐利地揭示文学作品中虚假、陈旧、落后的观念，鼓励、激活、凸显其中在真实性上有所突破的隐秘观念，做到既理解文本的深层意义，又理解自我和历史的道路，将作家以精金碎玉般语言构建的可能世界"化作客观存在"，营造出一个丹纳所言的"时代精神"，有效推动社会结构的变革和文明的发展。

在《学问的生命与生命的学问》一文中，傅伟勋说："无论如

---

① 赵汀阳：《谁去批评画面》，见《流亡与栖居》，北京燕山出版社 1995 年版，第 98-104 页。

何，文学（以及古典音乐）直至今日始终是我透过'学问的生命'层次的真正嗜好，为了文学（与音乐）的自家享受，我可以不出门、不远游、不交际，也不会感到孤寂无聊。"显然，傅伟勋在文学与音乐中找到了贴近自己灵魂的方式，或者说，文学（音乐）已成了驻足心灵深处的"绦虫"，而气定神闲地"开启世界"。心蕴优雅，自然瞬绽光华，锻造出了"生命的学问"。

清代文学批评家袁枚《程绵庄诗说序》云："作诗者以诗传，说诗者以说传。传者传其说之是，而不必尽合于作者也。"将批评家擢升至与作家同等的地位，这一"石破天惊"之论绝非空穴来风。

中国评点派的杰出代表，如李贽、金圣叹、张竹坡、毛宗岗、脂砚斋等，没有单纯地在伟大文学家身后亦步亦趋，追踪他们光辉的足迹，收集、整理他们的遗产，而是穿越语言的重重屏障，"将自己眼光直射千百年上，与当日古人提笔一刹那倾精神融成水乳"（金圣叹《杜诗解》），积极介入到作品所展示的可能世界，将其深层意义一一呈现。这些评点家富有创造精神，都是李渔所言"浅处见才"的"文章高手"；他们的评点杰作"晰毛辨发，穷幽晰微，无复有遗议于其间"，"能令千古才人心死"（《闲情偶寄》）。经过评点家的截读、节读、删改、廓清眉目、订正文字、指点筋节甚至"腰斩"之后，《水浒传》《金瓶梅》《三国演义》《红楼梦》等巨著以"评点本"流行于世，历久不衰，常读常新——小说评点不啻是批评分析，更是一种美学创造。批评家俨然成了作家，这是中国文学批评史上的奇迹！

遗憾的是，这种用心灵阅读、给文字带来生命的文学批评家已经不多了。原因很简单，大部分批评家手中并没有"菲洛克忒忒斯的神弓"。伏尔泰说："长期以来我们有九位缪斯。健康的批评是第十位缪斯。"可如今批评这位缪斯衰老了，成了神庙门前一个年老色衰的看门人，备受九位姐姐的嘲笑和奚落。

三

新时期以来，学界强调作家艺术家的主体意识和主体性作用。无疑，这是中国文学艺术界的一大觉醒，一大进步。但是，有些论著往往离开了作为艺术活动主体的作家艺术家的人格品位，抽象谈论主体的意识及其作用，以为只要突出了它，就能有真正完美的艺术产生。殊不知，"从根本的意义上说，人的、艺术的主体性都不是，也不能成为最终的归属点，它必须超越自我，向着永恒的超验价值敞开，然而，中国现时代的文艺却从根本上缺乏这一根本性的精神质素和灵魂呼唤"；由于没有更进一步打破自我从而确立存在的真理和超验的价值，精神的进程也就中断，自我主义趋于空虚、阴冷、浮躁和低劣，充满了兽性和放纵的疯狂[①]。

20世纪80年代末、90年代初，知识和思想开始退出公共领域，中国"知识分子的安身立命之处不再是庙堂或广场，而是有自己的岗位，即自己的专业领域"[②]，知识本来所具有的超越性被切断了，不再向社会提供现实意义。无论是作家还是批评家，都没有了自己的思想、趣味和语言。随着文学批评转向学院范围之后，当代文学批评逐渐演变成为各种方法论和可用科学方法予以验证的公式。

当知识分子走向职业化、学院化，蜕变为专家、学者和职业工作者之后，"社会良知"或"公共关怀"渐行渐远，文学批评成了无关痛痒的"学问"或纯粹的知识生产。个人化、私人化、时尚化的批评话语，通过"语言狂欢"的表演制造各种热门话题，以运用眼睛远大于通过心灵所得的"真实"投合大众趣味。

---

① 高全喜：《论艺术的真诚》，见《流亡与栖居》，第63页。
② 许纪霖编：《公共性与公共知识分子》，江苏人民出版社2003年版，第34页。

于是，"经典通胀"的"伪批评"铺天盖地，如同铺天盖地而来的雾霾；它们制造各种荣景假象，掩饰尖锐的现实问题，漠视人之为人的尊严与价值。在幻象丛生的文化地形图上，文学批评面影模糊、暧昧，由于从不揭示现代人的精神本质，从不出示自身对生存和艺术的切己体验，从不朗现作用于人之灵魂的意义图像，人们不禁感叹："批评家已死。"

对于中国当代文学批评而言，首先应当"治疗"的是对象化、实用化的职业批评。在职业批评家眼里，只有"禾"与"莠"在一个田地齐生共长的景致。这种"不置可否"的批评，不是用经验而是用理论去理解作品，根本没有审美经验可言；它基本上是失效的，既不能"通作者之意"，亦不能"开览者之心"。这种粗劣的、小里小气的文学批评，通常充当了"抬轿子"的角色，与上述"文人式"评论无异。

毋庸讳言，由于缺乏一种活跃的知识分子生活，当下职业批评大行其道，比比皆是。除了生产过剩的、正确的"废话"，它基本上无助于精神切实的生长。职业批评貌似专业性参与、理论性反馈，实际上不过是"以学究之陋解诗"（王夫之语），给作品贴上毫无实质意义的理论标签，使批评沦为智力操作游戏。由于说不到点子上，说不到作家的痛处，不懂作家写作中的难处何在，这种批评往往不利于文学的创造。阎连科说："我读批评家的论文，最渴望的是从那些论文中让我领悟我的小说在今后写作中有哪些可能性；我写小说时，每次面对他们指导的那种可能性去实践，却都表现出了无能或无力，仿佛每次努力都是走错了门。"[①]

英国当代诗人戴·刘易斯说，从外界而来的批评总是有些令人生畏，因为它让人觉得不着边际：作家写完一部作品，然后进入新

---

① 阎连科：《作家与批评家》，《当代作家评论》2009年第1期。

的体验之中，准备写下一部作品；当批评家仍对他的上一部作品喋喋不休时，作家的感觉是茫然不知所对。一部作品的完成，它的创造者仿佛如梦初醒一般，有一种突然而来的惊诧："这么精妙的作品会是我写出来的吗？"

文学创作从来不源于理论思考，并超前于理论思考，其最本质的东西就是这种"清风自来"的新鲜感，而这恰恰是一般批评家所未能进入的境界：他们往往把或许也曾感受到的这种得之不易的新鲜感置之脑后，其所看重的只是文学史的知识和材料而已。创作与批评之间就是这样存在着巨大的无形鸿沟。

1947 年，美国哈佛大学召开了一次国际性的音乐学术研讨会，特意邀请 E.M. 福斯特与会，并作了题为《批评存在的理由》的演讲。E.M. 福斯特探讨了音乐批评对于作曲家和普通听众的作用，指出音乐的评论能刺激我们的感官，使它变得更为敏锐，从而发现被我们所忽略了的音乐中的美。此外，它还可以纠正我们听音乐时流于肤浅，或满足于停留在仅见其华丽的表面，从理论上澄清、强化我们的感受。

E.M. 福斯特引述了戴·刘易斯的观点后，语重心长地说：自己怎么努力也无法弥补创作与批评之间所存在的鸿沟，如果一定要的话，那就是爱心，对艺术的爱心；爱心，是走向音乐历程的最不可少的精神支柱。的确，艺术的赏识见解不必完全一致，但都需要共同的追求之心，即所谓嘤嘤其鸣，求其友声。对于艺术人们应怀有必要的崇敬和热爱，这是最为重要的。

在 E.M. 福斯特看来，通过音乐批评，爱心得到了净化和提炼，被赋予了更加充分的价值。难道不是这样吗？好的音乐评论，素朴而真诚，它将以音乐之心感受到的传递给别人，让别人受到启发，养成纯正的艺术趣味，进而做到拥有创造性的理解能力。

艺术是精神性的，它不是供人换取功名利禄的"职业"。传闻郎朗五岁就立志要当世界级钢琴大师，傅聪认为这并不足取。在他看来，学琴的出发点并非要成为世界级大师。走向音乐的是爱心，形成独特的音乐感受力的也是爱心。傅聪说："假如学琴的人不具备对音乐那种'没有它就不能活'的爱，最好还是不要学音乐。学艺术一定要出自对精神境界的追求，有'大爱之心'，要愿意一辈子不计成败地献身。……假如有这样一个出发点，即使孩子不能成为一个专业的音乐家，可是他有一个精神世界让他神游，这也是一种莫大的幸福。"①

同样，文学批评也不是一门"职业"，而是一项满怀"爱心"与"理解"的工作。只有对自己、对他人内心最深处从未受到触动的思想进行拷问和追索，批评才能达到与作品的"神交"。我骨子里特别不喜欢那些情感冷淡、硬化、僵化，尽显揶揄、挖苦、讥讽之能事的批评文字。伏尔泰曾调侃说，有些人成为职业批评家，正像人们为了检查送往市场的猪是否有病而设立专门检查猪舌头的人一样；在文学的猪舌头检查者眼里，没有一个健康的作家。这些文学的"猪舌检查者"，以艺术真理的占有者自居，"谁红跟谁急"，党同伐异，唯见戾气而已。其实，这种苛求"完美"的批评不过是琐屑的表现，除了向读者灌输一堆陈旧或僵硬的观念，并没能真正培养、提升读者的鉴赏力。

金圣叹的批评一针见血："若果知得金针，何妨与我略度？"（《读第六才子书法》）倘若这些批评家手中果有"金针"，何不多"栽花"，少"种刺"？或者说，在剪除"恶草"的同时，多浇灌些"佳花"呢？冷漠，是文学艺术最大的敌人。跟菲洛克忒忒斯神话里的奥德修斯一样，这些批评家压根儿就没有认识到：对于艺术，爱和理解才是超乎一切所应拥有的心。

---

① 转引自鲲西：《听音小札》，广西师范大学出版社 2005 年版，第 118-119 页。

如果一个批评家没有了对艺术的真挚同情和情感投入，那么，艺术作品所饱含的情感又怎么能被传达出来呢？批评文字怎么能调动人们内心的情感，给人以美的启迪呢？这正如在菲洛克忒忒斯的神话里，如果涅俄普托勒摩斯对菲洛克忒忒斯没有情感的投入，他又如何能够赢得菲洛克忒忒斯的信任，而完成他的光荣使命呢？威尔逊说："若不深入了解，进入作家的世界，掌握他基本的直觉，在他感性的活动中发觉他言论的奥秘冲动等情怀，人们将无法树立一种有价值的评论，而那种有价值的评论乃是集合剖析与友谊而汇聚成一种透视的努力。以诚实的代价而获得智慧是件奇妙的锻炼功夫。"①

维特根斯坦对流俗评论的讥讽切中时弊：假设一首曲子有毛病，仅仅指出它不好听，这是观众式的评论；如果指出它在什么地方有毛病，可能作什么样的修改，这则是专家式批评。维特根斯坦把反思和分析看作是一种"治疗"，这十分准确生动。理想的批评是一种内行的批评，它"进驻到文学的内部，犹如一位制造胸像的雕塑家把他的精神，即手的指导——灵魂——置于他正在制作的头像里，置于他的模特的有生命力的身体深处"②。

对于同时代人的批评，尤其需要一种活跃的、敏锐的、精深的鉴赏力，即如钱钟书所言，"能于艺事之全体大用，高瞩周览，症结所在，谈言微中，俟诸后世，其论不刊"（《管锥编》）。T.S. 艾略特说："我最为感激的批评家是这样的批评家，他们能让我去看我过去从未看到过的东西，或者只是用被偏见蒙蔽着的眼睛去看东西，他们让我直接面对这种东西，然后让我独自一人去进一步处理它。

①［美］埃德蒙·威尔逊：《到芬兰车站》"推荐序"，刘森尧译，广西师范大学出版社 2014 年版，第 3 页。

②［法］蒂博代：《六说文学批评》，赵坚译，生活·读书·新知三联书店 2002 年版，第 108 页。

在这之后，我必须依靠我自己的感受力、智力以及发现智慧的能力。"① 这是一个伟大诗人的肺腑之言。它提示我们：真正的文学反思，能揭示一个作品存在的问题，能理解作品所展现的可能世界及其构造方式的美学意义和思想价值，并深入阐明这一作品对文学本身发展的影响。

伟大的批评家往往一无依傍，完全出自对文学的敏感而发掘、培育出一批作家。如，别林斯基就敏锐发掘了普希金、克雷洛夫、格里鲍耶多夫、果戈理、赫尔岑、冈察洛夫、屠格涅夫、涅克拉索夫和陀思妥耶夫斯基等作家，对他们的作品予以热情的评论，及时地总结其经验和成就，对俄国文学的发展起到了至关重要的指导性作用。渐行渐远，已经很难找到了。

威尔逊批评家既具备专业素养，又有独立思想和现实情怀。他禀有钱钟书说的"衡文具眼，迈辈流之上，得风会之先。又或胆文苑，未克"识英雄于风尘草泽之中，相骐骥于牝牡骊黄以外，而能于艺事之全体大用，高瞻周览，症结所在，谈言微中，俟诸后世，其论不刊②的远见卓识，不仅能够进入自己所喜爱作家的内心深处，而且以极具前瞻性的慧眼，使人们意识到这些作家的重要性，大大缩小了高雅文学和普通读者之间的距离。

当年 T.S. 艾略特的《荒原》刚在《日暑》上发表，尚未出版带有注释的单行本，威尔逊就写了美国第一篇关于《荒原》的评论，给予高度评价。当美国人对于欧洲的现代主义文学和作家，如叶芝、瓦莱里、普鲁斯特、乔伊斯、斯泰因、兰波等，还在争论或根本不予理会时，威尔逊就对《追忆似水年华》《尤利西斯》等做了

---

① ［英］T.S. 艾略特：《艾略特诗学文集》，王恩衷编译，国际文化出版公司 1989 年版，第 300 页。

② 钱钟书：《管锥编》第 4 册，中华书局 1986 年版，第 1446 页。

精妙、清晰的分析。无数有名或无名的作家因为威尔逊的评论而声誉鹊起，经他提携的海明威、菲茨杰拉德、T.S. 艾略特、乔伊斯等人更是成为 20 世纪的文学巨星。这有力印证了钱钟书的灼见："谈艺之特识先觉，策勋初非一途。或于艺事之弘纲要指，未免人云亦云，而能于历世或并世所视为碌碌众伍之作者中，悟稀赏独，拔某家而出之；一经标举，物议佥同，别好创见浸成通尚定论。"[①]

文学批评一定是源于批评家内心之爱的激情，一定是批评家在作品里找到了某种贴心贴肉的东西，一定是"恋人絮语"般的有效沟通、交流。以是之故，优秀的批评家总会发现一个自己难以绕开的作家。如，果戈理之于别林斯基，波德莱尔之于本雅明，荷尔德林之于海德格尔，鲁迅之于竹内好，陀思妥耶夫斯基之于巴赫金，村上春树之于小森阳一……这些作家的文字韵韵入肌，别具兴味，扣住了批评家血肉中最为敏感的神经，又向外迸发出了颇具深度的理论思考。

我们所需要的，正是这种能与创作相对称、相媲美，与作家展开富于张力的对话，掷地有声、特具穿透力的批评家。重读埃德蒙·威尔逊，或可"治疗"文学批评之弊并昭示其未来。

四

谁是埃德蒙·威尔逊？什么"城堡"？还有什么"车站"？……估计很多文学教授尤其是年轻一代的学者已不甚了了。

威尔逊曾是纵横美国文坛半个世纪的头号批评家，但他从不自命为文学批评家。他远离理论和学院，称自己是作家和新闻记者，或者说是"文学记者"。威尔逊先后在《名利场》《新共和》《纽约

---

① 钱钟书：《管锥编》第 4 册，中华书局 1986 年版，第 1446 页。

客》《纽约书评》和《党派评论》等著名杂志做专栏作家。他既关注文学问题，也关心社会问题，广泛涉及文学、政治、历史、哲学等各个学科，还出版过小说、诗歌，甚至考古报告。

凭借深厚的积淀和睿智，威尔逊的文章透彻、优雅，总是给读者以文学的审美享受。由于始终保持批判性思维，其评论又常发挥着社会良心的作用。诗人夏皮罗说："威尔逊的评论成就在于他把文学与人类生存的图景结合为一，从抽象分析家手中盗取文学之火。他可能是现代评论家里唯一可以无私、博学而又勤恳地把我们这一代的科学、社会、美学与创作灵感带回大众的注视之中的人。"①利昂·埃代尔则盛赞他"以真挚的人道精神和杰出的新闻文体，丰富了美国的政治、文化与社会生活，超越时代和地理局限向世界发言"。以是之故，威尔逊在美国知识界至今仍然是一个令人敬畏的存在。

福楼拜在一封信中说道：一个创造性的艺术家不仅具有丰富的想象力，他还需集思想家、批评家和社会诊断医师为一身，才具备对付某个特定时代的问题的能力。威尔逊借用福楼拜"三维思想家"的理念，表达了自己对艺术家和批评家的诠释。在他看来，艺术家仅有"艺术"这一维度是不够的，他的精神世界还应该是多维度的，包括对社会意识形态、历史、哲学、心理等多方面的观照。

威尔逊提出，批评家仅仅是批评家也是不够的，他应该首先是艺术家，善于创作诗歌、小说、戏剧，才能真正对艺术创作者及其作品产生真挚的同情，才能把作品中最真实的信息传递给读者。威尔逊认为，文学批评"是观察人类意念与想象如何被环境塑造的一种历史"。为此，批评家不仅需要敏锐的历史意识和科学的研究能

---

① ［美］埃德蒙·威尔逊：《阿克瑟尔的城堡》"代译序"，黄念欣译，江苏教育出版社 2006 年版，第 5 页。

力，更需要丰富的想象力，使批评活动成为艺术的再创造，并向文化和文明递进。

威尔逊对文学批评家的要求应该成为一种共识。T.S.艾略特夫子自道："诗人具有除诗之外的其他兴趣——否则他们的诗将非常空乏：他们之所以是诗人，只是因为他们的主要兴趣在于精化他们的经验和他们的思想（而体验和思考意味着具有除诗之外的种种兴趣）——在于把他们的经验和思想转化为诗。"批评家的工作，主要是帮助读者欣赏和理解，应该具有与诗人同样广阔的兴趣面或完备的知识结构，"因为文学批评家并不仅仅是一个只了解他批评的作家所必须遵循的规则的技巧专家：批评家必须是一个全面的人，一个有信仰有原则的人，还必须具有生活知识和生活经验"①。

如果一个文学批评家除了"文学"之外，不对任何别的东西怀有兴趣，那么，他的文学只会是一个纯粹的抽象物，而不可能告诉我们多少东西。在知识高度专业化的现代社会中，以"三维思想家"的理念衡量今日之批评家，很不令人乐观。这造成了我们的批评与当代作家的创作极不"对称"。

威尔逊坚信艺术能给混乱的生活和人们盲目的冲动以意义和方向，坚信人文精神是文学批评之根本，是文学批评的生命所在。在《三重思想家》里，威尔逊将以往的人文传统归结为："相信人之为人已经获得的高贵与美丽，崇敬作为这一进程之记录的文学。"因此，批评本身不是目的，不断超越文学，触及文化，接通与生活的联系，发现生命的意义，解答生活中的困惑，并重塑生活才是文学批评的宗旨，推动整个美国的进步则是其终极目的。

威尔逊说："在我看来，我们所有的知识活动，不管它发生在

---

① ［英］T.S.艾略特：《艾略特诗学文集》，王恩衷编译，国际文化出版公司1989年版，第299页。

哪一个领域，都是试图给我们的经验以意义，也就是说，使生活更为可行；因为只有明白了事物才能使我们更易生存，运筹帷幄。"对他而言，"语言和文学代表着人类从未间断的获取思想的斗争过程，这些思想一旦付诸行动就会渐进地构成文明的进步"。因此，批评家一方面"要阐明那些伟大的艺术家和思想家的作品"[①]，另一方面，还必须超越文学的范围而上升到文化批评的层面，完成为公众服务，指导公众意识的使命。这里，威尔逊启示我们：回归生活、回归现实是文学及其批评的归宿和崇高责任。

威尔逊坚持认为，文学批评是对一个民族文明发展轨迹的综合把握，这种综合是指文学批评的诗性、社会性和公共性的统一。只有这样，文学批评才能保持长久的生命力，才能富有成效地完成诊释文本、触动公众和服务社会的使命。因此，威尔逊总是巨细靡遗地"通读"作家的作品，以自己真诚、犀利的批评，追寻、呼应着美国文学史上的每一次脉动——发掘、整理和研究美国的文学传统，贯穿了威尔逊的所有批评著作。

譬如，《承认的冲击》将美国文学开创以来的经典作品置于创作者之间"互评"的语境，把文学作品还原为历史实践，历历在目地呈现了美国文明创建以来所面临的各种文化问题和困惑。

又如，《爱国者之血》则以文学的手法描绘出了美国内战的大量史料（包括传记、报道、言谈、小说、人物等），诗性地表现了历史的存在，并将历史中具体的经验和教训提升为对整个人类和人性的普遍认识[②]。

以赛亚·伯林称威尔逊是约翰逊、圣勃夫、别林斯基、马修·阿诺德传统的最后一位重要评论家，"他的目标和实践是为了在一个

---

① 邵珊、季海宏：《埃德蒙·威尔逊》，译林出版社 2013 年版，第 29 页、第 32 页。

② 邵珊、季海宏：《埃德蒙·威尔逊》，译林出版社 2013 年版，第 14 页。

更大的社会框架中考察文学作品——这个框架包含着对作者人格、目标、社会和个人根源，周围道德、知识和政治环境，以及作者眼界的性质等方面的专注、犀利、直截了当、发人深思的观点——也是为了将作者、作品极其复杂的背景呈现为一个错综的整体。"

威尔逊的魅力正来自他对文学和生活的理解、热爱和洞察，这成为支持他终生从事批评的坚韧的精神力量。他说："无论在历史、哲学还是诗歌上，人类每一次心智的胜利都给我们一种深深的满足：我们的混乱之痛被治愈了，那些难以理解的事件给我们的重负也被解脱了。"（《文学的历史解释》）威尔逊的文学批评所传达的正是这种"解脱"所带来的快乐。从威尔逊身上，我们仿佛呼吸到了 20 世纪美国绵长浓厚的人文气息。

1955 年，美国文学艺术学会授予威尔逊罕见的随笔与批评金奖时，批评家范·维克·布鲁克斯称威尔逊是仅有的几个可以称得上是"作家的批评家"，他代表了"一种行将消失的类型，一个文学界的自由人"。

作为"作家的批评家"，威尔逊的文学批评即蒂博代所称道的："醉心于某一作家的批评，像画家构思一幅肖像画一样地建设这位作家形象的批评，要想进行有效的工作，只有把自己置身于作家的时间经历之中，跟踪他的自己对自己的循序渐进的创造，并用一条线索把他所完成的不同的形象与他的生活、作品、影响和作用的不同时期联系在一起。批评只有努力同一种创造运动的延续过程相吻合才能进行真正的建设。"①

比起内心既聋且哑的职业批评，"作家的批评"首先是一种理解和同情的行为，自然要中肯、高明得多。蒂博代认为，其中"贮

---

① ［法］蒂博代:《六说文学批评》，赵坚译，生活·读书·新知三联书店 2002 年版，第 194 页。

存着批评的灵魂，一种在职业不可避免的自然规律中经常遭遇死亡或麻木的危险的灵魂"；他说："批评真正的高级职能不在于从事这种职业本身，而在于放弃那些毫无价值的作品，在于不仅要理解杰作，而且要理解这些杰作里面自由的创造冲动所包含的年轻和新生的东西，这是比理解杰作本身更难的。"①

T.S.艾略特指出，在作家的创作过程中，实际上有大部分的工作——如提炼、综合、组织、剔除、修饰、检验等——既是创作又是批评的活动；特别是那些受过训练、有技巧的作家，由于具备丰富的创作实践经验，熟谙个中甘苦，他们对自己创作所做的批评，侧重于与创作之间的会合，更能直接切中艺术的本质②。

大作家如狄德罗、歌德、莎士比亚、夏多布里昂、雨果、波德莱尔、T.S.艾略特、纳博科夫、海明威、米兰·昆德拉等都是一流的批评家，在批评上可以和最有名的文学教授相媲美。中国当代作家，如王蒙、王安忆、莫言、格非、阎连科等，也在谈话录、回忆录、书信集或专题论文里，留下了许多不逊色于职业批评家的批评文字。

如果说职业批评将读者引出文本、进入文本之外的世界，作家的批评则竭力将读者导入文本之内。即便是"操千曲而后晓声，观千剑而后识器"的职业批评家，如布鲁克斯面对作品发出这样的感叹："我们不知道不同诗人写诗的方法；我们以为某处是经过呕心沥血的结果，其实这个地方很可能是和该诗其它部分同样自然流

① ［法］蒂博代：《六说文学批评》，赵坚译，生活·读书·新知三联书店 2002 年版，第 127 页、第 126-127 页。
② ［英］T.S.艾略特：《艾略特诗学文集》，王恩衷编译，国际文化出版公司 1989 年版，第 67 页。

露。"[①] 而有着切身创作体验和丰富实践积累的作家，则能准确号脉出"呕心沥血的结果"与"自然流露的部分"，能发现职业批评家忽略或无法觉察的东西。

譬如，纳博科夫能把《荒凉山庄》起始第一段所描绘的大雾、泥淖，从语言上与威风凛凛的大法官、大律师的名字联系起来，把文本中俯拾皆是的双关语、俏皮话、文字游戏等一一发掘出来，巧妙而传神地让读者体悟到贯穿全书的乌烟瘴气的昏暗氛围[②]。

威尔逊也以其"文学记者"的敏锐、简洁、优美的笔触，对当下的文学图景作了准确的判断和深刻的阐释。他非常执着地以文学性作为衡量作品的尺度，同时也追求文学批评所蕴含的文学性。威尔逊将"清晰、流畅和说服力"看作文学批评写作的最高境界，因为只有这样才能将渗透在文学批评中的价值观向更广泛的公众辐射。以赛亚·伯林说，他写的每一个句子都充满真正的思想和感觉，令人难以忘怀。"他把自己的血写进了自己的书。"

譬如，威尔逊这样描述早期象征主义诗人科比埃尔：

> 他是一位船长之子，父亲也曾写过不少航海故事。他在良好的教育环境中成长，但后来成为逃犯。他在巴黎终日沉睡，夜晚就流连于咖啡馆或者埋头写诗，然后在晨曦中向从巴黎车站或酒店出来的妓女问好。……他既忧郁而又满脑子狂想，满口怨言与低俗笑话，常常穿着囚犯的衣服以自娱，还为了抗议农村合唱团的扰人歌声而向窗外开枪。有一次他到访罗马，身穿晚礼服，头戴主教帽子，额上画着一双眼睛，牵着一头系

---

① ［美］布鲁克斯：《赤体婴儿和雄伟的外衣》，见冯黎明等编：《当代西方文艺批评主潮》，湖南人民出版社1987年版，第90页。

② ［美］纳博科夫：《文学讲稿》，申慧辉等译，生活·读书·新知三联书店1991年版，第97-184页。

着丝带的猪招摇过市。①

这种文学批评的文学叙述，把历史人物拉近到我们面前，赋予其立体的生命形象，激发了我们去进一步认识象征主义诗歌及其诗人。以艺术的方式来评论艺术问题，让我们再次想起俄国形式主义者什克洛夫斯基的忠告："诗是需要分析的，但要像诗人那样来分析，不要失去诗的气息。"②

又如，威尔逊从整体上把握并在细节上解剖了《追忆似水年华》后，在结语部分这样评述普鲁斯特：

> 普鲁斯特可能是最后一位研究资本主义文化的历史学家，其作品中的爱情、社会、知性、外交、文学和艺术皆令人心碎。而这位有着忧愁而动人的声线、哲学家的头脑、萨拉森人的钩鼻、不合身的礼服和仿似苍蝇复眼一样看透一切的大眼睛的细小男子，主导着场景，扮演着大宅里最后的主人的角色。③

威尔逊以文学性的语言和俯瞰世界的目光，并联结作家的生存及精神状态，准确捕捉住了作品的灵魂与精髓。我们从中看到了威尔逊对普鲁斯特生命与个性的珍视、同情与体察，品味到了作品所提供的历史与文化的省思，以及批评家渗透其中的巨大热情和爱。这是灵魂对灵魂的接近，精神对精神的拥抱，"作家的批评家"的

① [美] 埃德蒙·威尔逊：《阿克瑟尔的城堡》，黄念欣译，江苏教育出版社2006年版，第71-72页。
② [俄] 维·什克洛夫斯基：《散文理论》，百花洲文艺出版社1994年版，第91页。
③ [美] 埃德蒙·威尔逊：《阿克瑟尔的城堡》，黄念欣译，江苏教育出版社2006年版，第135页。

精神特质呼之欲出。透过这些高屋建瓴的文字，我们洞悉了作品和艺术家本身，而这不正是文学批评的初衷吗？再反观我们那些侃侃而谈，却没有任何灵魂质地和精神气息的批评，真是令人无地自容、羞愧难当。

威尔逊以自己文学的一生勾勒出了美国文明的轨迹，阅读威尔逊的过程就是了解美国文化的过程。因此，有人形象地把他比作"最后一个文艺复兴时代的战士"，小说家菲茨杰拉德称他为"我们这一代人的文学良心"；《纽约时报》则评价说："如果美国文明存在的话，是威尔逊先生把它展现给我们的，而他自己又是其中一个重要的部分。"这是对一个伟大批评家最高的认可和赞誉，也是我们对未来中国文学批评家的期望所在！

（《小说评论》2014 年第 4 期）

跋

　　这部文集收录的批评、论争的文章基本按撰写、发表的时间先后排列，时间跨度二十年左右。它们记载了我不断尝试、探索的思想与学术历程，当然，也呈现了我的文学批评之梦。衷心希望得到读者、同行们的批评指正！

　　感谢我的挚友——《北京文学》副主编师力斌先生，由于他的热情邀请加盟，使拙著得以在北京印行面世。感谢本书的责任编辑史会美老师，由于她细致、认真的工作，不少错讹之处得以一一纠正。同时，也感谢多年来支持我的期刊编辑界的诸多同仁好友，由于你们的热情支持，我才一直坚持耕耘，努力至今！

　　时尚如潮，在这个让人迷惑的"微时代"，那些僵硬、浮杂、夸张、扰攘的东西终会逝去，而"生命的学问"永在！

吴子林

2016 年 3 月 16 日北京